Sur l'auteur

Historien et muséologue, Hervé Gagnon a connu un grand succès au Québec et en France avec ses séries *Le Talisman de Nergal*, *Damné*, *Vengeance* et *Malefica*. Après *La Légende de Jack* et *Jeremiah*, il signe avec *Maria* la suite des aventures de Joseph Laflamme.

Du même auteur
aux Éditions 10/18

LA LÉGENDE DE JACK, n° 5403
JEREMIAH, n° 5449
MARIA, n° 5528

HERVÉ GAGNON

MARIA

UNE ENQUÊTE DE JOSEPH LAFLAMME

10/18

Grands détectives

créé par Jean-Claude Zylberstein

LIBRE EXPRESSION

Cet ouvrage est une œuvre de fiction ;
toute ressemblance avec des personnes ou des faits réels
n'est que pure coïncidence.

Remerciements
Nous reconnaissons l'aide financière du gouvernement du Canada par l'entremise du Fonds du livre du Canada pour nos activités d'édition.
Nous remercions le Conseil des Arts du Canada et la Société de développement des entreprises culturelles du Québec (SODEC) du soutien accordé à notre programme de publication.
Gouvernement du Québec – Programme de crédit d'impôt pour l'édition de livres – gestion SODEC.

ISBN : 978-2-264-07609-0
Dépôt légal : mars 2020

PROLOGUE

Montréal, jeudi 3 novembre 1836

En ces premiers jours de novembre, mois des morts, le temps était sombre et maussade, comme l'humeur de l'évêque de Montréal. Depuis le début de 1836, la vie de Mgr Jean-Jacques Lartigue n'était qu'un cauchemar sans fin. Son estomac se serrait souvent et des brûlures lui remontaient constamment dans l'œsophage, le forçant à consommer des quantités astronomiques de lait chaud et de miel. Il dormait peu et mal, comme tous ceux qui n'ont pas la conscience tranquille. Il évitait même les miroirs, qui lui renvoyaient l'image d'un homme aux yeux cernés et au visage creusé par les soucis. En un an, il paraissait avoir vieilli de dix.

Tout cela à cause du maudit livre paru en janvier. Le récit scabreux avait suscité une curiosité malsaine non seulement chez les Montréalais, mais à la grandeur de l'Amérique. Des dizaines de milliers d'exemplaires s'étaient envolés en quelques mois, selon ce qu'on lui avait rapporté. Telle une hydre dont on coupait en vain la tête, la rumeur s'était répandue, se nourrissant d'elle-même, suscitant le ridicule et les allusions mesquines, mettant en péril la réputation du diocèse de Montréal et de tout le clergé catholique de la province. Pour l'être humain, rien n'était plus fascinant que le mal.

De ragot en médisance, la crise avait gonflé en dépit des vigoureux efforts de l'évêque, jusqu'à devenir incontrôlable, perpétuellement ravivée par un livre puis un autre, chacun plus dégoûtant que le précédent. Si Jésus-Christ avait bu le calice jusqu'à la lie, Jean-Jacques Lartigue en avait fait autant. Contraint à lutter contre l'intangible, l'évêque avait dû se résoudre à faire un pacte avec le diable en personne. Depuis, il se demandait ce qui était pire : le scandale ou ce qu'il avait fait et devait encore faire pour l'étouffer.

En face de lui, le colonel William Leete Stone semblait parfaitement à son aise dans un confortable fauteuil en cuir. La mi-quarantaine, grand et bien bâti, la chevelure épaisse et le visage glabre, l'air aristocratique, il était le propriétaire et éditeur du *New York Commercial Advertiser*. L'homme, déjà protestant, était aussi un franc-maçon notoire, ce qui le rendait encore plus suspect aux yeux de l'évêque. Néanmoins, à cet instant, l'Américain tenait dans ses mains le sort de l'Église montréalaise et peut-être même de l'Église canadienne-française tout entière. Au moins, même s'il détenait un avantage, il avait la courtoisie de ne pas arborer une mine trop satisfaite.

Sur la table basse qui les séparait se trouvaient une théière, deux tasses, un sucrier, un pot à lait et un exemplaire du livre intitulé *Awful Disclosures of Maria Monk*. Tout le monde avait cru les commérages colportés par cette immondice, cette abomination. Les petites gens adorant se repaître de scandales, le récit avait fait grand bruit aux États-Unis et au Canada. Des prêtres immoraux forniquant avec des religieuses et soignés par elles pour des maladies honteuses ; des enfants conçus dans le péché et assassinés sitôt nés et baptisés, puis jetés dans un puits pour y pourrir ; des nonnes violées, étouffées et battues à mort ; lui-même, évêque de Montréal, mis en scène en train de copuler comme un dépravé avec la mère supérieure ! Lartigue sentit une sainte colère monter en lui.

Plus consciencieux que les autres journalistes, Stone l'avait personnellement sollicité pour obtenir l'autorisation de visiter le couvent et l'Hôtel-Dieu afin d'établir la véracité des prétentions de Maria Monk. La manœuvre était habile et l'évêque s'était retrouvé fermement coincé entre l'arbre et l'écorce. S'il refusait, il admettait implicitement avoir quelque chose à cacher. S'il acceptait, il devait s'humilier en s'en remettant publiquement à un protestant. Il n'avait eu d'autre choix que d'ouvrir le cloître à cet homme et à la délégation de presbytériens et d'anglicans américains qui l'accompagnait. Leur but : visiter le moindre recoin du couvent des Hospitalières et déterminer si les faits évoqués étaient réels.

Pris d'un accès de lassitude, l'évêque laissa son regard glisser vers la fenêtre. Il pleuvait des cordes depuis la veille. La rue Saint-Denis n'était plus qu'un gigantesque bourbier et le vent froid forçait les rares malheureux qui s'étaient aventurés dehors à agripper leur chapeau à deux mains. Il aurait volontiers grelotté avec eux dans des vêtements trempés, au risque d'attraper la mort, si cela avait pu retirer de ses épaules le poids que Dieu y avait posé. Il ne désirait qu'une chose, de tout son cœur et de toute son âme : mettre un terme définitif au scandale. Que le silence, serein et paisible, enveloppe à nouveau l'Église montréalaise et que les chrétiens oublient.

Comme s'il lisait dans les pensées de son interlocuteur, Stone porta sa tasse de thé chaud à ses lèvres avec l'air d'un chat qui va croquer une souris. À son tour, l'évêque prit une gorgée pour masquer un peu la moue contrariée qui lui tordait les lèvres. Il enrageait et sentait l'angoisse le gagner, mais se garda de le laisser paraître. Impatient d'en finir, il aborda sans préambule le sujet qui les préoccupait.

— Alors, mister Stone ? s'enquit-il d'un ton neutre en anglais, langue qu'il parlait avec une certaine compétence. Quel est votre verdict ?

L'Américain posa doucement sa tasse dans sa soucoupe et se racla la gorge.

— Que toute cette histoire n'est qu'un canular, monseigneur, répondit-il avec assurance. Un ramassis d'inventions lancées par un esprit dérangé.

L'évêque sentit une vague de soulagement le submerger.

— Mon groupe et moi avons fait une visite exhaustive des lieux, poursuivit le journaliste, et je vous confirme qu'ils ne correspondent en rien à ceux que décrit Monk dans son livre. Il est clair que la pauvre folle n'a jamais mis les pieds dans le couvent des Hospitalières. Pareillement, je n'ai trouvé ni puits rempli de cadavres de nourrissons, ni religieuses inhumées à la hâte, ni salle de torture, ni pièce secrète à la cave et, surtout, aucune trace d'un souterrain qui relierait le couvent au séminaire de Saint-Sulpice. Les religieuses que j'ai interrogées m'ont paru saines de corps et d'esprit, quoique fort irritées par cette histoire. De toute évidence, si elles sont coupables de quoi que ce soit, elles le cachent à merveille et devraient envisager une carrière au théâtre. Et puis, soyons francs : pour la plupart, elles sont bien trop laides pour susciter le genre de dévergondage que décrit le livre, même par des prêtres en manque de chair plus ou moins fraîche.

Se rappelant qu'il avait besoin de cet homme, Lartigue encaissa sans sourciller la plaisanterie de mauvais goût.

— Je suis heureux de vous l'entendre dire, même si je n'en doutais pas un instant, déclara-t-il courtoisement en forçant un sourire. Vous auriez sans doute aimé qu'il en aille autrement, ajouta-t-il d'un ton qui se voulait taquin et presque amical.

— Je n'aurais pas détesté cela, en effet, reconnut aisément l'autre en ricanant. Cela m'aurait assuré quelques bons articles et les ventes qui viennent avec. Mais si je ne porte pas les catholiques dans mon cœur, j'aime encore moins le mensonge. Le *New York Commercial Advertiser* a bonne réputation et je tiens à ce qu'il la conserve. Colporter des ragots ne ferait que la souiller.

Les deux hommes se levèrent et le colonel Stone tendit la main à l'évêque. Ce dernier l'accepta et la serra en contenant son déplaisir, lui qui avait l'habitude que l'on s'incline pour baiser sa bague.

— Soyez assuré, monseigneur, que dès mon retour à New York je publierai une réfutation formelle dans les pages de mon journal, affirma le journaliste. Et d'ici la fin de l'année, je prévois de produire une réponse plus élaborée sous forme de livre. Cela devrait faire taire vos détracteurs une fois pour toutes.

— J'en doute, répondit l'évêque avec résignation. Ces bêtes enragées ont mordu dans un os et elles ne le laisseront pas aller tant qu'il y aura de l'argent à faire. Le satané bouquin se vend comme des petits pains chauds. Imaginez tout l'argent qu'empochent ces menteurs. Mais je vous remercie de vos efforts et de votre droiture, mister Stone. Je prierai pour vous.

— Ce ne sera pas nécessaire, répondit l'autre, amusé. Sans vouloir vous offenser, je préfère confier le salut de mon âme aux prières protestantes.

— Dans son infinie bonté, Dieu indique aux pécheurs le chemin de la rédemption.

— Alors c'est la grâce que je vous souhaite, monseigneur, rétorqua Stone sans se démonter. Au revoir.

D'un pas leste, l'éditeur traversa le bureau aux murs lambrissés d'acajou. Il ouvrit la porte et allait la franchir quand il s'arrêta et se retourna vers le prélat.

— J'allais oublier…

— Oui ?

— La supérieure des Hospitalières jure qu'elle ne vous connaît pas au sens biblique du terme, dit Stone avec un demi-sourire coquin. J'ai pensé que vous seriez content de le savoir.

Il lui adressa un clin d'œil moqueur avant de refermer, le laissant seul, honteux et amer.

L'évêque de Montréal retourna s'asseoir et prit une gorgée de thé qui passa un peu mieux que les précédentes. Quand il reposa la tasse, il constata que sa main tremblait. Le colonel Stone aiderait à laver la réputation de l'Église montréalaise. La controverse finirait par s'essouffler et il veillerait à ce que jamais plus la rumeur ne se réveille. Il regarda la porte par laquelle Stone était sorti et remercia Dieu.

Il se leva en ressentant soudain toute l'usure que les derniers mois avaient causée à son pauvre corps, saisit un cordon doré près de son bureau en acajou et tira deux fois dessus. En quelques secondes à peine, un jeune prêtre blond comme les blés et aux grands yeux naïfs apparut dans l'embrasure de la porte.

— Monseigneur ? demanda-t-il d'une voix obséquieuse.

— Faites préparer ma voiture dans une heure, Zéphirin, ordonna l'évêque. Je dois aller à l'orphelinat.

— Lequel, monseigneur ?

— Vous le savez très bien, rétorqua sèchement Lartigue.

— Ah. Oui. Bien sûr, monseigneur. J'y vais tout de suite.

Le jeune homme se retira avec cette parfaite discrétion propre aux domestiques, qu'ils soient ecclésiastiques ou non. Las, l'évêque soupira. Il devait appliquer une mesure nécessaire, mais qui allait à l'encontre de ses principes les plus fondamentaux et de tout ce qu'on lui avait appris depuis ses jours de séminariste. Le terrible péché qu'il s'apprêtait à commettre, il devrait le porter sur sa conscience jusqu'à sa mort. Et aussi après, sans doute.

Il sortit d'un tiroir les trois lettres préparées la veille, prit sa plume et la trempa dans l'encrier. Puis il hésita. Tout à coup, il comprenait comment Abraham s'était senti quand Dieu lui avait ordonné de sacrifier son fils Isaac sur le mont Moriah. Mais si le patriarche avait accepté, qui était-il, lui, simple évêque, pour ne pas en faire autant ? *Iudicium enim sine misericordia illi, qui non fecit misericordiam*[1], avait averti saint Jacques. Il implora le pardon de Dieu et se mit à pleurer des larmes d'amertume.

Enfin, révolté, il signa.

1. « Car le jugement est sans miséricorde pour qui n'a pas fait miséricorde », Épître de saint Jacques, chapitre 2, verset 13.

1

Montréal, vendredi 5 juin 1891

Jamais Antoinette Robidoux n'avait eu aussi mal. Elle avait poussé comme un forçat pendant des heures, encouragée par deux de ses sœurs, qui partageaient sa profession et son infortune. Elle avait travaillé en maudissant chacun des hommes qui lui était passé dessus et qui s'était répandu en elle. Le matelas était trempé de sueur. Les larmes et la bave se mêlaient sur son visage tandis qu'elle gémissait, les paupières closes, les poings crispés sur le drap souillé.

Alors qu'elle croyait avoir atteint la limite de ses forces et qu'elle se sentait aux portes de la mort, elle expulsa finalement l'enfant dans un cri de bête à l'agonie. Il était beaucoup trop gros. Ou alors elle-même était trop étroite. La déchirure et l'hémorragie qui s'ensuivirent furent terribles. Tandis qu'une de ses sœurs l'épongeait avec des linges qu'elle changeait bien trop souvent et que l'autre lui humectait le front et lui faisait boire du thé chaud et très sucré qu'elle ne goûtait presque pas, le docteur passa une heure à la recoudre.

Ce fut pendant qu'elle gisait entre la conscience et l'évanouissement, les jambes écartées, à attendre d'être rapiécée, qu'on emporta l'enfant. Malgré quelques supplications brisées et gorgées de larmes, on ne le lui avait même pas mis dans les bras. Une de ses sœurs emmaillota la petite forme, dont les pleurs avaient instantanément fait monter du lait dans les seins gonflés de la mère, et l'autre disparut sans un mot. Antoinette eut à peine le temps d'entrevoir une toison foncée sur la tête et des menottes formant des poings. Elle se demanda distraitement combien d'hommes aux cheveux noirs elle avait connus, mais était trop épuisée pour tenir le compte. Dans l'embrasure, elle entrevit une silhouette sombre prendre le nouveau-né et disparaître. Elle comprit alors dans sa chair autant que dans sa tête qu'elle ne reverrait jamais son enfant et sentit un grand froid l'envahir. Elle crut que son cœur allait se fendre, et ses hurlements n'eurent rien à voir avec la douleur causée par l'aiguille qui recousait ses chairs les plus intimes.

— Mon bébé ! plaida-t-elle en se mettant à se débattre comme une possédée. Je veux mon bébé !

— Empêchez-la de bouger, grommela le docteur. Elle saigne déjà assez comme ça !

Des bras la saisirent fermement pour la recoucher tandis qu'une de ses sœurs la blottissait contre son sein.

— Chut… murmura celle-ci en caressant ses cheveux moites, comme l'aurait fait une mère aimante pour consoler le gros chagrin d'un enfant. C'est pour ton bien. Tu ne peux pas garder ce bébé. Tu le sais bien. N'y pense plus.

À bout de forces, Antoinette ne put que capituler, se contentant de gémir d'une toute petite voix coupée de sanglots. Elle sentit à peine l'aiguille qui pénétrait dans le creux de son bras. Une sensation veloutée et apaisante l'envahit en quelques secondes. Puis un profond sommeil s'empara d'elle.

***

Mardi 13 septembre 1892

L'homme sortit de l'hôtel où il venait de passer quelques heures. Autour de lui, les autres se dispersaient sans dire un mot, qui vers la voiture qui l'attendait, qui partant à pied vers sa maison. Il en allait toujours de même après leurs rencontres. Ils profitaient des avantages de leur petit groupe, mais après ils étaient tous plus ou moins honteux.

Il tâta la poche de sa veste et sentit la liasse de billets qui s'y trouvait. La relation qu'il entretenait avec l'argent était ambiguë. Il appréciait la liberté que la richesse lui procurait, grâce à laquelle il pouvait subvenir à tous ses besoins et s'offrir ses moindres caprices. Mais il détestait les risques qu'il devait prendre pour en avoir autant qu'il le souhaitait. Certes, il était d'une extrême prudence et s'assurait de ne pas être trop gourmand, mais il n'osait même pas imaginer ce qui se produirait si le reste du groupe découvrait qu'il écrémait sa part des revenus avant qu'ils ne soient mis en commun. Pas beaucoup. Juste quelques billets pris au passage, mais qui s'accumulaient lentement et finissaient par former un joli pécule. Quelques heures auparavant, autour de la table, avant que commencent les divertissements, un de ses complices avait fait une remarque anodine – une blague, certainement –, à savoir que certains semblaient moins productifs que d'autres, et il en avait conçu un désagréable malaise.

Il secoua la tête en pestant contre lui-même. Ce soir, il s'était emporté et les autres l'avaient regardé de travers. Dans un tel cercle, attirer l'attention et donner l'impression que l'on représentait un risque était une très mauvaise idée. Il devait impérativement apprendre à se contrôler, sinon il finirait par le regretter. Le patron n'entendait pas à rire et n'aimait pas que ses hommes soient trop gourmands, ni qu'ils se laissent dominer par leurs passions. Comment pouvait-il se fier à celui qui n'arrivait pas à maintenir son emprise sur lui-même ? Comment pouvait-il avoir la certitude que, lorsqu'il serait devant une situation délicate, celui-ci ne craquerait pas ? Le groupe maintenait sa cohésion parce que tous ses membres étaient loyaux. Et leur loyauté était assurée par la toile de crime toujours plus vaste que le patron avait tissée autour d'eux. Chacun y était si bien entortillé qu'aucun ne pouvait dénoncer les autres sans se perdre aussi. Ils y étaient tous pris comme des moucherons sans défense et, au besoin, l'araignée pouvait les dévorer à petit feu.

L'homme passa une main nerveuse sur le bas de son visage, étirant ses bajoues et ses lèvres en un masque de lassitude. Il avait les nerfs à fleur de peau.

— Tout va bien, monsieur ?

Il sursauta. Perdu dans ses sombres pensées, il n'avait pas remarqué le portier en élégante livrée, près de l'entrée. Il hocha la tête en forçant un sourire.

— Monsieur désire que je lui appelle un fiacre ? ajouta le jeune homme avec un accent hautain qu'il cultivait visiblement.

— Oui, oui, merci, dit-il en retrouvant un peu de sa contenance.

Le portier héla une voiture qui attendait non loin de là. Tandis qu'elle se mettait en branle, l'homme aperçut une silhouette adossée à la façade d'une boutique, de l'autre côté de la rue, et un frisson d'appréhension lui remonta le dos. Le boiteux. Il s'était placé dans la lumière d'un lampadaire pour bien être vu. La menace dans son attitude était palpable. L'homme ravala sa salive.

La voiture se gara devant lui, lui coupant la vue, et il y monta avec empressement. Il jeta un coup d'œil par la portière gauche. Le boiteux n'avait pas bougé. Leurs regards se croisèrent et l'intrus inclina poliment la tête. Il lui rendit sa salutation malgré son sang qui se glaçait dans ses veines.

Le fiacre s'ébranla et son passager éprouva un immense soulagement. Il se laissa retomber contre le dossier de la banquette et respira profondément au son des sabots et des roues sur les pavés. Sans doute l'infirme était-il contrarié de devoir nettoyer le dégât qu'il laissait derrière lui. Il devait vraiment cesser d'attirer l'attention.

2

Vendredi 16 septembre 1892

Depuis février, tout allait bien chez les Laflamme. La demande en mariage maladroitement formulée par George McCreary avait eu pour effet de confirmer ce que tous avaient soupçonné depuis le moment où Emma et lui s'étaient rencontrés, un an plus tôt, dans l'ombre menaçante de l'Éventreur. Telle une chenille devenue papillon, Emma Laflamme semblait planer en permanence à un pouce du sol, portée par un bonheur qu'elle avait cru impossible. Joseph la surprenait souvent à chantonner gaiement en s'affairant à une tâche ménagère. Il la taquinait à l'occasion et en était quitte pour un regard enflammé et quelques répliques bien senties, mais jamais méchantes. Pour la première fois de sa vie, Emma était heureuse. Bientôt, elle allait quitter pour de bon le statut infamant de vieille fille pour devenir Mme George McCreary.

Un seul écueil, mais de taille, empêchait encore de fixer une date : la religion. Emma refusait net toute atteinte à son statut de bonne catholique, même modérément pratiquante et tout à fait consciente des limites morales de l'institution. Il en résultait que le pauvre McCreary portait seul l'obligation d'abandonner l'Église anglicane dans laquelle il avait été élevé, comme tout Anglais qui se respectait. Déjà le vicaire de la paroisse, approché pour accomplir la délicate opération de conversion, lui avait prescrit des lectures qui le laissaient pour le moins perplexe.

— *So the whole thing is only about having a pope or not? That's it*[1] *?* avait-il demandé, médusé, à sa promise, après avoir terminé un des livres du curé. Pourquoi faire un tel drame ?

— C'est ton roi Henri VIII qui en a décidé ainsi voilà des siècles, avait rétorqué Emma, qui le tutoyait depuis qu'elle avait accepté de devenir sa femme. Si ce bouc lubrique ne s'était pas entêté à se marier six fois, il n'aurait pas renié le pape et tu serais catholique.

— Mais les deux religions sont pratiquement identiques !

— Alors qu'est-ce qui t'empêche de te convertir ? La tienne est la mauvaise et nous ne pourrons pas nous marier si tu n'adoptes pas la bonne !

— *Says who ?*

— Le curé !

— *But the Anglican minister says otherwise*[2] *!*

— Il a tort !

— Vraiment ?

— Vraiment !

— Ah bon.

— Voilà.

Les deux, qui semblaient désormais vivre dans une bulle exclusive, avaient conclu la passe d'armes par un sourire complice, comme toujours. Voir sa sœur si

1. Alors tout se résume à avoir un pape ou non ? C'est tout ?
2. Qui dit cela ? Mais le ministre anglican dit le contraire !

épanouie ravissait Joseph plus que tout. Emma était d'autant plus heureuse que le succès de sa boutique, rue Saint-Paul, ne s'était pas démenti depuis son ouverture. Au contraire, la demande pour ses robes n'avait fait que croître dans les demeures bourgeoises, au point où elle peinait à y répondre.

Pour une rare fois, le sort avait été favorable à tout le monde. En avril, Mary O'Gara, déclarée officiellement réformée de sa mauvaise vie d'antan par les religieuses qui l'avaient hébergée, avait quitté le couvent du Bon-Pasteur, rue Sherbrooke. La petite rousse en était sortie changée. Elle portait désormais sa chevelure en chignon et les robes plus sobres d'une jeune fille bien. Aux yeux de Joseph, la transformation ne faisait qu'ajouter à son charme.

Si le journaliste s'était réjoui de pouvoir la fréquenter ouvertement et, surtout, autrement qu'en payant pour ses services, le retour à une vie ordinaire s'était révélé ardu pour la jeune femme qui, il fallait bien l'admettre, ne possédait de prime abord aucune autre compétence que celle de gagner sa vie sur le dos. Elle avait fini par se résoudre à faire la file matinale devant une usine en espérant être engagée pour la journée. Un matin, c'était une manufacture de chaussures. Le lendemain, c'était une brasserie, une usine de vêtements, une meunerie ou rien du tout. Elle revenait épuisée et parvenait tout juste à payer la chambrette pauvrement meublée qu'elle avait louée dans le quartier Sainte-Marie. Pour ménager les maigres moyens de la jeune femme, les Laflamme, mine de rien, l'invitaient à manger à la moindre occasion, au point où il se passait rarement une journée sans qu'on la vît. Joseph, évidemment, ne s'en plaignait pas, même si leur relation était marquée par une pudeur nouvelle et que leurs ébats se faisaient plus rares.

À plus d'une reprise, Mary avait failli céder au découragement. Puis Emma avait eu une idée de génie, en lui demandant si, par hasard, elle savait manier l'aiguille. Sans hésiter, Mary avait répondu que, avant de quitter la maison familiale, elle avait passé des années à rapiécer et à ajuster les vêtements de ses jeunes frères et sœurs.

Emma s'était empressée de l'engager à l'essai et Mary s'était avérée si douée qu'en un rien de temps elle était devenue l'assistante indispensable de la propriétaire. La boutique pouvait désormais produire un plus grand nombre de robes qui se vendaient aussi vite, sans en diminuer la qualité. De surcroît, la petite rousse maîtrisant parfaitement l'anglais, comme tous les Irlandais de Montréal, sa présence avait eu comme effet inespéré de permettre un meilleur rapport avec la clientèle fortunée de l'ouest de l'île, ce qui avait accru d'autant le chiffre d'affaires d'Emma Laflamme, modiste.

Mary avait mis à profit ses revenus stables et plus substantiels pour emménager dans un modeste appartement que Mme Lanteigne, d'un naturel compréhensif, lui avait laissé à bon prix. Depuis lors, elle vivait à quelques pas de la maison de fond de cour des Laflamme, sur le parvis de laquelle elle avait presque trouvé la mort l'année précédente. McCreary s'était empressé de les rejoindre à son tour dans un logis du rez-de-chaussée qui lui épargnait les escaliers. Il avait par ailleurs utilisé ses économies et ses relations en Angleterre pour lancer une entreprise d'importation de marchandises britanniques – essentiellement des lainages et des whiskies écossais et irlandais –

qui montrait des signes de croissance encourageants. Pince-sans-rire, il avait baptisé la compagnie Wool by the Yard[1] et était très fier de ce double sens qui faisait allusion à son ancienne profession, même s'il était un des rares à le comprendre.

Le groupe se trouvait donc réuni dans la propriété de Mme Lanteigne, avenue De Lorimier. Chacun était satisfait de l'arrangement et, si les deux enquêtes de la dernière année et les dangers affrontés les avaient rapprochés, la proximité avait engendré entre eux une franche camaraderie. Ils mangeaient ensemble, jouaient aux cartes, discutaient. La maison de fond de cour était devenue le quartier général d'un quatuor tissé serré.

Contrairement aux autres, Joseph n'avait guère changé sa routine. Il cherchait sans cesse l'histoire qui sortirait de l'ordinaire et fascinerait les lecteurs. Le plus souvent, il devait se contenter de comptes rendus d'événements banals, voire ennuyeux, qu'il vendait au *Canadien*. Certes, il affectionnait encore son verre de gin ou de whisky, mais ses efforts pour modérer ses excès portaient ses fruits et, globalement, il buvait un peu moins. La présence de Mary le comblait, et même ses fantômes se taisaient un peu. Bientôt, il trouverait le courage de lui faire la grande demande. Ce qu'elle avait été avant l'indifférait. Les commères pouvaient bien parler si elles le voulaient, il n'en avait cure. À ses yeux, la nouvelle Mary O'Gara était la plus pure des femmes. Son cœur l'avait toujours été. Son corps, souillé par les exigences de la vie, l'était redevenu.

Les quatre amis venaient de déjeuner ensemble, comme presque tous les matins. Il était très tôt et le soleil n'était pas levé depuis une heure, mais déjà

1. Laine à la verge.

Emma et Mary s'apprêtaient à se rendre à la boutique. Une dame avait une séance d'essayage ce matin-là. Avec sa prévenance coutumière, McCreary s'était offert pour héler un fiacre et les déposer en chemin vers la rue de la Commune, où se situait son entrepôt, avant d'aller superviser un arrivage dans le port.

Tout ce beau monde s'était levé de table et était sur le point de partir quand des coups furent frappés à la porte. Intrigués, ils s'interrogèrent mutuellement du regard. Comme Joseph était le seul qui n'avait pas à partir incessamment, il se rendit ouvrir alors que les autres achevaient de se préparer. Sur le seuil, il trouva l'inspecteur Marcel Arcand. Vêtu d'un élégant costume noir, la cravate parfaitement nouée, les favoris triomphants, la moustache et la chevelure noires impeccablement lissées à la pommade, l'homme avait son air sérieux et rigide habituel.

— Tiens, le célèbre inspecteur du Département de police de Montréal ! s'exclama Joseph avec un enthousiasme volontairement exagéré. Quel bon vent ?

— Bonjour, Laflamme. Je vous dérange ?

— Allons donc ! Vous ne me dérangez jamais. Au contraire, une visite de vous est comme un rayon de soleil dans une journée d'orage, déclara le journaliste. Que dis-je ? Un souffle chaud en plein gel de février ! Un baume sur l'ennui des jours !

— Vous êtes très lyrique, ce matin, grinça le policier. Ça ne vous va pas du tout. Je crois que je vous préfère railleur et impoli.

Masquant le plaisir que lui procuraient ses joutes verbales avec Joseph Laflamme, Arcand réalisa que d'autres personnes se trouvaient dans la cuisine et le regardaient, en attente des raisons de sa présence impromptue.

— Mesdames, monsieur McCreary, dit-il avec courtoisie en les saluant de la tête.

— Mesdemoiselles, le reprit immédiatement Emma.

— Oui, euh… mesdemoiselles, se corrigea-t-il aussitôt.

Le rituel de toutes leurs rencontres étant accompli, l'inspecteur du Département de police de Montréal revint à Joseph.

— Laflamme, ça vous dirait de voir un charnier ?

3

L'offre avait été formulée sur un ton désinvolte par l'inspecteur, comme s'il avait invité son interlocuteur à un banal cocktail. En l'entendant, tout le monde le fixa avec attention. Comme les autres, le journaliste perdit un peu ses moyens. Il se reprit aussi vite.

— Un charnier ? Mais bien sûr. Il y a un moment que je n'en avais pas fréquenté, crâna-t-il.

— Alors venez avec moi.

Sans sourciller, Arcand salua poliment Emma, Mary et McCreary de la tête, puis tourna les talons en laissant la porte béante derrière lui. Joseph se hâta d'empoigner son veston sur la patère, s'assura que son calepin se trouvait dans la poche avec un bout de crayon, prit le temps d'adresser à Mary un sourire qu'elle lui rendit de manière étincelante.

— Excuse-moi, il semble que j'aie un charnier à visiter, fanfaronna-t-il avant de sortir en trombe.

Il pressa le pas et rattrapa l'inspecteur sous la porte cochère. Ensemble, ils émergèrent de l'autre côté, avenue De Lorimier, où attendait une voiture noire tirée par deux chevaux qui piaffaient. Sur la banquette du cocher se tenaient deux constables en uniforme. Dès que les passagers y furent montés, le véhicule se mit en branle.

— Bon, vous m'expliquez votre soudaine courtoisie ? demanda Joseph. Vous n'avez tout de même pas fait un détour par chez moi parce que ma scintillante conversation vous manquait.

La relation qu'entretenaient Laflamme et Arcand, empreinte de respect mutuel, était bizarre. Malgré leurs différences, et même s'ils se tapaient parfois joyeusement sur les nerfs, ils avaient partagé des moments d'horreur et de danger qui les avaient soudés à jamais. C'était sans doute pour atténuer la tension entre eux qu'ils prenaient un malin plaisir à se piquer et à se taquiner dès que l'occasion se présentait. Sans se fréquenter régulièrement, ils se croisaient souvent, étant donné leurs métiers respectifs, et ils avaient établi une forme de cohabitation dans laquelle ils se sentaient tous deux à l'aise.

— Je n'ai encore rien vu, mais d'après ce qu'on m'a rapporté il s'agit du genre d'histoire que vous affectionnez, expliqua Arcand.

— C'est-à-dire ?

— Sordide, glauque et nauséabonde. J'ai pensé que vous seriez content.

— Vous me connaissez bien, admit Joseph, incapable de réprimer un sourire narquois. Je ne sais pas si je devrais être flatté ou insulté.

— Un peu des deux ?

— Cela ne m'explique pas pourquoi vous éprouvez tout à coup le besoin de m'inclure dans vos enquêtes.

— Si le charnier est tel qu'on me l'a laissé entendre, la nouvelle va sortir. C'est inévitable. Vous étiez presque sur mon chemin et je savais que l'affaire vous intéresserait, alors je me suis dit qu'il valait mieux vous informer moi-même que vous lâcher comme un renard dans un poulailler. Au moins, avec vous, je sais qu'elle sera rapportée correctement. Et puis, il faut bien le reconnaître, vous êtes plus doué pour l'enquête que la plupart de mes collègues.

Joseph sourit en songeant qu'à peine un an plus tôt, alors qu'Arcand et lui menaient des enquêtes parallèles sur les meurtres de prostituées, ces mêmes qualités avaient irrité son interlocuteur au plus haut point.

— Diantre, serait-ce un compliment ? ricana-t-il en feignant la surprise.

— Une simple observation. Ne vous faites pas de fausses idées, rétorqua l'inspecteur. N'oubliez pas que c'est moi qui vous ai proposé de collaborer quand le Klan s'est mis à pendre des Noirs l'hiver dernier. Au bout du compte, nous nous utilisons mutuellement. Un échange de bons procédés, en quelque sorte. Ou du parasitisme. Tout dépend du point de vue.

— Vous êtes trop bon, dit Joseph, mi-figue, mi-raisin.

— Je sais. On me le reproche souvent. Je n'y peux rien, je suis comme ça.

Ils firent une pause qui décrétait implicitement une trêve. Pendant un moment, Arcand regarda le paysage défiler par la fenêtre de la portière. La voiture bifurqua à droite sur Notre-Dame. Joseph sortit son calepin de sa poche.

— Alors, ce charnier ? s'enquit-il en mouillant la mine de son crayon sur sa langue. Que pouvez-vous m'en dire ?

— Pour l'instant, pas grand-chose. Une conduite d'égout a éclaté, rue Le Royer. La pression de l'eau qui fuyait a creusé le sol sous la chaussée et une partie de la rue s'est effondrée, pavés et tout. Une calèche est presque tombée dedans. Les ouvriers de la Ville sont venus faire les réparations et ont découvert des ossements.

— Il y en a beaucoup ?

— C'est ce que nous saurons bientôt.

— Vous êtes bien énigmatique.

— Je préfère toujours voir de mes propres yeux plutôt que croire ce qu'on me rapporte. Tous les journalistes devraient adopter cette saine habitude.

La voiture venait de bifurquer dans la rue Saint-Paul par Saint-Denis. Quelques minutes plus tard, elle s'engagea à droite sur Saint-Sulpice, puis sur Le Royer. Le constable qui conduisait s'immobilisa dans le petit tronçon de rue qui s'étendait jusqu'à Saint-Dizier.

— Nous y voilà, annonça le policier en ouvrant la portière.

Ils descendirent et se trouvèrent devant les magnifiques entrepôts de cinq étages construits vingt ans plus tôt par les Hospitalières de Saint-Joseph sur l'ancien site de leur Hôtel-Dieu. Un attroupement s'était formé à une cinquantaine de pieds plus loin. Deux constables en uniforme bleu, la casquette enfoncée sur la tête, peinaient à tenir les curieux à distance. Çà et là, des femmes en larmes, pâles et visiblement ébranlées, portaient la main à leur bouche ou s'épongeaient les yeux avec un mouchoir. Des hommes au visage livide discutaient entre eux et donnaient l'impression d'avoir vu le diable. Trois ouvriers perplexes se tenaient à l'écart le long d'un édifice, appuyés sur le manche de leur pelle, l'air abasourdi. Au bout de la rue Le Royer, à l'ombre de la basilique Notre-Dame, plusieurs prêtres en soutane observaient la scène de loin, l'état ecclésiastique n'affectant manifestement pas leur curiosité. Joseph fut immédiatement aux aguets. Il se passait quelque chose de grave.

En s'approchant, il reconnut le constable Muldoon, qu'il avait brièvement côtoyé l'hiver précédent, alors qu'il enquêtait sur les meurtres de Noirs. Le même air mauvais, la face cramoisie et la moustache rousse frémissante de colère, le gros Irlandais semblait brûler d'envie d'empoigner sa matraque pour régler son différend avec les badauds et rétablir l'ordre. Quand l'homme aperçut l'inspecteur et ses deux collègues, le soulagement se dessina sur ses traits.

À trois, avec force menaces et insultes, les constables eurent tôt fait de repousser la foule à une distance raisonnable, dévoilant un trou de cinq pieds de diamètre dans la chaussée.

— Notre destination, je présume, observa Joseph.

— Allons voir, dit Arcand.

Ils se dirigèrent vers la section effondrée. Une épouvantable odeur d'excréments les accueillit tel un mur invisible alors qu'ils étaient encore à une vingtaine de pieds. Sans se consulter, les deux hommes tirèrent un mouchoir de leur poche de pantalon, le plièrent en quatre et se l'appliquèrent sur la bouche et le nez. Cette faible protection n'empêcha pas Joseph d'avoir un haut-le-cœur. Malgré son expérience, l'inspecteur ne paraissait guère en meilleur état.

Ils n'étaient qu'à quelques pieds du trou quand une tête en émergea subitement, tel un diable en boîte, causant une sainte frayeur au journaliste. Joseph recula d'un pas et ravala tout juste un cri de fillette en manquant de tomber.

— Docteur Hébert, vous êtes déjà à l'ouvrage, constata simplement Arcand en toussotant dans son mouchoir.

— Comme vous voyez, répondit le nouveau venu, qui ne semblait nullement incommodé par le miasme. Les ouvriers ont coupé l'eau et le fond s'est un peu asséché. J'ai jugé préférable de m'y prendre de bonne heure au lieu de vous attendre. Les indices disparaissent si vite.

L'homme, encore jeune, avait les cheveux blonds qui commençaient à se raréfier. Il portait de petites lunettes rondes qui n'arrivaient pas à vieillir son air d'angelot. Joseph estima son âge au début de la trentaine.

— Laflamme, je vous présente le Dr Baptiste Hébert, qui aide parfois la police sur les scènes de meurtre, annonça Arcand. Docteur Hébert, voici Joseph Laflamme, journaliste.

Toujours dans son trou, le médecin s'illumina.

— *Le* Joseph Laflamme ? Celui de l'Éventreur et du Ku Klux Klan ? Ce serait un réel honneur de vous serrer la main, mais…

Il exhiba une main droite maculée de boue et, sans doute, d'excréments. D'un geste, Joseph lui signifia qu'il ne se formalisait absolument pas de cette entorse à la politesse, ce qui fit sourire le médecin. En d'autres circonstances, le journaliste aurait eu fort à faire pour ne pas se mettre à ronronner de satisfaction. Après tant d'années à manger son pain noir, il était enfin reconnu et respecté. L'orphelin parti de moins que rien était devenu quelqu'un.

— Alors, qu'avons-nous là-dedans ? s'enquit Arcand.

— Des enfants, laissa tomber le médecin en devenant soudain grave. Des nouveau-nés.

Les sourcils froncés et les lèvres pincées, l'inspecteur s'approcha du bord et jeta un coup d'œil au fond du trou. Joseph en fit autant et ne put s'empêcher de vaciller sous le choc. Parmi les pavés détachés, à demi enfoncées dans une épaisse boue noire qui empestait, gisaient des choses blanches. Il fallut un moment pour que sa cervelle arrive à interpréter ce que voyaient ses yeux. Des ossements. Une multitude d'os délavés. Son regard se posa sur une tache pâle un peu plus grande. La face du petit crâne rond émergeait à moitié de la fange et semblait lui adresser un lugubre sourire édenté. De cette bouche avaient sans doute jailli jadis des pleurs. Les lèvres disparues avaient tété leur mère. Les paupières s'étaient refermées lorsque l'enfant dormait. Et pourtant, il était là, déchet dépouillé de toute dignité. Joseph laissa son regard errer sur la boue et, horrifié, en repéra quelques autres.

— Sacrement… murmura-t-il d'une voix qui tremblait.

Le journaliste avait vu la mort de près, trop souvent. Mais il y avait quelque chose de particulièrement obscène dans ces os de nourrissons blanchis. Qui avait pu traiter ainsi des enfants sans défense ? Comment s'étaient-ils retrouvés là ?

Sur le coup de l'émotion, il se mit à chanceler et il sentit à peine la main d'Arcand qui lui empoignait fermement le coude.

— Ça va aller, Laflamme ?

— O-Oui… Je… C'est seulement que… balbutia-t-il.

— Allez vous asseoir plus loin, si vous voulez.

Hagard mais orgueilleux, Joseph secoua énergiquement la tête pour manifester son refus. Arcand reporta son attention sur le médecin.

— Je peux déjà vous assurer que les crânes sont ceux d'enfants nés à terme, lui précisa celui-ci sans qu'il ait à poser la question. Ils n'ont pas été avortés.

L'inspecteur enveloppa sa main de son mouchoir et la lui tendit pour l'aider à sortir du trou. Hébert l'empoigna avec reconnaissance et se hissa sur le bord. Il avisa avec résignation ses souliers gâchés et le bas de son pantalon couvert jusqu'aux genoux de boue et d'autres choses qu'il valait mieux ne pas imaginer.

— Éloignons-nous, suggéra l'inspecteur avec sollicitude, qui considéra son mouchoir, trop souillé pour le remettre sur sa bouche, et le jeta par terre.

Personne ne se fit prier pour prendre ses distances du miasme écœurant. Lorsqu'il fut bien à l'écart, Joseph échangea son mouchoir contre son calepin et son crayon. Il nota à la hâte ce qu'il avait entendu durant le voyage en voiture et ce qu'il avait vu depuis son arrivée. Puis il se concentra sur la conversation.

— Il y en a combien ? s'enquit Arcand.

— À vue de nez, je dirais sept ou huit. Ils ne sont pas complets. Il faudra tamiser la boue pour extraire tous les os. J'ai demandé au contremaître des travaux de procéder et de m'apporter le résultat à la morgue. Je verrai combien de squelettes je peux reconstituer et je pourrai vous en dire plus.

— Vous croyez qu'ils ont été éjectés par l'égout ?

Le médecin haussa les épaules, une moue dubitative sur les lèvres.

— Je me suis posé la question, naturellement, mais la seule réponse que j'ai pour vous en ce moment est : peut-être. Leur accumulation a certainement pu obstruer la canalisation, ce qui aura fini par causer la rupture. D'ailleurs, un ouvrier de la Ville m'a dit tantôt que ce n'était pas la première fois que ça bouchait par ici. Il paraît que, depuis deux ou trois ans, ils viennent régler un problème au moins une fois par année. Mais les corps pouvaient aussi bien déjà se trouver là, enfouis quelques pieds sous le tuyau, et la fuite les aura déterrés en détrempant le sol.

— J'aimerais que vous me fassiez un rapport le plus tôt possible.

— Je n'y manquerai pas, promit le Dr Hébert. Et maintenant, si vous voulez m'excuser, je crois que je vendrais ma propre mère en échange du simple plaisir de me laver. On ne s'habitue pas à ce genre d'odeur.

Après avoir adressé une salutation silencieuse à Joseph, le médecin s'éloigna, chaque pas produisant un répugnant gargouillis dans ses chaussures. D'un geste, l'inspecteur appela le constable Muldoon.

— Restez ici avec un de vos collègues, lui ordonna-t-il. Quand les ouvriers auront tout tamisé, veillez à ce qu'on couvre le trou avec de bonnes planches solides pour éviter que quelqu'un ne tombe dedans. Il est formellement interdit de le combler jusqu'à ce que je l'autorise. Nous pourrions avoir besoin de l'examiner à nouveau. Est-ce bien clair ?

— Oui, inspecteur, répondit docilement l'Irlandais, visiblement dépité.

Il regarda Joseph.

— Je… je peux vous emprunter votre mouchoir, monsieur Laflamme ?

Pris de pitié, le journaliste le lui tendit sans profiter de l'occasion pour lui remettre sur le nez le soudain respect qu'il semblait avoir pour lui.

4

Une fois réglés quelques autres détails, l'inspecteur Arcand proposa à Joseph de le conduire à la maison, mais celui-ci déclina l'offre poliment. Après ce qu'il venait de voir et de sentir, il éprouvait un besoin pressant de marcher. Il avait l'impression que l'odeur de putréfaction et d'excréments s'était incrustée à jamais dans ses vêtements et tous les pores de sa peau. L'air frais, sous le soleil matinal, lui ferait le plus grand bien. L'effondrement de la chaussée s'étant produit à proximité de la boutique de sa sœur, dans la rue Saint-Paul, près de Saint-Jean-Baptiste, il décida de s'y rendre. Parler à quelqu'un de ce qu'il venait de voir le ramènerait dans un monde plus sain. Et surtout, au magasin, il trouverait sa Mary.

Les images sinistres tournoyaient dans sa tête. Il imaginait ces enfants à peine nés et aussitôt morts, jetés dans les égouts comme le contenu d'un pot de chambre, leur peau encore toute rose vouée à la corruption et aux vers. Quel monstre avait pu commettre pareil crime contre nature, au moins sept fois de surcroît ? Il n'arrivait pas à formuler une explication qui ne le choquât pas jusqu'au plus profond des tripes.

La soif le surprit, violente et urgente, comme chaque fois que quelque chose le troublait. Un peu de gin calmerait ses nerfs à vif et atténuerait les images de petits crânes qui semblaient avoir été brûlées au fer rouge dans sa mémoire. Les débardeurs du port venaient de terminer leur quart du matin et plusieurs tavernes étaient ouvertes pour profiter de leur clientèle. Il suffisait de s'arrêter dans la première qu'il croiserait, de s'asseoir et de prendre un verre ou deux. Tout irait mieux après. Il se fit violence, ravala la salive qui s'était accumulée dans sa bouche et pressa le pas. Il n'avait pas besoin de boire. Pas pour cette raison. Pas si tôt dans la journée, même s'il était forcément cinq heures de l'après-midi quelque part dans le monde.

Sa destination atteinte, il essuya ses mains moites sur son pantalon et poussa la porte de la boutique. Le tintement d'une sonnette annonça son arrivée. Au fond de la pièce, Emma leva la tête de la table de travail sur laquelle elle dessinait et lui sourit. Près d'elle, Mary fit taire la machine à coudre dès qu'elle le vit, et son visage s'illumina. Les deux femmes s'assombrirent en notant son expression renfrognée.

— Joseph ? fit la rousse, inquiète.

— C'était si affreux que ça ? s'enquit Emma.

Il alla les rejoindre et se laissa choir sur une chaise libre près de Mary. Celle-ci lui posa la main sur l'avant-bras et le caressa doucement. Ce simple contact à travers le tissu de son costume lui rendit un semblant de sérénité. Leurs yeux se trouvèrent.

— Encore pire, soupira-t-il du fond de sa poitrine en se frottant le visage à deux mains. Une vraie horreur.

— Raconte, murmura Mary.

Débordant d'énergie nerveuse, il se releva et se mit à marcher de long en large dans la boutique.

En gesticulant comme un perdu, la gorge serrée, il relata ce qu'il avait vu tout en gardant pour lui les détails les plus sordides. À mesure qu'il parlait, il eut l'impression de se délester d'un poids oppressant tandis que les deux femmes portaient simultanément la main à leur bouche.

— Mais d'où venaient tous ces pauvres petits ? demanda sa sœur, atterrée. Qui… ? Pourquoi… ?

Près d'Emma, Mary avait distinctement pâli. Tout à son tourment, Joseph le remarqua distraitement puis haussa les épaules avec désespoir.

— Si je le savais… déplora-t-il. Soit ils ont tous été enterrés là, soit ils ont simplement été jetés dans l'égout, comme des ordures.

— Une faiseuse d'anges ? suggéra Emma.

— Selon le médecin qui se trouvait là, un certain Hébert, ils sont tous nés à terme, dit-il en secouant la tête.

— Seigneur… Ils ont été assassinés ?

— On dirait bien.

Joseph enfouit le nez dans le creux de son coude et renifla. Puis il s'avança vers Emma et lui tendit son bras.

— Je pue ? fit-il.

— Non, le rassura-t-elle après avoir humé de loin.

Il se remit à aller et venir pour contrer la fébrilité qui le reprenait.

— J'aimerais pouvoir dire que je refuse de croire qu'un fou – ou une folle – court les rues de Montréal et s'attaque aux nouveau-nés, déclara-t-il, exaspéré, mais après ce que j'ai vu depuis un an je sais que tout est possible. Et puis, bon Dieu, si des enfants disparaissaient de leur berceau, ça se saurait ! Il doit y avoir une explication logique.

— Ah oui ? Et peux-tu penser à une seule ? s'enquit sa sœur.

— Non, admit-il. Et ce n'est pas faute d'avoir essayé.

Il s'immobilisa et remarqua que Mary s'essuyait discrètement les yeux et les joues avec la paume de sa main droite.

— Mary ? Mais qu'est-ce que tu as ? lança-t-il, inquiet.

— Rien, répondit celle-ci en s'efforçant de sourire avant de renifler. Rien du tout.

— J'ai dit quelque chose ?

— Non, non, je t'assure, dit-elle avec un geste nerveux de la main. Tout va bien. C'est seulement ton histoire qui m'arrache le cœur. Elle est affreusement triste. Tous ces bébés…

Les derniers mots s'achevèrent en un trémolo.

— Tu es sûre ?

— Oui, puisque je te le dis, rétorqua-t-elle. Cesse de voir des drames où il n'y en a pas, grand nigaud.

Incapable de se défaire complètement de l'impression d'avoir gaffé, il allait insister quand la voix de sa sœur, à la fois douce et autoritaire, l'en empêcha.

— Tu as sans doute un article à écrire, Jo.

— Oui, mais…

— Alors vas-y, le coupa Emma.

— Mais…

— S'il te plaît.

Le regard ferme qu'elle lui adressa lui fit comprendre qu'elle savait parfaitement ce qui affectait Mary et qu'elle s'en occuperait. Résigné à ne pas y voir clair dans l'immédiat, et sachant trop bien qu'il était impossible de rompre un front commun formé par des femmes, il consulta la vieille montre de gousset un peu cabossée dont il n'arrivait pas à se départir.

— Il n'est pas encore dix heures. J'ai le temps d'écrire l'article et de le déposer au *Canadien*, estima-t-il, en refermant le couvercle. Surtout qu'il ne sera pas très long.

Il les embrassa toutes les deux, réservant une tendre caresse pour la joue de Mary. À contrecœur, il quitta la boutique en se promettant bien de discuter avec elle à la première occasion.

***

L'idée d'écrire quelque chose sur le charnier de la rue Le Royer lui répugnait au plus haut point, alors qu'il avait rapporté sans aucun scrupule les scènes atroces laissées par l'Éventreur et par les tueurs du Klan. Cela dit, il n'avait guère le choix. D'une part, l'aspect sordide de l'histoire plairait beaucoup à Charles-Edmond Rouleau. D'autre part, Arcand lui avait accordé une exclusivité et, s'il ne s'en prévalait pas, sa source se tarirait aussi vite, ce qui était très mauvais pour un journaliste. De plus, son travail était de rapporter l'actualité, pas de décider de ce qui devait l'être.

Il ôta son veston, roula ses manches de chemise, sortit sa vieille Remington modèle n° 2 de l'armoire et la posa sur la table. Il se laissa tomber sur la chaise, soupira, inséra une feuille entre les rouleaux, avisa la machine à écrire avec dépit, soupira derechef, se gratta le cuir chevelu, fouilla son esprit et le trouva désespérément vide. Il se leva, fila droit vers le comptoir de la cuisine, trouva la bouteille de gin dans l'armoire, sortit un verre et le remplit. Il le vida d'un trait, ferma les yeux et laissa l'alcool brûlant descendre dans son œsophage. Lorsque la chaleur réconfortante fut bien installée au creux de son estomac, il remplit le verre à nouveau, remit la bouteille à sa place et retourna s'asseoir, les nerfs partiellement calmés et les idées plus claires. Les images d'ossements dans la boue étaient toujours présentes, mais moins vives, plus distantes.

— Bon… maugréa-t-il. Il faut ce qu'il faut.

Il consulta ses notes, posa son calepin ouvert à droite de la machine, se fit craquer les doigts, les posa sur les touches et se mit à écrire. Au bout du compte, la tâche était fort simple. Point de sous-entendus malicieux à l'endroit du Département de police et de ses constables ni de provocation subtile adressée à un assassin dangereux. Un simple reportage. Or, au final, il savait bien peu de choses.

Il eut tôt fait de rédiger un texte qui, s'il n'avait pas le panache de certains autres, proposait un résumé efficace des faits. Résistant à l'envie tenace de se servir un troisième verre, il relut son article, qui tenait sur une demi-page à peine, et ne fut guère impressionné par son propre travail, mais dut s'y résigner.

<u>MACABRE DÉCOUVERTE !</u>

<u>UN CHARNIER D'ENFANTS RUE LE ROYER</u>

Les ruptures de conduites sont un problème trop fréquent dans notre ville. Le vendredi 16 septembre dernier, une fuite dans le réseau d'égouts, à un endroit considéré comme problématique par les employés de la Ville, a provoqué l'effondrement d'une partie de la rue Le Royer, entre Saint-Sulpice et

Saint-Dizier, sous le poids d'une voiture qui passait par là.

Une horrible surprise attendait les ouvriers de la Ville venus effectuer des réparations qu'ils imaginaient routinières. En effet, quelques coups de pelle ont suffi pour révéler la présence d'ossements. Le Dr Baptiste Hébert, appelé sur les lieux par la police pour procéder à un examen préliminaire, a confirmé qu'il s'agissait non seulement de restes humains mais, chose encore plus horrible, de ceux d'au moins sept ou huit nouveau-nés.

Il se relut. C'était, en substance, tout ce qu'il savait. Devait-il aller plus loin et formuler des hypothèses ? Après réflexion, il décida plutôt de devancer les questions que tous les lecteurs se poseraient spontanément.

Les petits cadavres se trouvaient-ils à cet endroit depuis longtemps ou y ont-ils été rejetés récemment par la fuite d'eau ? Leur présence est-elle le résultat d'un crime sordide ou d'un malheureux concours de circonstances ? Et si crime il y a eu, quel esprit détraqué a pu le commettre ? Pour le moment, nul n'est en mesure de répondre à ces questions.

Le Dr Hébert est chargé de procéder à un examen plus détaillé des restes – lugubre casse-tête s'il en est un – et d'en faire le rapport au Département de police dans les plus brefs délais. L'enquête est menée par le très capable inspecteur Marcel Arcand, dont la renommée n'est plus à faire.

Joseph Laflamme

L'histoire était glauque, certes, et les gens la liraient avec un plaisir à la fois glouton et coupable, comme toujours, mais malgré la bonne volonté du Dr Hébert il était fort probable qu'elle n'ait aucune suite. À moins d'un développement imprévu, Joseph ne ferait pas beaucoup d'argent avec ce filon. À défaut de cela, il gardait son nom dans l'actualité, ce qui était utile.

Il consulta sa montre. Il était presque une heure de l'après-midi et il avait oublié de dîner. À la seule pensée d'avaler quelque chose, il sentit son estomac menacer de se rebeller. Il se demanda s'il arriverait à manger à nouveau sans voir les petits crânes flottant dans les excréments.

Il se secoua et décida d'en finir. Il remit sa veste sans dérouler ses manches, plia la feuille en trois et la glissa dans la poche intérieure, puis sortit en se promettant d'être de retour avant le souper. Mary lui cachait quelque chose et il était décidé à savoir de quoi il s'agissait.

5

La rencontre avec Charles-Edmond Rouleau s'était déroulée sans anicroche. Contrairement à ce qu'avait craint Joseph, l'éditeur du *Canadien* avait été content de l'article malgré sa qualité moyenne. Le fait qu'il n'aurait probablement aucune suite ne l'avait pas non plus indisposé outre mesure.

— Nous n'avons rien publié de très corsé ces derniers temps, avait-il expliqué, son éternel cigare dans le coin de la bouche. Des bébés morts dans la merde, c'est quand même pas mal. On sortira ça lundi matin. Et si tu peux me trouver l'assassin, ce sera encore mieux !

— Pour les miracles, je demande un minimum de temps, avait rétorqué Joseph sans vraiment y croire. Et votre cynisme ne s'améliore pas.

— Mon cynisme est ce qui te permet de gagner ta vie, Laflamme.

Sans rien promettre sinon de s'informer des résultats du Dr Hébert et de suivre les progrès de l'enquête, s'il y en avait, le journaliste était reparti après avoir empoché ses honoraires et refusé le deuxième verre de whisky offert avec insistance par Rouleau. Quand il avait hélé une calèche sur Saint-Jacques, il s'était senti plus propre, comme si le fait de partager le récit était une forme de purification.

De retour sur De Lorimier, il paya sa course. Du coin de l'œil, il nota une autre voiture, noire et luxueuse, garée plus loin, dont le cocher juché sur sa banquette semblait attendre patiemment. Tout compte fait, il était satisfait de sa journée et aurait l'esprit plus tranquille pour discuter avec Mary quand elle rentrerait.

Il venait de pénétrer dans la cour quand une voix éraillée causa une terrible frayeur à ses nerfs déjà malmenés.

— Monsieur Laflamme ?

Son cœur manqua de bondir hors de sa poitrine. Il pivota sur lui-même, certain de devoir défendre sa vie. Stupéfait, il se retrouva plutôt face à face avec un prêtre. Son antipathie pour tout ce qui portait soutane remonta aussitôt à la surface et il le toisa sans chercher à masquer son déplaisir, furieux.

— Sacrement ! Vous vous cachez souvent dans les coins noirs pour faire peur aux gens ? gronda-t-il.

Le soleil était haut et plombait fort. Joseph observa son interlocuteur, qui n'avait pas répondu. Il était très âgé et semblait porter sa chair plissée comme un manteau trop grand. On aurait dit que sa peau avait coulé sur sa charpente telle de la cire chaude avant de se refroidir. Il était frêle et son dos extrêmement voûté donnait l'impression qu'il était plus petit qu'il ne l'était réellement. Ses rares cheveux blancs étaient ébouriffés. Son visage parsemé de taches de vieillesse était couvert d'une barbe blanche de trois jours qui lui donnait l'air encore plus vieux. Il portait des lunettes rondes cerclées de fer qui avaient connu de meilleurs jours et se tenaient bancales sur son nez. Le vieil homme braquait sur le journaliste un regard enfiévré, voilé par un film laiteux.

— Si c'est McCreary que vous voulez voir, vous allez devoir patienter. Il est loin de la conversion et je le comprends parfaitement de ne pas vouloir joindre l'Église catholique. Je leur conseille personnellement un mariage civil au palais de justice au lieu de remplir les poches des curés, déclara Joseph avec défiance.

Le religieux demeura impassible.

— Et si c'est pour votre dîme, vous pouvez l'oublier. Je n'ai aucune intention de la payer puisque je ne fréquente pas l'église. Vos sermons m'ennuient et votre moralité à quatre sous, bonne pour autrui mais pas pour vous, m'indispose.

— Vous êtes bien Joseph Laflamme, journaliste au *Canadien* ? caqueta le prêtre, imperturbable.

— Oui, pourquoi ?

Plus il le regardait de près et plus le personnage lui paraissait étrange. Le bas de sa soutane trop longue était souillé d'avoir traîné dans la poussière et dans la boue des rues. Ses manches atteignaient le milieu des mains noueuses. Même son col romain était trop grand et on aurait facilement pu glisser deux doigts entre le morceau de carton jauni et la peau ridée du cou. Soit il avait été jadis beaucoup plus costaud, soit il portait le vêtement de quelqu'un d'autre. Joseph remarqua au passage la tache de vin qui lui couvrait le côté gauche du cou et une partie de la joue jusque sous le lobe de l'oreille.

Le prêtre fit quelques pas vers lui et Joseph fut aussitôt assailli par un puissant relent de corps mal lavé. Plissant le nez, il aperçut, dans la main droite de l'énergumène, un petit paquet rectangulaire de papier brun grossier attaché avec une ficelle. L'individu le lui tendit d'une main nerveuse.

— C'est pour vous.

Sur la défensive, Joseph considéra l'objet sans tenter de le saisir.

— Qu'est-ce que c'est ? demanda-t-il.

— Lisez-le, monsieur Laflamme, insista l'homme, un peu trop exalté pour être tout à fait sain d'esprit. Vous verrez. Ce n'est pas d'hier qu'on tue des enfants à Montréal. Il faut que ça se sache ! Il faut qu'ils paient ! Maria disait vrai !

Brusquement, le prêtre lui fourra le paquet de force dans les mains. Tandis que Joseph jonglait avec le colis pour ne pas le laisser échapper, l'homme se retourna et franchit la porte cochère au pas de course avec une vivacité qui jurait avec son âge.

— Dites-le, monsieur Laflamme ! grinça-t-il en disparaissant.

Il fallut un moment au journaliste pour secouer sa torpeur.

— Hé ! Attendez ! s'écria-t-il.

Il s'élança à sa poursuite et surgit sur l'avenue De Lorimier juste à temps pour voir le mystérieux inconnu s'engouffrer dans la voiture qu'il avait remarquée en arrivant. Le cocher fouetta ses chevaux et le véhicule s'ébranla avant même que la portière soit close. Joseph se mit à courir à toutes jambes sans se demander ce qu'il ferait si, par un quelconque miracle, il parvenait à le rattraper. Il s'arrêta après quelques centaines de pieds, alors que la calèche était déjà loin.

Plié en deux sur le côté de la rue, il reprit peu à peu son souffle. C'est alors, seulement, qu'il réalisa qu'il avait les mains vides. Il rebroussa chemin aussi vite et surgit dans la cour, à nouveau hors d'haleine. Son regard balaya le sol, et il repéra vite le paquet qu'il avait laissé tomber sans s'en rendre compte en partant aux trousses du religieux. Il le ramassa et, le cœur battant autant d'excitation qu'en raison de l'effort fourni, il rentra, perplexe.

Tôt le matin, on découvrait un charnier rempli d'ossements de nouveau-nés et, à trois heures de l'après-midi, un vieux curé sorti de nulle part lui donnait un paquet en parlant d'assassinats d'enfants avant de déguerpir comme un voleur. Joseph croyait en bien peu de choses dans la vie et le hasard ne figurait pas sur la courte liste. De toute évidence, l'affaire prenait une tournure inattendue. Il brûlait de découvrir laquelle. Il ressentait soudain une fébrilité qui lui était familière et qui le faisait se sentir vivant.

Une fois à l'intérieur, il retira sa veste et la jeta négligemment sur le vieux canapé puis se précipita vers la table. Il s'assit, poussa un peu la Remington pour se faire de la place et déposa le paquet devant lui pour l'examiner. Du papier brun et une ficelle attachée avec un nœud. Rien d'écrit, aucune adresse d'expédition ou de retour. Il n'avait pas été préparé pour être posté, mais remis en main propre, ce qui soulevait la question de comment l'individu avait su où le trouver. Peut-être l'avait-on suivi.

Il brisa la ficelle, retira le papier et découvrit un livre à la couverture écornée et à la reliure usée d'environ six pouces sur quatre. Il n'en fut nullement surpris. Après tout, le prêtre lui avait intimé l'ordre de *lire*. Il prit le livre et le retourna dans tous les sens. Une édition à bon marché, imprimée à la hâte sur du mauvais papier trop mince dans une reliure fragile sous une simple couverture cartonnée, qui avait été lue très souvent.

Il feuilleta les premières pages au papier jauni. L'ouvrage était en anglais et son titre l'intrigua.

AWFUL DISCLOSURES

OF

MARIA MONK

AS EXHIBITED IN

A NARRATIVE OF HER SUFFERINGS DURING HER RESIDENCE OF FIVE YEARS AS A NOVICE AND TWO YEARS AS A BLACK NUN IN THE HOTEL DIEU NUNNERY IN MONTREAL [1]

1836

1. Les affreuses révélations de Maria Monk présentées dans une narration de ses cinq années de noviciat et de ses deux années comme sœur noire au couvent de l'Hôtel-Dieu à Montréal.

Il ramassa son calepin sur la table et l'ouvrit à une page vierge au haut de laquelle il recopia le titre principal, qu'il souligna deux fois. Avant d'aller plus loin, il décida de se faire du thé pour éclaircir les idées que deux gins et un whisky avaient un peu embrumées. Emma et Mary ne rentreraient pas avant cinq heures et demie du soir. Il avait amplement le temps de voir ce dont il retournait. Il revint avec sa tasse fumante, avala une gorgée brûlante, s'installa et se plongea dans la lecture.

Cinq minutes plus tard, il était happé par une histoire aussi sordide qu'invraisemblable. La voix du mystérieux prêtre résonna plusieurs fois dans sa tête à mesure qu'il avançait dans sa lecture et griffonnait furieusement ses notes. *Ce n'est pas d'hier qu'on tue des enfants à Montréal. Il faut que ça se sache ! Il faut qu'ils paient ! Maria disait vrai !*

6

Le raclement d'une clé dans la serrure tira Joseph d'une véritable transe dans laquelle il s'était enfoncé dès que ses yeux s'étaient posés sur les premières lignes du livre. À côté de lui, sur la table, sa tasse était encore à moitié pleine de thé maintenant froid. Un peu désorienté, il tira sa montre et fut surpris de constater qu'il était presque six heures. Il avait lu pendant près de trois heures s'en rendre compte.

Emma entra, l'air harassé et les yeux rougis après une longue journée de travail au crayon et à l'aiguille.

— Bonsoir, soupira-t-elle en retenant pudiquement un bâillement.

Elle posa son petit sac sur le comptoir, aperçut la théière sur le poêle, prit une serviette pour saisir la poignée chaude et se servit une tasse. Elle en avala une gorgée et grimaça avant de vider le reste dans l'évier. Un épais nuage de vapeur en monta.

— Ce n'est plus du thé, c'est de la mélasse ! se plaignit-elle avec une grimace fort peu gracieuse. Seigneur, il cuit depuis quand ?

— Désolé, ricana son frère. Je lisais et je n'ai pas vu le temps passer. Je l'ai oublié sur le feu. Je t'assure qu'à trois heures il était très bon.

— Encore un peu et la théière fondait !

Joseph considéra le livre devant lui et constata qu'il avait couvert plus de deux cents des trois cent soixante-quinze pages. Curieuse, Emma s'approcha et étira le cou par-dessus son épaule.

— Qu'est-ce que tu lis de si intéressant ?

— Une histoire de fous, déclara-t-il en haussant les épaules, comme s'il n'arrivait pas à croire que ce qu'il venait de lire était bel et bien écrit sur les pages. C'est absolument délirant.

— Quelque chose à voir avec le charnier de ce matin ?

— Peut-être. J'ai beaucoup de mal à croire ce qu'il y a là-dedans. Mais bon, si hier on m'avait dit qu'il y avait un charnier rempli de petits enfants sous la rue Le Royer, je ne l'aurais pas cru non plus, alors je suppose qu'il n'y a rien d'impossible.

Il jeta un coup d'œil sur les pages ouvertes, troublé par ce qu'il avait lu, et lui raconta comment le livre s'était retrouvé entre ses mains.

— L'auteure, une dénommée Monk, raconte comment les sulpiciens et les hospitalières forniquaient gaiement en 1835, continua-t-il sans pouvoir cacher entièrement son amusement. Et la façon dont ils disposaient des nouveau-nés dans un puits rempli de chaux vive. Après les avoir baptisés, évidemment. Et puis figure-toi que…

— Chut ! Surtout, ne dis rien de plus ! s'écria sa sœur en agitant les mains devant elle. J'ai entendu assez d'horreurs pour le reste de ma vie depuis un an ! Tiens, je vais aller me changer.

Elle s'éloigna en maugréant :

— Des religieux qui copulent, des bébés jetés… et quoi encore ? Pff…

Joseph réalisa soudain qu'il avait complètement oublié le plus important.

— Mary n'est pas avec toi ? s'enquit-il, un peu déconcerté.

— Non, elle est rentrée directement chez elle, lui répondit Emma en se tournant.

— Mais pourquoi ?

— Elle préférait être seule, c'est tout.

— Elle ne soupe pas avec nous ?

— Non, puisque je te dis qu'elle est chez elle.

Il se leva d'un bond, déposant le livre qui lui avait fait oublier la petite rousse.

— Jo ? fit sa sœur en avançant vers lui, l'air alarmé.

— Quoi ? répondit-il en attrapant la veste qu'il avait laissée sur le sofa en entrant.

— N'y va pas. Laisse-la tranquille. S'il te plaît.

Il s'immobilisa, un bras à mi-chemin dans une manche.

— Mais qu'est-ce qui se passe, à la fin ? Encore un de vos secrets ?

— Il n'y a rien de grave, rassure-toi. Mary a seulement besoin d'un peu de temps.

Sa façon malaisée de détourner le regard n'échappa pas à son frère.

— Du temps pour faire quoi ? s'impatienta-t-il.

— Laisse, Jo, rétorqua-t-elle d'un ton presque suppliant. Ce sont des affaires de femmes. Ne t'en mêle pas. Tu ne comprendras rien d'une façon ou d'une autre et tu vas tout compliquer.

Pour toute réponse, il sortit en trombe, indifférent aux appels de sa sœur, traversa la cour à grands pas décidés et entra dans le triplex. Il grimpa l'escalier deux à deux et, une fois au dernier étage, fonça vers l'appartement qu'occupait Mary O'Gara. Il frappa avec insistance à la porte jusqu'à ce qu'une voix monte de l'autre côté.

— Qu'est-ce que c'est ?

— C'est moi. Ouvre, s'il te plaît.

— Je... je ne suis pas présentable. Reviens demain, tu veux ?

— Mary, je sais qu'il se passe quelque chose et je veux savoir quoi. Laisse-moi entrer, plaida-t-il.

— Joseph, s'il te plaît...

— Je resterai ici tant que tu n'ouvriras pas !

Après quelques secondes de silence, le pêne de la serrure claqua et la porte s'ouvrit. La mine déconfite, Mary lui adressa un sourire triste. Les yeux gonflés, le nez rougi, elle avait manifestement pleuré. Il entra, referma et prit ses mains dans les siennes.

— Mais qu'est-ce que tu as ? demanda-t-il, désemparé. Parle, je t'en prie.

Elle baissa les yeux et soupira longuement.

— J'ai que le bonheur ne dure jamais et qu'il finit toujours par nous faire mal, murmura-t-elle d'une voix tremblante. Le bonheur ne m'aime pas et je me méfie de lui. Je n'ai aucun talent pour être heureuse.

Elle releva la tête et lui fit un nouveau sourire, si triste et vulnérable qu'il eut l'impression que son propre cœur se brisait.

— Bon Dieu, mais qu'est-ce que c'est que ce charabia ? s'énerva-t-il en serrant ses mains un peu plus fort. J'ai fait quelque chose ? Je t'ai fait de la peine ?

Les lèvres de Mary frémirent et ses yeux se mouillèrent de plus belle.

— Oh... Mon Joseph... Non. Ce n'est pas toi...

— Alors quoi ?

— Avant de quitter le couvent du Bon-Pasteur, j'ai dû consulter un médecin et... et...

Sans prévenir, elle se précipita dans ses bras et se mit à sangloter.

— Je ne pourrai jamais enfanter, parvint-elle à lâcher. Je me suis fait récurer trop souvent par des faiseuses d'anges.

Elle se dégagea de ses bras aussi vite qu'elle s'y était jetée pour le regarder en face.

— Tu mérites une vraie femme, qui pourra te donner des enfants, dit-elle en pleurant. Pas une marchandise endommagée et seulement bonne à faire des gestes stériles.

Comprenant que les tourments de Mary avaient été causés par l'évocation de ces corps de nouveau-nés, quelques heures plus tôt, Joseph la dévisagea avec incrédulité tandis qu'un étrange soulagement l'envahissait. Puis il la saisit fermement par les épaules.

— Mary, je m'en fiche, affirma-t-il avec une infinie douceur. Tu n'es pas une marchandise ! Ce temps-là est fini ! Ce que je veux, c'est toi, telle que tu es. Tous les matins au réveil et tous les soirs en m'endormant. Tout le temps. Toi.

— Tu dis ça maintenant, mais plus tard…

— Je ne veux pas d'enfants, l'interrompit-il plus sèchement qu'il l'aurait souhaité. Les enfants souffrent trop.

Perplexe, elle le dévisagea à son tour, sans comprendre. Il lui rendit longuement son regard tandis qu'un débat faisait rage en lui. La vérité et l'honnêteté finirent par l'emporter sur le déni.

— Moi aussi, j'ai quelque chose à te dire, déclara-t-il d'une voix à peine plus forte qu'un chuchotement.

En silence, il l'entraîna vers le lit. Ils s'assirent côte à côte sur le bord et, pour la première fois de sa vie, Joseph Laflamme raconta son enfance à l'orphelinat.

Le dortoir et les frères surveillants. Parfois un seul. Parfois plusieurs. Les coups. La peur, mille fois pire que les coups. La douleur et sa chair qui se déchirait parfois. Ce qu'on le forçait à mettre dans sa bouche. Ce qu'il devait avaler. La nausée et les vomissements qui le prenaient ensuite. Les pleurs, la difficulté à s'asseoir. Et surtout la honte, terrible et cruelle, qui l'avait dévoré de l'intérieur depuis lors et que seul l'alcool apaisait un peu. Les cauchemars dont il se réveillait en sueur et le cœur serré.

Les premiers mots furent difficiles à prononcer, mais une fois ouvertes les vannes laissèrent tout sortir tel un torrent trop longtemps retenu, et Joseph fut incapable de s'arrêter. Mary l'écouta sans l'interrompre, mais sans jamais le quitter des yeux, même quand ils débordaient de larmes qui allaient mouiller ses joues, ou quand il pleura aussi, redevenu le petit garçon apeuré et vulnérable qu'il cherchait tant à fuir. Et elle sut que la stérilité de son ventre n'avait pas d'importance. Que le bonheur n'était pas fait d'instants de plaisir, mais qu'il imprégnait tout, même le malheur. Finalement, ils s'endormirent dans les bras l'un de l'autre, deux animaux blessés par la vie, plus forts et plus riches ensemble que seuls.

***

Tout le groupe descendit dans le hall. Comme toujours, personne ne se dit au revoir. La tête basse, les yeux rivés au sol, chacun était pressé de s'éloigner de cet endroit où ils recevaient leur part des profits et leur petite récompense. C'était chaque fois pareil : après leur rencontre, ils étaient impatients de retourner se vautrer dans la normalité jusqu'à la prochaine réunion.

Dans la rue, des voitures attendaient dans la nuit, sous les lampadaires. Le portier les appela une à une et tous les clients y montèrent, un seul par véhicule. Lorsque son tour arriva, l'homme se précipita presque dans le fiacre avant qu'il ne soit immobilisé tant il était pressé de disparaître. Il claqua la portière et frappa deux fois dessus avec sa paume. Le véhicule se mit en marche. Il soupira profondément. Cette fois, il s'était retenu. Avec difficulté, mais suffisamment, en tout cas, pour n'indisposer personne. C'était beaucoup mieux ainsi.

Il commençait à se détendre lorsqu'il se raidit soudain puis se mit à explorer la banquette autour de lui.

— Vous avez aimé votre soirée ? demanda une voix sur un ton courtois.

Il sursauta et, tandis que son cœur débattait dans sa poitrine, il fouilla vainement le noir de la cabine pour repérer l'intrus, sur la banquette d'en face. Mais il avait reconnu la voix. Son ventre se serra.

— Que faites-vous ici ? demanda-t-il, un peu irrité.

— J'ai à vous parler.

— Il n'est pas un peu tard pour une conversation ?

— Il n'est jamais trop tard pour traiter de choses importantes, ricana l'autre. On me laisse entendre que vous prenez des libertés qui mettent votre petit cercle en péril.

Paralysé de frayeur, l'homme ne répondit pas.

— Le patron n'aime pas les risques, poursuivit son interlocuteur, dans le noir. Et vous en êtes devenu un.

Un son monta dans l'habitacle. Le son caractéristique du chien d'un pistolet qu'on arme. L'homme sentit un frisson d'appréhension lui parcourir le dos et se lover sur sa nuque tel un serpent froid prêt à mordre.

Il venait de mesurer l'importance de la discussion qui s'amorçait. Elle se confirma quand le cocher prit un chemin qui n'était pas celui de sa maison.

En proie à la panique, il se leva d'un bond et saisit la poignée de la portière, décidé à sauter du véhicule en marche.

Le coup de feu éclata. L'homme s'écroula dans le fond de la cabine. La dernière chose qu'il entendit fut un rire désabusé.

7

Samedi 17 septembre 1892

En s'éveillant de quelques heures de sommeil, Mary et Joseph n'avaient pas beaucoup parlé. Chacun connaissait désormais tout ce qu'il importait de savoir de l'autre, et les mots étaient superflus. Des regards, des sourires, des étreintes et les larmes avaient suffi. Malgré leurs ébats passés, ni l'un ni l'autre n'avait éprouvé le besoin d'aller plus loin que la tendresse cette nuit-là. Le moment avait eu quelque chose de sacré qui allait au-delà des désirs physiques, même si ceux-ci étaient demeurés à fleur de peau.

Joseph avait quitté Mary avant l'aube, à contrecœur et après de longues minutes à la tenir dans ses bras, le nez enfoncé dans les épais cheveux roux qu'il ne se lassait pas de humer, la main blottie sur la nuque gracile qu'il aimait tant tenir. Mais il fallait préserver les apparences. Mme Lanteigne ne savait rien du passé de la petite Irlandaise et elle n'était pas du genre à tolérer des allées et venues suspectes dans sa propriété.

Joseph avait traversé la cour intérieure encore sombre avec l'impression de planer au-dessus du sol. Dehors, dans la fraîcheur de l'aurore, il s'était senti étrangement libre et léger, comme si les mots prononcés la veille l'avaient en partie purgé et s'il avait jeté un lest qui l'avait si longtemps alourdi. Entre Mary et lui, un pacte avait été scellé, que rien ne pourrait briser.

Il s'était glissé dans la maison presque comme un voleur, déverrouillant la serrure avec une infinie prudence et regagnant sa chambre à pas de loup. Il avait souri en songeant qu'il arriverait peut-être face à face avec McCreary en train de sortir de la chambre d'Emma. Mais la voie s'était révélée libre et il s'était simplement allongé tout habillé sur son lit, les mains croisées derrière la tête, attendant l'heure normale du réveil en rêvassant. Il avait fini par somnoler un peu et avait rouvert les yeux, surpris de constater que le rêve qui le hantait si souvent n'était pas venu.

Dès que le bruit des pas secs et volontaires d'Emma monta dans la cuisine, il se leva pour la rejoindre et la trouva affairée à préparer du café. Il se dirigea vers le comptoir, coupa d'épaisses tranches de pain à même la miche conservée dans la huche et les mit à griller sur le poêle. Puis il sortit le beurre et les confitures de l'armoire, et se rendit les poser sur la table en sifflotant gaiement.

— Tu es bien heureux ce matin, toi… Et depuis quand tu prépares le déjeuner ? s'étonna sa sœur avec perspicacité.

— Pourquoi pas ?

— Tu es rentré tard. Ou tôt, selon le point de vue.

— Tu as l'oreille fine, rétorqua-t-il en ouvrant une armoire pour y prendre les couverts. Trop fine.

— Tout s'est bien passé ?

Il revint mettre les assiettes et les ustensiles sur la table puis la dévisagea. Elle avait cette expression préoccupée qu'il connaissait bien : celle de la femme sans enfant qui reporte son instinct maternel sur tous ceux qu'elle aime.

— Elle m'a tout dit, si c'est ce qui t'inquiète. Et je m'en fiche, ajouta-t-il avant qu'elle pût poser la question qui lui brûlait les lèvres. Je me fiche d'avoir des enfants ou pas. Ce que je veux, c'est elle.

— Alors tout va bien ? Vraiment ? insista-t-elle.

— Oui, très bien, répondit-il en songeant à la nuit précédente. Vraiment. Ne t'en fais pas.

Il se garda de mentionner ses propres confidences. Elles avaient été faites une fois et, pour autant qu'il fût concerné, cela suffirait pour le reste de ses jours. Plus jamais elles ne franchiraient ses lèvres. De toute façon, même si Emma se doutait certainement de ce qu'il avait subi à l'orphelinat, il ne servirait à rien de lui briser le cœur en le lui confirmant. Ils mangèrent plutôt en discutant de tout et de rien.

— Tu prévois une suite à ton histoire de charnier ? s'enquit-elle.

— On verra comment les choses se passent d'ici la publication de l'article, lundi.

Mary vint rejoindre Emma un peu avant huit heures. À la boutique, le samedi était la journée la plus occupée de la semaine et elles devaient s'y rendre de bonne heure. Tandis que sa patronne regroupait ses effets avant de partir, Mary adressa à Joseph un sourire serein que ce dernier sentit différent de tous ceux d'avant. Il le lui rendit sans le moindre malaise.

— Bonne journée, dit-elle.

— À toi aussi.

— À ce soir.

— À ce soir.

Emma feignit l'exaspération en levant les yeux au ciel.

— Seigneur, soupira-t-elle. Je rêve ou il règne une odeur de miel dans la maison ? Si ça continue, les oiseaux vont se mettre à chanter. Pour l'amour de Dieu, embrassez-vous et finissons-en ! Tiens, je vais regarder ailleurs !

Tous s'esclaffèrent et, après que Joseph eut pudiquement serré la petite rousse dans ses bras pour déposer un baiser sur sa joue, les deux femmes s'en furent. Le journaliste se jeta aussitôt à corps perdu dans le livre abandonné la veille, qui traînait toujours sur la table avec son calepin. Il reprit le récit là où il l'avait laissé, et les heures s'écoulèrent au fil des notes et des pages, sans qu'il s'en rende compte.

L'heure du dîner était passée quand il referma la couverture cartonnée et leva des yeux brûlants. Déconcerté, il se prépara un sandwich au fromage et au jambon avec du beurre, et mit du café à chauffer. Il allait se remettre au travail quand on frappa à la porte. Le souvenir du curé de la veille encore vif dans sa mémoire, il alla répondre avec prudence. Cette fois, il ne serait pas pris au dépourvu.

— Qui est-ce ? demanda-t-il à travers la porte.

— McCreary, fit une voix bien connue.

Soulagé, Joseph ouvrit et s'écarta pour laisser passer le Britannique, qui jeta un coup d'œil rapide dans la cuisine.

— Emma n'est pas revenue dîner ?

— Non.

— Ah. Dommage.

— Désolé de vous décevoir. Vous avez faim ?

McCreary avisa le sandwich à l'apparence douteuse qui gisait dans une assiette sur le comptoir et haussa un sourcil dubitatif.

— *Bah ! I might as well live dangerously*[1], finit-il par répondre avec un sourire résigné.

Joseph confectionna un deuxième sandwich, versa une autre tasse de café et, ensemble, ils s'installèrent à la table. L'ancien de Scotland Yard grimaça en allongeant la prothèse de bois et de cuir qui lui tenait lieu de jambe gauche et frotta sa cuisse toujours douloureuse.

— Comment se passent les choses dans le merveilleux monde de l'importation ? s'enquit Joseph.

— *Wonderfully*[2] *!* Je fais déjà de bons profits. Le whisky irlandais, en particulier, se vend plus vite que je peux l'importer.

— Avec tous les Irlandais qui vivent à Montréal, ça ne devrait pas vous surprendre. Je n'en ai jamais connu un qui détestait la bouteille.

— Et vous ? Que se passe-t-il avec cette histoire de charnier ?

— Justement, j'y travaille, répondit Joseph en désignant le livre et le carnet sur la table. J'ai déposé un petit article au *Canadien* hier. Il paraîtra lundi. Rien de transcendant, je le crains.

Avec répugnance, il lui relata les événements survenus depuis qu'il était parti en compagnie d'Arcand, la veille.

— Des bébés naissants jetés aux égouts ? fit l'Anglais avec une moue écœurée. C'est révoltant.

— Il s'est aussi produit quelque chose de très étrange à mon retour.

1. Bah ! Aussi bien vivre dangereusement.
2. Merveilleusement !

— Oh ? réagit McCreary avec intérêt.

Joseph lui raconta l'apparition inattendue du vieux prêtre qui lui avait remis le livre à son retour du journal, et l'étrange impression qu'il en avait conservée.

— Et qu'est-ce qu'on y raconte ?

— C'est là que ça devient franchement bizarre.

— *By all means, do tell me all about it, old man*[1], roucoula McCreary en se frottant les mains avec enthousiasme. Je sens que ça va être intéressant. Certainement plus que l'import-export.

Tout en mangeant, le journaliste lui rapporta dans le détail le contenu du livre, se référant fréquemment à ses notes pour ne rien oublier. Maria Monk, l'auteure, prétendait avoir été novice puis sœur professe chez les Religieuses hospitalières de l'Hôtel-Dieu. Elle y racontait ses sept années passées dans le couvent, qui, à l'époque, était situé sur la rue Saint-Paul, jusqu'à sa fuite. Elle affirmait ainsi s'être échappée une première fois peu après avoir été admise comme novice, puis s'être mariée avec un homme qu'elle avait quitté presque aussitôt pour retourner au couvent, toujours mariée, et payer à nouveau une dot avec de l'argent volé.

— Une nonne mariée ? Voilà une innovation qui favorisera les vocations, ricana McCreary, pince-sans-rire.

— Alors vous allez vraiment adorer la suite, annonça Joseph avec un sourire entendu. Monk déclare que son principal devoir, en tant que religieuse, avait été de forniquer avec tous les prêtres qui en exprimaient le désir, faisant dans les faits de l'institution fondée par la demoiselle Mance un véritable bordel. Comme les

1. De grâce, dites-moi tout, mon vieux.

prêtres ne pouvaient pécher, lui avait-on expliqué, rien qui découlât de leurs ordres n'était péché, pas même la luxure dans laquelle ils se vautraient. La fornication, dans ce contexte, devenait une œuvre sainte. À l'opposé, toute nonne refusant de s'abandonner aux saints désirs des ensoutanés était aussitôt assassinée. À en croire le récit, même Jean-Jacques Lartigue, alors évêque de Montréal, venait périodiquement lutiner la mère supérieure ! Les sulpiciens, en particulier, profitaient d'un tunnel creusé sous la rue pour aller et venir chez les hospitalières.

— Et *dans* les hospitalières, ajouta l'Anglais.

Il pouffa de rire, tout heureux de son jeu de mots douteux.

— Voyez, je commence à maîtriser les nuances de la langue française !

— Oui, bon, ne soyez pas vulgaire, quand même, le somma Joseph en se retenant de rire à son tour. Ce n'était là que la synthèse. Les détails sont tout aussi croustillants. Selon Monk, qui affirme n'avoir jamais vu une seule bible au couvent durant tout son séjour, les prêtres atteints de maladies honteuses étaient soignés sur place par les bonnes religieuses. Et l'arrivée d'une jeune professe entraînait inévitablement la mort d'une vieille, que l'on assassinait en la battant ou en la piétinant.

Le journaliste avala la dernière bouchée de son sandwich puis porta sa tasse à ses lèvres. Il l'arrêta à mi-chemin, songeur, et dévisagea son compagnon.

— Vous voudriez quelque chose de plus fort ? suggéra-t-il.

— *I thought you'd never ask*[1].

1. Je croyais que vous ne le demanderiez jamais.

Joseph se leva et revint du comptoir en quelques instants avec deux verres pleins.

— Désolé, je n'ai pas de whisky importé par Wool by the Yard. J'attends que le propriétaire m'en offre une bouteille. Irlandais ou écossais, je ne suis pas regardant.

— Votre sœur me l'a formellement interdit, sous peine des pires sévices, avoua l'Anglais.

— Pourquoi ne suis-je pas surpris ?

Joseph se rassit et reprit son récit en s'aidant de ses notes. Aux religieuses désobéissantes, on infligeait les punitions les plus délirantes dont il avait dressé une liste méthodique sur une page de son calepin : les suspendre par les pieds, un bâillon dans la bouche ; les forcer à s'agenouiller pendant des heures sur des petits pois secs ou à porter une ceinture sertie de pointes de métal ; leur faire lécher le plancher ou boire l'eau dans laquelle la supérieure s'était lavé les pieds ; les fouetter et les brûler au fer rouge ; ou leur faire mastiquer un morceau de verre jusqu'à ce qu'il soit réduit en poudre.

— Je vous épargne le reste du catalogue, dit-il à son compagnon de plus en plus stupéfié. Il est interminable et ferait passer un manuel de l'Inquisition espagnole pour un conte de fées. Sans compter les prisonnières enfermées dans des cellules humides tenant du donjon médiéval jusqu'à ce qu'elles meurent de faim, les nonnes ayant préféré s'enlever la vie en se tranchant les veines que de se faire passer dessus par tout ce qui portait soutane, et une vieille religieuse empaillée devant laquelle les autres allaient se confesser. Monk, elle, prétend s'être enfuie du couvent en 1835 pour protéger l'enfant qu'elle portait.

— Conçu par un prêtre…

— Cela va de soi.

— Et, naturellement, elle a écrit ce livre uniquement par grandeur d'âme, pour prévenir ses contemporains des dangers de la vie dans les couvents catholiques, ironisa McCreary. L'appât du gain n'y était pour rien.

— Mauvaise langue.

— Quoi d'autre ? demanda l'Anglais.

Joseph prit une gorgée et apprécia la chaleur qui descendait lentement vers son ventre.

— Selon Mlle Monk, après un accouchement dans une chambre réservée exclusivement à cette fin, les bébés étaient d'abord baptisés et oints par un prêtre, puis étouffés par une vieille nonne. Leur salut était ainsi assuré puisqu'ils n'avaient pas eu le temps de pécher, et ils montaient directement au paradis.

— Le raisonnement est d'une logique implacable.

— Les corps étaient ensuite jetés dans un puits profond d'une douzaine de pieds de diamètre situé dans la cave du couvent, où on les recouvrait de chaux vive et de vitriol pour accélérer la décomposition et prévenir les odeurs. Monk affirme que, durant ses sept années à l'Hôtel-Dieu, une vingtaine de nouveau-nés ont subi ce sort et que la naissance de chaque fruit du péché avait été enregistrée dans un registre tenu par la supérieure. Chose intéressante : le charnier de la rue Le Royer est situé à peu près à l'endroit où se trouvait l'ancien Hôtel-Dieu en 1835, précisa le journaliste.

— Je me demande pourquoi quelqu'un a pris la peine de vous mettre au courant des similitudes. Ce vieux prêtre avait une raison d'agir ainsi, mais laquelle ?

Joseph ramassa le livre et le soupesa pensivement.

— Le récit est taillé sur mesure pour obtenir le plus grand effet possible, déclara-t-il. Il suffit de vivre de sa plume pour repérer les lourdeurs insistantes sur les passages les plus scabreux, les effets faciles et les répétitions calculées. Elle confond même les Hospitalières avec les Sœurs de la congrégation Notre-Dame et les Sœurs grises. De là à affirmer que les *Awful Disclosures* ne sont qu'un torchon écrit pour choquer, il n'y a qu'un pas que je franchirais sans hésiter si ce n'était de ses points communs avec ce qui a été découvert hier matin.

— Mais pourquoi ce prêtre voudrait-il que vous lisiez ce fatras ? Rien de ce que je viens d'entendre n'est à l'avantage de l'Église.

— C'est précisément ce qui m'agace. Cela dit, s'il voulait retenir mon attention, il a réussi. Il reste à comprendre pourquoi il veut que je relie deux événements qu'un demi-siècle sépare.

Il consulta sa montre.

— Il est deux heures moins vingt. Ça vous dirait de lire des vieux journaux de 1836 ? J'aimerais savoir ce qu'on y dit de ce livre.

McCreary fut aussitôt debout, prêt à partir.

— Ou préférez-vous retourner au travail ?

— Laflamme, puis-je vous faire une confidence ? demanda l'Anglais à brûle-pourpoint.

— Bien sûr.

— *I'm bored out of my mind*, dit-il d'un ton exaspéré. *I hate commerce like I've never hated anything in my life. Nothing exciting ever happens. It's just forms to fill and then, more forms. I feel like a withering plant in a pot. Help me, please, I beg you*[1] *!*

1. Je m'ennuie à en perdre la raison. Je déteste le commerce comme je n'ai jamais rien détesté de ma vie. Il ne se passe jamais rien d'excitant. Ce ne sont que des formulaires à remplir, puis encore d'autres formulaires. Je me sens comme une plante qui se flétrit dans son pot. Aidez-moi, je vous en supplie !

En entendant l'autre plaider ainsi, à mi-chemin entre le tragique et le comique, Joseph sourit à pleines dents.

— Voilà qui est très grave. Il ne faudrait pas que ma petite sœur chérie épouse une vieille plante rabougrie. Déjà que vous êtes anglais…

8

Les bureaux du *Canadien* étant fermés le samedi, Joseph avait indiqué au cocher la seule autre destination où il savait pouvoir faire les recherches qu'il souhaitait : l'Institut des Artisans, rue Saint-Jacques au coin de Saint-Pierre. Ils y furent en moins de trente minutes. Le bibliothécaire était toujours le petit homme chauve aux lunettes épaisses, en apparence aussi ancien et poussiéreux que la collection sur laquelle il veillait comme sur la prunelle de ses yeux. Dès qu'il aperçut Joseph, il blêmit un peu, connaissant ses demandes souvent saugrenues et appréhendant déjà le pire.

— Vous, déclara-t-il, les lèvres pincées par un déplaisir manifeste.

— Ne craignez rien, cher monsieur, le rassura le journaliste avec une bonhomie exagérée. Je ne cherche rien qui vous fera me regarder de travers. Je souhaite seulement consulter les journaux de Montréal pour l'année 1836 et les deux suivantes. Est-ce possible ?

— *Tous* les journaux ? rétorqua le bibliothécaire, les yeux ronds.

— Euh… oui… Ça pose problème ?

— Non, si l'on excepte que je devrai sortir… Attendez…

Il leva les yeux au ciel et se mit à compter sur ses doigts.

— … le *Montreal Herald*, *Le Canadien*, *La Minerve* et *The Gazette*. Trois cent douze numéros chacun, multipliés par trois années, ce qui donne neuf cent trente-six numéros, multipliés par quatre quotidiens, soit un total de… en gros, trois mille sept cent quarante-quatre numéros, si je ne m'abuse. Revenez mercredi ou jeudi et je devrais avoir fini de tout préparer.

Pris au dépourvu par le poids de l'argument, Joseph et McCreary se consultèrent. L'Anglais haussa les épaules.

— C'est votre enquête, Laflamme.

— Bon, alors si nous disions *Le Canadien* et la *Gazette* pour 1836 ? demanda le journaliste au bibliothécaire. Ce serait faisable ?

— Ça peut aller, grommela le responsable, contrarié. Suivez-moi.

Il les mena dans une pièce attenante et leur ordonna plus qu'il ne les pria de prendre place à la table de consultation qui s'y trouvait. Il s'absenta un bref instant et revint avec deux volumes en cuir épais de six pouces au moins et de la taille d'un journal. Il les laissa tomber lourdement sur la table, soulevant un nuage de poussière.

— Voilà ! Je vous rappelle que nous fermons à six heures.

— Mille mercis, dit courtoisement Joseph tandis que McCreary était occupé à épousseter le devant de son veston avec ses mains.

Il tira sa montre alors que le bibliothécaire sortait.

— Ça nous laisse un peu plus de trois heures, constata-t-il. Vous prenez la *Gazette* et moi *Le Canadien* ?

— Chacun sa langue.

— Nous cherchons des mentions de Maria Monk et de ses *Awful Disclosures*. Je suggère que nous passions par-dessus la politique, les notes sociales et le sport pour nous concentrer sur les faits divers et les débats.

Il sortit son calepin et son crayon de sa poche de veston. Près de lui, McCreary l'imita avec un sourire espiègle qui fit retrousser sa moustache aux extrémités élégamment frisées.

— *Old habits die hard*[1], déclara-t-il avant d'ouvrir le volume devant lui et de se mettre à en feuilleter méthodiquement les pages.

En allant droit à l'essentiel, ils eurent assez des heures d'ouverture restantes pour découvrir que la société montréalaise avait amplement réagi à la publication du livre et que l'affaire avait suscité de vives passions. Comme le présumait Joseph, la presse anglophone avait pris un malin plaisir à rapporter dans le menu détail les malheurs du clergé catholique montréalais. Déjà libéral à cette époque, *Le Canadien* ne s'en était pas privé non plus, se repaissant des mésaventures des curés. Les faits avaient été relativement faciles à établir.

Les journalistes de l'époque, dont Joseph ne pouvait qu'admirer le travail, avaient vite percé le secret de l'identité de Maria Monk. Elle était née à Saint-Jean-sur-Richelieu de parents écossais, dont le père était un officier de l'armée britannique, et avait à peine dix-neuf

1. Les vieilles habitudes ont la vie dure.

ans à l'époque. Elle avait grandi à Montréal et, chose révélatrice, après avoir été dès l'enfance affectée par la maladie mentale, elle s'était retrouvée à pratiquer le plus vieux métier du monde dans les rues de la métropole. Le livre lui-même avait été écrit en 1835 par un révérend protestant nommé J.J. Slocum, et Maria avait accepté d'y apposer son nom, sans doute en échange de quelques dollars. Les journaux avaient publié une pluie de déclarations sous serment de témoins plus ou moins crédibles, dont sa propre mère, qui avaient juré que tout dans le livre était faux. La jeune femme n'avait jamais été religieuse, pas plus qu'elle avait mis les pieds dans le couvent de l'Hôtel-Dieu. Elle s'était établie à New York, où elle avait fait sensation pendant quelque temps avant de sombrer dans l'oubli sans toucher un sou des ventes du livre. Elle était vite retournée au seul métier qu'elle connaissait, en avait retiré deux enfants de pères inconnus et s'était éteinte, miséreuse et syphilitique, dans un asile pour pauvres en 1849.

Quant au livre, publié en janvier 1836, il s'en était écoulé plus de vingt mille exemplaires en quelques semaines, ce qui était proprement stupéfiant et témoignait de l'engouement qu'avait suscité l'histoire scabreuse auprès de la population bien-pensante de Montréal, avide de scandales et de pornographie douce, qui s'en était repue. S'en était suivi, tout le long de l'année, un déluge de publications prétendant à tour de rôle réfuter ou appuyer l'original, d'éditions révisées, améliorées et même illustrées qui ne faisaient que rajouter une couche de bobards sur la fumisterie.

La tempête refusant de se calmer, Mgr Jean-Jacques Lartigue, évêque de Montréal nouvellement en poste, n'avait eu d'autre choix que de pactiser avec l'ennemi. Sans doute aux abois, il avait acquiescé à la proposition d'un dénommé William Leete Stone, colonel à la retraite et propriétaire du *New York Commercial Advertiser*, qui lui offrait de conduire une commission de notables protestants sur les lieux de l'Hôtel-Dieu pour témoigner *de visu* du degré de véracité du livre. Dans les faits, le bon prélat s'était trouvé contraint de remettre la réputation de son Église entre les mains des protestants contre lesquels il luttait tous les jours. Son humiliation avait dû être profonde. Après que l'évêque eut provisoirement décloîtré les religieuses, les Américains avaient visité les moindres recoins du couvent, livre incriminant en main, et en étaient finalement ressortis en reconnaissant que tout y était faux. À la fin de 1836, Stone avait lui-même publié sa propre réfutation des *Awful Disclosures*, fondée sur sa visite. Il y alléguait que la supercherie s'inscrivait dans un vaste mouvement de réaction contre les catholiques provoqué par l'immigration massive d'Irlandais aux États-Unis.

— Aucun doute sur le fait que le livre est un canular, décréta Joseph. Mais tout de même, quelle histoire de fous.

— Puisque le charnier découvert hier ne peut être celui dont parlait Monk dans ses élucubrations, pourquoi, alors, votre prêtre crotté tenait-il tant à ce que vous preniez connaissance d'une histoire qui faisait mal paraître l'Église ? demanda McCreary.

L'Anglais consulta sa montre.

— Il est presque six heures. Le bibliothécaire va bientôt nous chasser. Si nous passions prendre Emma et Mary ? Nous trouverons certainement une bonne table quelque part.

— La bonne table d'un Anglais se résume à du mouton trop cuit inondé de sauce à la menthe.

— *Get that poisonous tongue back in your mouth*[1], rétorqua McCreary, amusé.

1. Rentrez cette langue empoisonnée.

9

Lundi 19 septembre 1892

Depuis le printemps, le quatuor avait pris l'habitude, lorsqu'il faisait beau, de passer ses dimanches sur le mont Royal. Deux couples de tourtereaux en passe de devenir bien plus. McCreary insistait pour que les choses se déroulent à l'anglaise, avec des sandwichs aux concombres finement taillés qui n'emballaient que lui, de la crème caillée du Devonshire, des scones et des fraises qu'il achetait tôt le matin afin que tout soit frais. Il avait même pris sur lui de se procurer une grande bouteille en fer-blanc dans laquelle il apportait du thé chaud pour tout le monde. Emma, elle, préparait un panier qu'elle remplissait des couverts et des ustensiles requis.

Le pique-nique de la veille s'était déroulé sous un chaud soleil de septembre, peut-être son dernier effort avant que ne s'amorce son déclin vers l'hiver. Ils avaient donc particulièrement profité de la journée, ponctuée de longues marches dans les sentiers qui sillonnaient la montagne, que McCreary affectionnait car ils lui permettaient d'agréables promenades dans la nature malgré sa jambe de bois. Recherchant l'intimité, chaque couple avait pris un chemin différent. Joseph avait profité des moments où il n'y avait personne pour tenir la main de Mary, la lâchant dès qu'un passant approchait.

Il avait du mal à comprendre la nouvelle pudeur qu'il éprouvait envers cette femme qu'il avait souvent achetée, comme une vulgaire marchandise, qu'il avait tenue nue dans ses bras et dont il connaissait les recoins les plus cachés, les odeurs et les goûts les plus secrets. Mais il savourait la sensation de la courtiser, comme devait le faire un homme, et il savait qu'elle aussi l'appréciait. Que cela la faisait se sentir neuve. Mary et lui avaient longuement discuté de tout et de rien, riant et roucoulant comme les tourtereaux qu'ils étaient. Depuis leur discussion à cœur ouvert, plus rien n'était pareil. Ils portaient désormais à deux les secrets d'un passé trop lourd pour chacun. En arpentant sans presse le sentier enveloppé des premières senteurs de l'automne, Joseph avait décidé que le temps était venu d'acheter la plus belle bague qu'il pourrait lui offrir et de faire la grande demande.

***

Ce lundi, à la première heure, Joseph et McCreary étaient devant le 47 de la rue Craig, la station de police n° 2. En route, ils avaient pris soin de stopper le cocher pour acheter une copie du *Canadien* d'un petit vendeur de rue. L'article rapportant la découverte du charnier se trouvait en première page, comme prévu. Joseph le relut et le fourra dans sa mallette, toujours déçu de la teneur somme toute banale de son papier.

Impatients de raconter à l'inspecteur Arcand ce qu'ils avaient découvert le samedi précédent, les deux hommes gravirent l'escalier de granit gris, l'Anglais grommelant contre sa prothèse. À l'intérieur, ils se dirigèrent sans hésitation vers le comptoir, à droite du long couloir parsemé de portes. Comme chaque fois qu'il pénétrait dans ce vestibule, le journaliste ne pouvait s'empêcher de penser au sergent O'Driscoll, qui l'avait accueilli la première fois qu'il avait mis les pieds dans cet endroit, et qui les avait tous trahis. Aujourd'hui, un jeune constable blond, sérieux et timide qu'il connaissait un peu, se trouvait derrière le comptoir, à son affaire. Son badge disait « Tremblay, Alfred, constable ».

— Tiens, le constable Tremblay ! s'exclama Joseph avec une bonhomie excessive. Alors, cette fichue moustache refuse toujours de pousser ?

— Comme vous le voyez, rétorqua le policier en riant de bon cœur tandis que ses joues prenaient une teinte rosée.

— Persévérez. Ça viendra. L'inspecteur Arcand est arrivé ?

— Oui.

— Il est libre ?

— Vous savez bien qu'il ne l'est jamais, mais je présume que ça ne vous empêchera pas de le réclamer ?

— Vous présumez correctement.

— Bon. Attendez-moi, alors.

Le constable tira sur le bas de sa veste pour l'ajuster, replaça son ceinturon, coiffa la casquette qu'il avait posée sur le comptoir, qu'il contourna, et s'avança dans le couloir. Après avoir frappé à une porte, passé la tête dans l'embrasure et discuté brièvement, il leur fit signe de s'approcher. Il s'écarta pour les laisser entrer, puis referma discrètement. L'inspecteur Arcand était assis derrière un bureau sur lequel s'empilaient les dossiers, comme toujours.

— Tiens, le duo dynamique, dit-il. J'ai lu votre article de ce matin, Laflamme.

— Il vous a plu, j'espère ? Votre opinion littéraire m'importe plus que vous ne pouvez l'imaginer.

L'inspecteur se contenta de hausser les épaules, une moue équivoque sur les lèvres.

— Je vous demanderais quel bon vent vous amène, messieurs, mais généralement votre arrivée annonce plutôt du mauvais temps, reprit-il.

— Pas cette fois-ci, rassurez-vous, rétorqua Joseph. J'ai quelques informations à vous transmettre.

— Vraiment ? fit l'inspecteur, suspicieux. Vous m'étonnez. À quel sujet ?

— Le charnier de vendredi.

— Assoyez-vous.

Les deux hommes s'installèrent sur les chaises qui faisaient face au bureau. Arcand sortit un bloc-notes d'un tiroir et ramassa un crayon entre les dossiers.

— Je vous écoute, dit-il.

— Eh bien, figurez-vous que ce n'est pas la première fois qu'on parle d'un charnier d'enfants à Montréal, annonça Joseph sans préambule. En 1836, une histoire semblable a fait grand bruit.

Il sortit le livre de sa mallette et le lui présenta.

— Tout est là-dedans.

Il relata les circonstances inhabituelles et suspectes dans lesquelles l'exemplaire des *Awful Disclosures* de Maria Monk avait abouti entre ses mains. L'inspecteur l'écouta attentivement tout en feuilletant l'ouvrage, les sourcils froncés, sans prendre de notes. Joseph et McCreary se relayèrent ensuite pour résumer ce qu'ils avaient découvert dans les journaux de l'époque, racontant dans le détail à quels extrêmes Mgr Lartigue avait dû consentir pour éteindre l'incendie.

— Bref, il s'agit d'une fumisterie, conclut le journaliste. Il n'y a jamais eu de charnier, sauf dans l'imagination de l'auteur de ce bouquin, qui n'est probablement pas cette fausse nonne.

— Hum… Votre prêtre vous a remis ce livre alors que la découverte du charnier n'était pas encore publique. Soit il était sur place vendredi, soit il est bien informé. Il semble avoir voulu vous mettre sur une piste. Mais pourquoi voulait-il que vous le lisiez ? Ce n'est pas comme si c'était à l'avantage de l'Église, observa Arcand en réfléchissant à haute voix.

— C'est exactement ce que nous nous disions.

— On dirait que quelqu'un a intérêt à ce que cette vieille histoire revienne dans l'actualité…

— Par rancune envers l'Église ? Ou spécifiquement envers les Sulpiciens ou les Hospitalières ? suggéra Joseph.

Arcand prit quelques notes sur un papier.

— Je suppose que je pourrais envoyer un constable à l'évêché, chez les Sulpiciens et chez les Hospitalières, mais je serais surpris que ça donne quelque chose. Par contre, j'aimerais beaucoup retrouver votre prêtre et lui poser deux ou trois questions. Je présume qu'il n'a pas eu la politesse de vous laisser son adresse ?

— Malheureusement pas.

— Il avait l'air de quoi ?

Joseph fit une pause pour se remémorer le personnage et Arcand en nota la description.

— Pour être franc, conclut le journaliste, il semblait manquer quelques cartes dans son paquet, si vous voyez ce que je veux dire. J'envisage de publier une suite à mon article de ce matin. Il me semble assez clair que c'est ce que souhaitait ce prêtre. Aussi bien jouer le jeu et voir où ça mène, ne croyez-vous pas ?

— Mouais, fit Arcand, pas tout à fait convaincu.

Il fouilla parmi les dossiers et finit par mettre la main sur celui qu'il cherchait. Il ouvrit la chemise cartonnée et en tira une feuille couverte d'une écriture fine et régulière.

— Puisque vous avez le partage avenant, j'ai aussi des nouvelles pour vous, annonça-t-il. Hier, le Dr Hébert m'a remis les conclusions de son examen des ossements de la rue Le Royer. Il confirme que le charnier contenait entre six et dix enfants. Il ne peut pas être plus précis. Bien que les restes soient incomplets, il n'a décelé aucune trace de violence.

— Donc les petits n'ont pas été assassinés ? demanda Joseph.

— Je n'ai pas dit ça, corrigea l'inspecteur. Des bébés ne se retrouvent pas dans les égouts sans y avoir été volontairement jetés, Laflamme. Mais ils l'ont été sans violence apparente.

Il consulta ses notes.

— Il appert que tous les enfants étaient vieux de quelques heures à quelques jours au moment de leur mort. Autre élément intéressant : selon ce qu'il a pu conclure à partir des ossements, le Dr Hébert estime que tous sont morts au cours des deux ou trois dernières années.

— Bref, depuis deux ou trois ans, quelqu'un a tué une dizaine de bébés naissants et les a jetés aux égouts, résuma Joseph, révolté.

— Et a-t-on signalé des disparitions de bébés depuis trois ans ? s'enquit McCreary, dont les réflexes de policier n'étaient pas émoussés.

— Si vous connaissiez l'état de nos archives… Rien à voir avec ce que vous aviez à Scotland Yard. J'ai fait fouiller et, d'après ce que l'on a trouvé, on nous a signalé des disparitions d'enfants, ce qui n'a rien d'étonnant, mais pas de nouveau-nés. Et aussi des morts accidentelles de bébés et même un ou deux infanticides, mais chaque fois avec un cadavre à l'appui.

Faute de pistes à suivre, ils allaient mettre fin à la rencontre quand on frappa à la porte.

— Oui ? fit l'inspecteur.

La tête du constable Tremblay apparut dans l'embrasure. Son air grave mit aussitôt tout le monde en alerte.

— Inspecteur, on a trouvé un cadavre au beau milieu du Haymarket Square, à Griffintown, annonça-t-il. Le mort… euh… eh bien… il a… euh…

— Parlez, Tremblay ! Je n'ai pas que ça à faire.

Le jeune policier hésita encore un peu, visiblement mal à l'aise.

— Euh… l'homme a, semble-t-il, été… euh… en quelque sorte… euh… privé de ses organes reproducteurs.

— C'est tout près d'ici, dit Arcand en bondissant de sa chaise.

Joseph s'empressa de ramasser le livre de Monk pour le fourrer dans sa mallette. L'instant d'après, il franchissait la porte en passant son veston. Arcand et McCreary lui emboîtèrent le pas.

10

La voiture conduite par le constable Tremblay avait quitté en trombe la rue Craig pour descendre Notre-Dame, contourner les ateliers du Canadien Pacifique par Berri puis remonter vers l'ouest dans la rue de la Commune.

— Vous ne devriez pas être dans cette voiture, Laflamme, observa Arcand. Les policiers acceptent volontiers McCreary en tant qu'ancien du Yard, mais j'aurais de fichus problèmes si on voyait un journaliste en sortir en même temps que moi. Depuis que je l'ai forcé à me réintégrer, le sous-chef Lapointe n'attend qu'une occasion pour épingler ma peau tannée sur le mur de son bureau et faire monter ma tête en trophée. Il serait trop content de la saisir.

— Tiens, le cher homme ne vous porte pas dans son cœur, alors ? Serait-ce parce que, à cause de vous, il a été privé de deux millions de dollars et que, de surcroît, il est resté pris avec ses dettes ? ironisa Joseph.

Le véhicule bifurqua sur William et fila à toute vitesse.

— Oui, ça a pu créer quelques tensions.

Arcand frappa trois coups secs sur le plafond de la cabine et le véhicule ralentit aussitôt pour s'immobiliser au coin de William et Duke.

— Descendez ici et venez me rejoindre comme si de rien n'était, ordonna-t-il. Ayez l'air de ce que vous êtes : un charognard à la recherche de nouvelles sordides à publier.

— Tout d'un coup, je me sens comme une maîtresse qu'on aime lutiner, mais qu'on ne montre jamais en public, railla Joseph.

— Sentez-vous comme vous voudrez, mais sortez.

— Vous avez honte de moi, c'est ça ?

— Absolument.

— Bon, bon, bon… Les amants n'ont plus la délicatesse d'antan… Pff… J'ai quand même ma fierté, vous savez.

— Un journaliste ? Ce serait une première. De l'honneur, tant qu'à y être ? Ouste.

McCreary pouffait de rire lorsqu'il descendit avec Joseph sous le regard sombre de l'inspecteur, qui claqua la portière sans ajouter un mot. La voiture se remit aussitôt en route dans la rue William et ils en firent autant, l'Anglais boitillant sur sa prothèse.

Tandis qu'ils marchaient en direction du Haymarket Square, où l'on avait rapporté la découverte du cadavre, les deux hommes virent le constable garer la voiture à l'ombre de l'église St. Stephens et tirer sur la manette de frein. Arcand en sortit et, d'un pas impatient, traversa la rue en direction de la vaste place où des ballots de foin gisaient çà et là, en attente d'acheteurs de tout Montréal désireux de nourrir leurs bêtes. Le soleil de septembre réchauffait encore l'air, et l'odeur de ferme, mélange de paille sèche et de crottin, était étrangement agréable.

Arcand se dirigea vers l'attroupement au centre du marché à foin. À l'écart se tenaient des badauds. Des policiers en uniforme bleu formaient un cercle au milieu duquel se trouvait de toute évidence l'objet des chuchotements nerveux. Un des constables vit l'inspecteur s'approcher et, de la tête, alerta ses collègues. Malgré la distance qui les séparait, Joseph put lire dans les corps qui se redressaient le respect qu'inspirait Marcel Arcand parmi les policiers.

Le cercle s'ouvrit pour laisser pénétrer l'inspecteur puis se referma aussi vite, comme si ce qu'il cachait était un secret précieux, inaccessible aux yeux des profanes. McCreary et Joseph s'arrêtèrent à l'orée du square et se consultèrent, puis se dirigèrent à leur tour vers l'attroupement. Ils passèrent près de petits groupes de curieux. Les ouvriers en bleus de travail, la casquette remontée sur le front, et les femmes en jupes et en manteaux qui avaient vu de bien meilleurs jours jetaient des coups d'œil furtifs vers les policiers. L'air suspicieux, ils devisaient à voix basse, à la manière de ceux qui sont à la fois attirés et repoussés par ce qu'ils voient, comme par souci de solennité. Joseph ne put s'empêcher de penser à des vautours attendant de s'emparer de la dépouille.

Arrivés à la hauteur des constables, McCreary et lui se butèrent à une muraille humaine parfaitement hermétique.

— Je vous demande pardon, messieurs, dit Joseph d'une voix enjouée. On m'a laissé entendre que je pourrais trouver ici un mort dans un drôle d'état.

Pour toute réaction, il reçut un vaste éventail de regards sombres, de moues déplaisantes et de moustaches frémissantes d'animosité.

— Retourne dans ton trou à rat, le journaliste, ordonna l'un d'eux, un grand brun patibulaire aux poings gros comme des enclumes fermés sur les hanches. On n'a pas besoin de charognards ici.

— Ciel, par la plus fâcheuse des inadvertances, aurais-je indisposé le Département de police de

Montréal ? le nargua Joseph, pleinement conscient que sa santé pourrait en faire les frais, mais incapable de se priver du plaisir de le défier.

La mâchoire crispée, le constable fit un pas vers lui en soufflant par le nez comme un taureau, décidé à lui faire rebrousser chemin.

— Laissez-le approcher, Magloire ! fit la voix d'Arcand derrière le mur d'uniformes. Il va publier l'histoire de toute façon. Aussi bien qu'il écrive la vérité.

— Vous voyez ? crâna Joseph. Monsieur l'inspecteur est un homme raisonnable, lui. Vous devriez vous en inspirer.

À contrecœur et le feu dans les yeux, le constable Magloire s'écarta en lui adressant son air le plus méprisant. McCreary à sa suite, Joseph se glissa dans l'ouverture qu'il lui laissait et perdit aussitôt de sa superbe.

Le mort gisait sur le dos, sur la terre et le foin. Après les meurtres commis par Jack et ceux perpétrés par le Ku Klux Klan, Joseph avait vu son lot de cadavres au cours de la dernière année. Mais il avait l'impression qu'aucun n'avait autant saigné. Il tira son calepin et se força à observer la scène pour en noter les détails.

L'homme avait les cheveux blancs et des rouflaquettes plus sel que poivre qui permettaient de soupçonner la soixantaine. Il portait un veston de tweed d'excellente qualité par-dessus une chemise au col amidonné orné d'une cravate foncée.

— Approchez-vous, l'invita Arcand. Attention où vous mettez les pieds. Il y a des traces de pas.

Une fois plus près, Joseph remarqua avec étonnement qu'on avait fourré des billets de banque dans la bouche du mort. D'autres étaient englués dans le sang autour de lui. Il portait de luxueuses chaussures de cuir verni. Mais des pieds à la taille, il était nu comme au jour de sa naissance. Ses jambes pâles et un peu chétives étaient légèrement écartées et dévoilaient ce qui semblait avoir été le but ultime de l'agression : une blessure encroûtée de sang à moitié coagulé, là où aurait dû se trouver son membre viril.

— Sacrement… fit Joseph, blême, en réprimant l'envie de porter une main protectrice à son entrecuisse pour se remettre à écrire.

— *Good God*, ravala le Britannique en roulant nerveusement une pointe de sa moustache. Je ne sais pas si je lui souhaite d'avoir été castré avant d'être battu et étouffé, ou battu et étouffé avant d'être castré…

— La blessure n'a pas beaucoup saigné, répondit machinalement Arcand. L'émasculation semble être survenue *post mortem*.

— *Small blessing*[1]…

L'inspecteur s'accroupit près de la victime et examina le sol, écartant délicatement des brins de paille.

— On l'a traîné sur le sol, constata-t-il en désignant les traces de pas dans la terre meuble. Et celui qui a fait ça boite de la jambe gauche. Voyez comme son talon gauche et le côté extérieur de son pied s'enfoncent plus que le droit.

Il nota ses observations dans son calepin, puis inspecta le corps. Il retira les billets de banque, les scruta et émit un sifflement.

— Trois billets de cinquante piastres, annonça-t-il. L'assassin ne regardait pas à la dépense.

Il lissa les billets, les plia en deux et les fourra dans sa poche.

1. Maigre bénédiction…

— Magloire, aidez-moi à le retourner, ordonna-t-il en appelant le constable qui avait menacé Joseph.

Loin d'être ravi, le policier vint rejoindre son supérieur, qui tenait déjà les chevilles du cadavre. Lui-même empoigna les épaules.

— Un, deux, trois !

Retourné comme une crêpe, sans autre forme de cérémonie, le mort se retrouva face contre terre. Tout le monde vit le trou derrière l'oreille droite.

— Un gros calibre, déclara Arcand. Il est sans doute décédé sur le coup. Une seule balle, on dirait.

Il fronça les sourcils et, spontanément, s'accroupit pour examiner les fesses du défunt, indifférent à l'air ridicule qu'il adoptait devant ses collègues, dont certains ne purent retenir un gloussement. Une moue de dégoût se forma sur les lèvres de McCreary, qui avait suivi la direction du regard de son collègue.

— *Good God, am I seeing what I think I'm seeing*[1] *?* s'enquit-il d'une voix rendue rauque par une soudaine nausée.

— Si vous faites référence au pénis et aux testicules enfoncés dans l'anus de ce monsieur, je crains fort que oui, répondit l'inspecteur, impassible.

Arcand se tourna vers les constables qui entouraient toujours la scène.

— Avons-nous une idée de son identité ? demanda-t-il, pour la forme.

— Nous avons interrogé ceux-là, mais personne n'avait quoi que ce soit à dire, expliqua Magloire en désignant de la tête les hommes et les femmes qui étaient là, à l'écart.

1. Bon Dieu, est-ce que je vois ce que je pense que je vois ?

L'inspecteur toucha la manche du veston du mort entre son pouce et son index pour en apprécier le tissu. Puis il prit les mains et inspecta les doigts fins, les ongles bien taillés et les paumes dénuées de corne.

— Une chose est sûre, il n'était pas ouvrier, conclut-il. Il n'a jamais levé autre chose qu'un crayon de sa vie. Et compté des piastres, je suppose. Bref, un bon bourgeois aisé, comme tant d'autres.

— Sauf que celui-là est mort avec son organe enfoncé dans le cul, interjeta Joseph.

— Que faisait-il à Griffintown ? demanda Magloire.

— Si on en juge par le peu de sang, répondit Arcand avec assurance, il a été transporté après le décès. Je dirais qu'il a été jeté d'une voiture, puis traîné jusqu'ici. Les traces sur le sol commencent brusquement.

Il se releva et frotta ses mains ensemble pour les nettoyer, puis épousseta le bas de son pantalon pour en faire tomber les morceaux de foin.

— Ramassez-le et déposez-le à la morgue municipale, ordonna-t-il au constable Magloire, qui semblait être devenu son souffre-douleur du moment. Dites à Dumaine que c'est moi qui l'envoie et qu'il doit rester au frais tant que je n'aurai pas permis d'en disposer.

— Vous voulez qu'il examine le corps ? s'enquit le constable.

— Pourquoi ? rétorqua sèchement son supérieur. La cause du décès ne vous apparaît pas assez claire ?

Rabroué devant tous ses collègues, Magloire se tut, se contentant de fusiller Joseph du regard alors que le journaliste emboîtait le pas à l'inspecteur et à l'Anglais.

— Il est toujours aussi grognon, votre patron ? lui demanda celui-ci avec un clin d'œil moqueur.

En compagnie de McCreary, Joseph reprit la route en direction de l'intersection de William et Duke, où la voiture les cueillerait discrètement.

***

Quelques heures plus tard, Joseph avait composé un article dont il était un peu plus content que le premier.

<u>SÉRIE NOIRE À MONTRÉAL !</u>
<u>LES CADAVRES SE MULTIPLIENT</u>

Un malheur n'arrive jamais seul, et les épisodes sordides semblent se succéder dans notre belle ville. Après l'horrible découverte d'un charnier d'enfants, vendredi dernier, voilà que le Département de police se retrouve avec un corps mutilé sur les bras.

Dans le premier cas, nous avons appris de source sûre que les petits cadavres contenus dans le charnier de la rue Le Royer étaient au nombre de six à dix et que tous ont été assassinés dans les premières heures de leur vie, sans violence apparente, au cours des deux ou trois dernières années. Qui a pu commettre de tels actes et pourquoi ? La police demeure dans les ténèbres les plus opaques.

Une source anonyme a d'ailleurs porté à l'attention du <u>Canadien</u> que ce n'était pas la première fois qu'un charnier d'enfants faisait les manchettes à Montréal. En effet, en 1836, un ouvrage intitulé

Awful Disclosures of Maria Monk alléguait déjà que les nouveau-nés issus de relations immorales entre les messieurs du Saint-Sulpice et les hospitalières de Saint-Joseph, alors voisins sur la rue Saint-Paul, étaient baptisés, étouffés puis jetés dans un puits situé dans la cave du monastère de l'Hôtel-Dieu pour y pourrir sous la chaux vive. Une recherche rapide a révélé que l'ouvrage, bien que canular grossier aux vues anticatholiques, a causé à l'époque de vifs maux de tête à Mgr Jean-Jacques Lartigue, évêque de Montréal. Les similitudes entre cette histoire et le charnier de la rue Le Royer demeurent troublantes.

Par ailleurs, le lundi 19 septembre dernier, à l'aube, le cadavre d'un inconnu a été découvert en plein milieu du Haymarket Square, dans Griffintown. L'homme, dont l'identité n'était toujours pas établie au moment d'écrire ces lignes, avait été abattu d'une balle derrière la tête puis émasculé, avant que son cadavre ne soit profané d'une manière que la modestie nous interdit de décrire. L'enquête a aussi été confiée à l'inspecteur Marcel Arcand, dont l'assiette commence à être plus que pleine.

Joseph Laflamme

Il relut l'article à la hâte, enfila son veston, ramassa sa mallette, y fourra les feuillets et sortit. S'il se pressait, il pourrait déposer l'article à Rouleau à temps pour l'édition du lendemain.

11

Mardi 20 septembre 1892

D'un pas empreint de lassitude, Simone Langlois arpentait le port presque tous les jours. À quarante ans bien passés, elle n'avait guère le choix : c'était le seul endroit où elle pouvait encore faire des affaires. Les filles plus jeunes, plus belles et plus fermes accaparaient le gros de la clientèle, comme elle-même l'avait fait jadis, avant que le temps n'émousse ses charmes. Pour les vieilles loques de sa trempe, usées par la vie et l'alcool, il ne restait que les matelots étrangers. Ils n'étaient jamais très regardants quand il s'agissait de satisfaire une envie qui leur tourmentait l'entrecuisse depuis des mois. Et puis elle avait de l'expérience et savait y faire.

Malgré les avantages qu'elle y trouvait, elle n'était jamais tout à fait tranquille de travailler dans un endroit aussi à l'écart, où elle était souvent seule de surcroît. Elle avait beau se raisonner, elle n'arrivait pas à oublier que, l'été précédent, quelques-unes de ses consœurs avaient été sauvagement assassinées par un fou qui les avait éventrées. Elle avait même connu de loin la pauvre Madeleine Boucher. En ville, on avait évoqué

Jack l'Éventreur. Sans le savoir, elle avait peut-être croisé la route de cet homme avant que la police ne l'abatte. Elle frissonna en songeant au sort qui aurait pu être le sien, puis chassa ces sombres pensées. Le dément n'était plus une menace et il ne servait à rien de laisser aller son imagination.

Elle quitta le quai Victoria en direction de la rue de la Commune. Un peu plus loin à sa gauche se profilait le marché Bonsecours, dont le dôme métallique luisait joliment dans le soleil levant. Elle admira le spectacle en souriant. La nuit avait été fructueuse et elle avait passé une bonne dizaine de clients. Après une longue traversée, les matelots empestaient et n'étaient pas doux, mais ils finissaient vite et payaient bien. Il lui suffisait de relever ses jupes, de s'adosser quelque part et l'affaire se concluait souvent en quelques coups de reins. Elle ricana à l'idée que sa bouche et son entrecuisse douloureux devaient sentir la même chose. Mais elle avait accumulé une belle petite somme et il lui tardait de retourner prendre un bain puis de dormir toute la journée dans la chambrette qu'elle louait, rue Saint-Laurent. Elle inspira profondément. L'air matinal était frais et sec, et elle le laissa caresser son visage prématurément ridé. Peut-être se permettrait-elle un congé arrosé de gros gin. Elle l'avait mérité.

Elle allait traverser la rue de la Commune quand elle crut apercevoir quelque chose du coin de l'œil, en bas du quai, sur sa gauche. Intriguée, elle s'arrêta, étira le cou et, du regard, fouilla le bord de l'eau. Il fallut un moment pour que le ressac révèle une fois de plus une forme pâle flottant sous la surface. Une vaguelette souleva une main hors de l'eau. Une petite main à la peau fripée et blanche comme de la cire sembla lui adresser un appel silencieux.

La vieille Simone hurla de toute la force de ses poumons. Puis elle se mit à courir comme si ses jambes enflées par les longues heures passées debout avaient à nouveau vingt ans.

***

Joseph s'assit d'un trait dans son lit, le cœur battant et les yeux ronds, comme s'il s'éveillait d'un cauchemar. Il avait entendu des coups de feu, il en était certain. Encore à moitié endormi, il chercha confusément une arme pour se défendre, n'importe laquelle, mais n'en trouva aucune.

D'autres coups retentirent et il rejeta ses couvertures en catastrophe pour s'extraire du lit. Pieds nus, en caleçon et en camisole, il allait foncer vers la cuisine, quitte à affronter à mains nues un pistolet, quand la voix de sa sœur lui parvint. Perplexe, il s'immobilisa et tendit l'oreille. Emma avait un ton courtois, bien qu'un peu contrarié. Il étendit le bras vers sa commode et y ramassa sa montre. Sept heures quinze. Qui pouvait bien tambouriner à leur porte à une heure pareille ? Une réponse prit forme dans sa cervelle moins embrouillée. *Arcand*.

— Jo ! appela sa sœur. Il y a quelqu'un pour toi !

— J'arrive !

Il enfila en vitesse un pantalon, des chaussettes et des chaussures, puis revêtit sa chemise et sortit. Il la boutonnait encore quand il arriva dans la cuisine pour trouver Emma en conversation avec le constable Tremblay, qui tenait poliment sa casquette contre sa poitrine pour s'adresser à une dame.

— Constable Tremblay ? Que me vaut l'honneur ? s'enquit-il.

— L'inspecteur Arcand m'a ordonné de venir vous prendre.

— Pour aller où ? demanda Joseph.

— À la morgue.

— Ah ? Vous me laissez le temps de boire un café et de manger quelque chose ? Juste au cas où je perdrais l'appétit…

— Non. Déjeuner ne serait pas une bonne idée, et puis nous sommes pressés.

— Bon, bon, bon, soupira Joseph.

Faisant fi de l'avertissement de Tremblay, il attrapa une grosse tranche de pain de ménage fraîchement coupée par sa sœur sur le comptoir, prit son veston sur la patère près de la porte, le passa et vérifia que son calepin et son crayon étaient bien dans la poche intérieure. Au même moment, la porte s'ouvrit avec fracas. Le constable Tremblay sursauta, fit demi-tour et allait sortir son revolver quand il reconnut McCreary dans l'embrasure et Mary juste derrière lui. Les deux arboraient un air alarmé.

— *What's wrong ?* demanda l'ancien du Yard, en cherchant Emma d'un regard inquiet. *I saw the police car parked out front and*[1]…

— Joseph ? fit Mary d'une voix tremblante avant d'écarter sans ménagement l'Anglais de son chemin pour aller le retrouver.

Par réflexe, Joseph lui ouvrit les bras et elle s'y jeta. Emma, quant à elle, se laissait tapoter galamment la main par son fiancé.

— Je… euh… Je suis désolé, bredouilla le constable, ne sachant comment réagir à toutes ces intrusions suivies

1. Que se passe-t-il ? J'ai vu la voiture de police garée à l'avant et…

d'effusions. Je n'avais pas réalisé que la voiture… que vous pourriez croire que…

— Nous avons vécu quelques aventures assez particulières autour de la maison ces derniers temps, expliqua Emma. Nous sommes tous tendus.

— Je comprends. Je suis confus. Mais, euh… il faut y aller, monsieur Laflamme.

À regret, Joseph s'arracha à l'étreinte de Mary et lui déposa un baiser plein d'affection à l'intérieur du poignet.

— Vous voulez de la compagnie ? demanda McCreary, l'œil allumé.

— Bien sûr. Mais les joies de l'import-export…

Pour toute réponse, l'Anglais eut un geste nonchalant. Il fit un sourire à Emma et, ensemble, les hommes sortirent. Dès qu'ils furent dans la cabine, la voiture se mit en branle.

— Pain ? fit Joseph en brandissant sa tranche.

— Oui, merci, répliqua l'Anglais en en arrachant la moitié sans autre formalité. Je n'ai pas déjeuné.

Ils mangèrent en regardant défiler l'avenue De Lorimier par les fenêtres des portières.

— Vous croyez qu'Arcand a un autre mort sur les bras ? demanda le journaliste.

— Nous le saurons bientôt. Et votre mystérieux livre ? Il y a du nouveau ?

— Comment voulez-vous que je réfléchisse au prêtre crasseux et à Maria Monk quand on ne cesse de m'interrompre avec un cadavre ou un autre ?

Roulant à bonne vitesse, le constable tourna à droite sur Sainte-Catherine et prit à gauche sur Saint-Hubert jusqu'à la petite rue Perthuis. La voiture s'arrêta devant le n° 10, à l'intersection de Berri. Ils descendirent et considérèrent leur destination tandis que le constable Tremblay actionnait le frein de la voiture avant de les rejoindre. L'édifice en granit gris était orné d'une plaque en laiton qui disait « C.A. Dumaine et Co. pompes funèbres, undertakers ».

— C'est chez ce croque-mort que le corps du marché à foin a été envoyé, non ? se rappela Joseph.

— J'ai cru comprendre que l'endroit tenait lieu de morgue municipale, oui, lui confirma McCreary.

Le constable Tremblay passa près d'eux sans s'arrêter, se contentant de leur faire signe de le suivre. L'un derrière l'autre, ils entrèrent et parvinrent dans un petit vestibule imprégné d'une forte odeur d'alcool et de désinfectant qui masquait sans doute pire, ce qui n'était pas peu dire.

— Suivez-moi, dit le policier en s'engageant dans un long couloir sombre.

Au bout se trouvait une porte que le constable ouvrit et franchit sans hésiter. Ils le suivirent jusqu'à une pièce dont l'odeur de viande faisandée, d'excréments, de savon et d'antiseptique leur fit monter les larmes.

— Sacrement… soupira Joseph, mortifié, en réalisant où il venait d'aboutir.

Sa chemise protégée par un long tablier blanc, ses manches roulées jusqu'aux coudes, les mains rougies de sang jusqu'au milieu de l'avant-bras, le Dr Hébert était penché sur une table de métal. En les entendant arriver, il tourna la tête vers eux et les salua silencieusement. Non loin de lui, près d'une seconde table occupée par une forme humaine sous un drap blanc, se tenait l'inspecteur Arcand, qui avait manifestement passé la nuit sur la corde à linge.

— Que se passe-t-il ? s'enquit Joseph en essayant de ne pas respirer l'air vicié qui lui donnait la nausée.

— Tôt ce matin, deux cadavres ont été signalés par une prostituée aux environs du quai Victoria, expliqua Arcand, souverainement indifférent à l'environnement. Nous avons trouvé deux filles qui flottaient au bord de l'eau, près de la rue de la Commune. L'examen sommaire effectué par le Dr Hébert a révélé quelques éléments assez intrigants.

— Mais pourquoi me faire venir ?

— Parce qu'il y a peut-être un lien avec le charnier, répondit l'inspecteur.

D'un geste, il invita le médecin à prendre le relais. Celui-ci s'essuya les mains sur son tablier, où il laissa de longues traces rougeâtres qui ne paraissaient nullement le troubler.

— Il semble que nous soyons destinés à ne pas nous serrer la main, monsieur Laflamme, remarqua-t-il avec un sourire affable qui jurait avec les circonstances.

Il se tourna vers la table en acier à ses côtés et dévoila le corps inerte d'une jeune fille aux cheveux blonds allongée sur le dos. Joseph grimaça. Jamais encore il n'avait vu un corps ayant séjourné dans l'eau. La peau était diaphane. Même les lèvres étaient blanches. Çà et là, des taches brunâtres et verdâtres contrastaient avec la pâleur. Il se força à regarder. Une toison éparse à la jonction des cuisses et des seins naissants révélait que la fillette était à peine pubère. Pourtant, elle était morte et point n'était besoin d'être médecin pour comprendre que sa fin avait été violente.

Il sentit la tranche de pain lui remonter dans la gorge. Avec le calme issu de l'habitude, Arcand prit un bol de porcelaine et le lui tendit. Joseph eut tout juste le temps de le saisir avant de vomir tout ce qu'il avait avalé. Lorsqu'il eut l'estomac vide et que son souffle fut redevenu à peu près normal, il posa le récipient souillé sur une table, à l'écart. Il se sentait honteux.

— Ne vous en faites pas, dit l'inspecteur. L'effet d'une morgue, avec l'odeur et le décor, est bien différent de celui d'une scène de crime.

Plus habitué à de telles circonstances, McCreary s'approcha et Joseph n'eut d'autre choix que de le suivre. De près, le spectacle était plus troublant et, à la vue des veines sous la peau translucide, il sentit son estomac se révolter à nouveau. Il ravala un haut-le-cœur et, pour se concentrer sur autre chose, sortit son carnet et se mit à noter ce que disait le médecin.

— Eh bien, déclara le Dr Hébert d'un ton clinique, nous avons deux filles de douze ou treize ans. Celle-ci a séjourné dans l'eau pendant cinq ou six jours.

De l'index, il désigna des marques foncées qui formaient un sinistre collier autour du cou.

— Elle a été étranglée. Vraisemblablement par-derrière, si je me fie aux marques de doigts, ici et ici.

Joseph sentit les larmes lui monter aux yeux et, cette fois, l'odeur d'alcool n'y était pour rien. La vue de cette jeune vie fauchée si tôt lui causait une infinie tristesse.

— Son anus montre de nombreuses déchirures récentes et plus anciennes, poursuivit le médecin.

— Vous voulez dire…

— Que la petite a été prise à répétition dans le derrière, précisa Arcand sans gants blancs. Et étouffée ensuite. Ou peut-être même pendant.

— *Whatever turns you on*[1]… observa McCreary, lugubre.

— Mais, mais… Ce n'était qu'une enfant, bredouilla Joseph.

1. Si ça vous allume…

— Je sais, gronda sombrement l'inspecteur.

— Elle porte aussi des marques dans le creux du bras. Probablement des injections. Et notez les étranges blessures à la commissure des lèvres, dit Hébert en désignant les deux coins de la bouche. Ce ne sont pas des coupures, mais de petites déchirures, comme si elle avait eu un bâillon trop serré.

Hébert se déplaça vers l'autre table et retira le drap avec un geste digne d'un prestidigitateur de fête foraine. Dessous se trouvait une autre jeune fille, à peine plus vieille que la première. Celle-là était moins délavée et avait les cheveux brun foncé.

— Approximativement le même âge, ajouta-t-il. Elle est demeurée dans l'eau un peu moins longtemps, comme l'indique l'état de sa peau encore dénuée de signes de putréfaction.

Il saisit l'avant-bras droit de la morte comme s'il s'agissait d'un simple mannequin et exhiba le poignet tandis que la main pendait mollement.

— Elle a été attachée. Voyez les marques. Elle a les mêmes aux chevilles. Et, chose intéressante, elle présente les mêmes piqûres au creux des bras et les mêmes blessures à la bouche que l'autre jeune fille.

Le Dr Hébert répondit à la question qui brûlait les lèvres de Joseph avant qu'il ait à la formuler.

— Elle a sans doute été attachée pour être plus facilement violée, comme le montre l'état de son vagin, de son anus et même de sa bouche, tous parsemés de lésions récentes qui trahissent une certaine violence ou des… répétitions. On a abusé de cette enfant à plusieurs et dans tous les orifices dont la nature l'a pourvue.

— De quoi est-elle morte ? demanda Arcand.

— Je devrai l'ouvrir pour le confirmer, mais je parierais sur une hémorragie interne, décréta le médecin.

Joseph sentit la tête lui tourner. Il y avait quelque chose de particulièrement obscène à l'idée qu'on puisse s'acharner ainsi sur de pauvres petites à peine sorties de l'enfance. Il se reprit de son mieux.

— Je… je comprends tout ça, et j'en suis révolté, mais je vois mal le rapport avec le charnier, dit-il pour se donner une contenance.

Arcand adressa un regard à Hébert, l'invitant à fournir la réponse.

— Malgré leur très jeune âge, annonça ce dernier, ces deux jeunes filles ont déjà accouché au moins une fois.

12

Joseph, McCreary et l'inspecteur quittèrent le Dr Hébert en le remerciant, puis rebroussèrent chemin dans le long couloir sombre et nauséabond. Ils ne dirent mot avant d'être sortis, préférant garder la bouche fermée. Une fois dehors, ils inspirèrent tous de grandes bouffées de l'air toujours un peu chargé de suie et de fumée de Montréal qui, dans les circonstances, leur parut pur. Puis ils firent le point.

— Alors nous avons une dizaine de cadavres de nouveau-nés récents et ceux de deux filles à peine pubères qui ont déjà accouché, récapitula Joseph en essayant de ne pas trop penser à ce qu'il venait de voir. Sans compter le bonhomme du Haymarket Square avec son organe dans les fondements et mon curé pouilleux avec son livre. Et maintenant ?

— Il faut établir l'identité des deux mortes, répondit Arcand. En arrivant à la station, je ferai passer le mot à tout le monde de rester aux aguets pour un avis de disparition. Elles ont certainement une famille quelque part. Je demanderai aussi à quelques constables d'aller faire un tour dans le *Red Light* pour voir si quelqu'un connaît deux jeunes prostituées disparues récemment. D'ici là, je vais me concentrer sur notre bourgeois castré. En passant, Laflamme, j'ai lu votre article de ce matin. Beau travail.

— Ciel, était-ce un compliment ?

— Un tout petit.

— S'il était écrit, je le ferais encadrer, railla le journaliste.

Une voiture noire tourna le coin de Saint-Hubert pour venir se ranger derrière celle sur laquelle le constable Tremblay s'apprêtait à grimper. Un policier court et costaud, la moustache noire touffue et les sourcils broussailleux, en descendit pour se diriger d'un pas empressé vers Arcand. Tout le monde se tut et attendit.

— Inspecteur, on m'a dit que je vous trouverais ici, déclara le nouveau venu.

— Qu'y a-t-il, Grenon ?

— Eh bien, une dame est passée à la station ce matin, tout énervée. Elle prétend que son employeur a disparu depuis plus de trois jours. J'ai pensé que ça pourrait être lié au cadavre de Griffintown.

Les trois hommes furent immédiatement alertés.

— Vous avez bien fait. Et qui est ce monsieur ?

Visiblement ravi de cette approbation, le constable Grenon tira un bout de papier chiffonné de sa poche de pantalon, le déplia et, la concentration lui plissant le visage, consulta la grosse écriture enfantine qui s'y trouvait, la déchiffrant comme s'il s'agissait d'une formule alchimique d'une grande complexité.

— Charles-Alexandre Coderre, banquier, annonça-t-il. Soixante et un ans, grandeur moyenne, cheveux blancs, moustache et favoris, un peu corpulent, richement vêtu.

McCreary, Joseph, Arcand et Tremblay se consultèrent du regard et pensèrent la même chose : la description pouvait être celle de plusieurs hommes dans la soixantaine, mais elle correspondait d'assez près à leur cadavre nu-fesses.

— La dame attend à la station ? demanda l'inspecteur.

— Non, elle est retournée chez elle, rue Ernest. L'épouse Coderre est infirme. Elle ne peut pas beaucoup se déplacer ni rester seule très longtemps. D'où la présence de sa domestique.

— Vous avez les coordonnées ?

— Une certaine Gilberte Lessard, célibataire, cinquante-huit ans. L'adresse est là-dessus.

Grenon lui tendit son papier.

— Hum, un bon bourgeois de Montréal, fit Arcand, intrigué.

Il s'adressa à Grenon.

— Retournez à la station et faites savoir à tout le monde que nous cherchons deux jeunes filles d'environ douze ans disparues voilà au moins une semaine, lui ordonna-t-il. Ensuite, prenez quelques hommes et allez faire un tour dans le *Red Light* pour voir si on n'aurait pas perdu deux filles correspondant à cette description. Si vous apprenez quelque chose, faites-le-moi savoir sur-le-champ.

— Oui, inspecteur, répondit le constable en bombant le torse.

Il remonta sur la banquette de sa voiture, dont les chevaux étaient encore luisants et heureux de l'effort qu'ils venaient de faire, et fit claquer les rênes. Arcand se dirigea vers la sienne, monta et fit signe à Joseph et McCreary de le suivre. Les deux véhicules se mirent en marche l'un derrière l'autre.

***

La voiture de police avait roulé en direction nord sur Saint-Denis. Le constable Tremblay s'arrêta au coin d'Albina pour laisser descendre McCreary et Joseph, puis reprit la route.

Ils se trouvaient de l'autre côté du square Saint-Louis. Dans la rue Ernest, en face, ils purent apercevoir la voiture conduite par Tremblay qui se garait. Arcand en sortit et grimpa les marches, puis frappa à la porte. Ils le virent être accueilli par une dame et entrer tandis que le constable prenait place au pied du balcon, montant la garde.

Ils attendirent un peu puis pénétrèrent dans le parc parsemé de grands arbres. Joseph ralentit le pas pour permettre à son compagnon de le suivre avec un minimum d'effort. Fier, l'Anglais ne se plaignait jamais, mais sa prothèse lui rendait la marche difficile et ce qui lui restait de jambe devenait souvent douloureux. Ensemble, ils arpentèrent les chemins bien aménagés autour du bassin orné de fontaines, au centre du parc. Déjà, des enfants de bonne famille jouaient sur les bords, sous l'œil attentif des nounous sous-payées qui passaient la nuit dans une chambrette sous les combles, étouffante en été et glaciale en hiver.

Ils atteignirent la maison, semblable à toutes les splendides demeures qui bordaient le parc sur trois côtés. Collées les unes aux autres, avec leurs façades de trois étages en pierre grise, leurs toitures mansardées et leurs escaliers qui venaient s'aligner uniformément sur le trottoir, elles donnaient l'impression d'une muraille encadrant la cour intérieure d'une forteresse. Tout, dans cet endroit, dégageait une expression de richesse tranquille et assurée. En les voyant approcher, le constable Tremblay vint à leur rencontre.

— Suivez-moi, dit-il, avant de tourner les talons.

Ils lui emboîtèrent le pas dans la rue Ernest, puis dans Saint-Denis. De là, ils traversèrent la cour arrière des maisons jusqu'à celle où Arcand était entré. Le jeune agent leur désigna l'étroit escalier de fer forgé qui rejoignait la galerie arrière.

— L'inspecteur Arcand ne veut pas qu'on vous voie entrer sur les lieux d'une enquête, leur rappela-t-il. Il vous attend.

— Merci.

Il les salua en touchant sa casquette et partit reprendre son poste. Joseph et McCreary gravirent les quelques marches et entrèrent. Ils se trouvèrent dans une cuisine luxueusement équipée d'une grosse cuisinière au bois, de pots et de casseroles de toutes sortes, d'un comptoir, d'ustensiles suspendus un peu partout. Une vieille dame dodue était assise à la table, un austère chignon brun sur la nuque, un tablier blanc couvrant ses vêtements gris. Elle sursauta en voyant entrer les deux hommes, écarquilla des yeux rougis et gonflés par les larmes, et lâcha un petit cri de terreur.

— Nous ne vous voulons aucun mal, madame, l'assura Joseph en levant les mains. Je suis…

— Ah ! Laflamme ! coupa la voix d'Arcand. Vous voilà. Suivez-moi.

— Euh… Oui, bien sûr, patron, répondit Joseph en jouant le jeu.

Arcand se tourna vers la dame.

— Mille excuses s'ils vous ont effrayée, mademoiselle Lessard.

— *Miss*, fit McCreary, avec élégance, en passant devant la bonne.

— Monsieur l'agent… répondit la dame, que personne ne crut bon de détromper.

Ils suivirent Arcand jusqu'à un vestibule qui s'ouvrait sur une salle à manger, un boudoir et un salon richement meublés et un escalier à deux paliers. Ils entrèrent dans le boudoir, où ils trouvèrent une dame aux cheveux blancs, vêtue d'une robe sombre, qui pressait un mouchoir chiffonné sur sa bouche. Le constable Grenon n'avait pas menti en disant qu'elle était mal en point. Assise dans un fauteuil roulant en bois au dossier haut et très droit dont elle ne sortait sans doute que pour dormir et voir à ses besoins intimes, elle était frêle comme un oiseau. Tous les muscles de son corps semblaient avoir fondu pour ne laisser qu'une ossature saillante sous la peau translucide parcourue de veines bleutées. Une jolie couverture brodée était drapée sur des jambes inutiles. Assis près d'elle, un vieux prêtre en soutane lui tapotait la main avec sympathie en murmurant des paroles de réconfort.

— Mme Charles-Alexandre Coderre, les informa Arcand en guise de présentations. Et voici l'abbé Dupras, son confesseur et ami.

— Messieurs, dit la femme d'une voix chevrotante tandis que le prêtre, un petit homme fluet, se contentait d'incliner gravement la tête.

L'inspecteur ne présenta pas les nouveaux venus, confirmant ainsi la validité de leur présence. Il consulta le calepin où il avait commencé à noter la déposition. Pour se donner une contenance, Joseph sortit son propre carnet.

— Récapitulons, si vous voulez bien, madame, suggéra Arcand avec compassion. Votre mari est donc sorti vendredi soir en vous disant qu'il rentrerait tard. Où allait-il ?

— À sa loge.

La façon dont l'inspecteur se raidit imperceptiblement en entendant ces mots n'échappa pas à ses deux compagnons. Pas plus que la manière dont le prêtre se rembrunit.

— Mon mari est franc-maçon, poursuivit la dame. Je supporte mal son affiliation à cette société secrète dont on dit toutes sortes de choses. Je suis une bonne catholique, comme monsieur l'abbé peut en témoigner.

L'abbé Dupras hocha la tête avec conviction, l'air d'un chien bien dressé, et tapota de plus belle la main qu'il n'avait pas lâchée.

— J'ai essayé de le raisonner, mais il y tient mordicus. Il affirme que toutes les rumeurs qui circulent au sujet de cette fraternité ne sont que des racontars.

Arcand ne donna aucun indice qu'il approuvât ou non l'affirmation.

— Samedi matin, poursuivit-il, vous avez réalisé qu'il n'était pas rentré et il n'a pas été revu depuis. C'est bien ça ?

— C'est ça.

— Et vous n'avez pas jugé bon de prévenir la police plus tôt ?

— Ce n'est pas la première fois que mon mari… s'éclipse pendant un jour ou deux. Mais il est toujours revenu. Sauf cette fois-ci.

— À votre connaissance, a-t-il d'autres loisirs ? D'autres endroits qu'il pourrait fréquenter à part sa loge ?

La femme prit une pause pour s'essuyer délicatement le coin des yeux avec son mouchoir, puis continua.

— Mon mari est un homme très discret, inspecteur. Et travaillant, aussi. Il passe ses journées à la Banque de Montréal même s'il est indépendant de fortune depuis longtemps. Il ne va ni au théâtre ni aux concerts. Il ne joue pas aux cartes, ne parie pas, boit modérément et ne fume même pas. Il n'appartient à aucun club. Sa loge est son seul loisir.

Elle jeta un regard dégoûté sur ses jambes.

— Je suis une moitié de femme, qui n'a même pas été capable de lui donner des enfants. Ni même d'accomplir adéquatement son devoir conjugal. Puis-je le blâmer de sortir trois ou quatre soirs par semaine ?

— À combien de loges appartient-il ? s'enquit Arcand, en cachant mal son étonnement.

— Une seule, à ma connaissance.

— Vous savez laquelle ?

— Non.

— Et est-il un bon catholique, lui aussi ?

— M. Coderre ne fréquente plus les sacrements depuis des années, coupa le prêtre, l'air pincé.

L'inspecteur prit quelques notes avant de changer de sujet.

— Vous êtes mariés depuis longtemps ?

— Dix-sept ans. Il m'a épousée dans l'état où vous me voyez. Par pitié, sans doute. Charles-Alexandre est un homme d'une grande bonté.

— Auriez-vous une photo de votre mari ?

L'infirme étira le bras pour saisir une clochette sur un guéridon, tout près, et la fit tinter. La vieille dame de la cuisine apparut presque aussitôt.

— Madame ? dit-elle d'un ton soumis et respectueux.

— Gilberte, apportez une photographie de monsieur pour l'inspecteur, je vous prie.

— Tout de suite, madame.

La domestique disparut et revint peu après avec une photo dans un cadre vitré orné de dorure, qu'elle tendit à Arcand. Celui-ci avisa l'homme qui se trouvait dessus et posa le cadre sur la table à café, de manière que Joseph et McCreary l'aperçoivent.

— Madame Coderre, déclara gravement Arcand, je crains d'avoir une mauvaise nouvelle à vous annoncer.

13

Malgré la délicatesse déployée par l'inspecteur, le choc avait été brutal. Mme Coderre avait pâli et ses lèvres tremblantes avaient perdu toute couleur. Ses yeux avaient roulé et elle avait émis un couinement avant que sa tête se renverse. Sans doute habituée à de telles faiblesses, la gouvernante avait aussitôt sorti un flacon de sels de la poche de son tablier pour l'agiter sous le nez de la pâmée. Cette dernière avait repris ses esprits, d'abord désorientée, puis anéantie en comprenant qu'elle n'avait pas rêvé.

— Charles-Alexandre… avait-elle gémi. Mon Dieu… Qu'est-ce que je vais devenir sans lui ?

Les trois hommes laissèrent la nouvelle veuve éplorée à sa peine et aux bons soins de son confesseur. Guidés par Gilberte, presque aussi émue que sa maîtresse, ils montèrent à l'étage. En larmes, elle les mena devant la porte au bout du couloir, identique aux quatre autres, toutes fermées.

— Le cabinet de travail de M. Coderre est ici, les informa-t-elle d'une voix chevrotante, son mouchoir toujours vissé sous le nez. Les autres pièces sont des chambres et une salle d'eau. Je peux vous les montrer si vous le voulez.

— Le cabinet suffira pour l'instant. Merci, mademoiselle Lessard, dit courtoisement l'inspecteur.

— Je vais aller m'occuper de madame. La malheureuse… Elle est si fragile. Cette histoire va me la tuer.

— Elle est aussi très riche, marmonna Joseph avec un rien de perfidie quand la gouvernante se fut éloignée.

D'un haussement de sourcil, Arcand lui fit comprendre qu'il s'était fait la même réflexion. Il attendit que Gilberte soit redescendue, tourna la poignée et ouvrit. L'un après l'autre, ils entrèrent. McCreary ne put retenir un sifflement admiratif. Toute la pièce respirait l'aisance, le confort et la qualité. Du plancher au plafond, les murs étaient couverts de bibliothèques en bois massif qui avaient dû coûter une fortune. Chaque tablette était remplie de livres richement reliés en cuir et titrés à la dorure. Une unique fenêtre bordée de tentures de velours vert forêt, sur le mur du fond, laissait entrer la lumière. Sur la gauche, le mur était séparé en deux par une cheminée en brique massive qui devait produire une agréable chaleur. De luxueux tapis orientaux occupaient le sol.

Au plafond, un lustre au gaz pendait au-dessus d'une table de travail en acajou. Ils s'en approchèrent et la trouvèrent parfaitement en ordre avec son sous-main en cuir, ses deux encriers, ses plumes alignées devant et sa carafe de whisky accompagnée de deux verres. Le fauteuil de style second Empire recouvert de brocart avait été remis à sa place par celui qui s'en était levé.

— Quand je pense que je dactylographie mes articles sur la table de la cuisine… déplora Joseph en lorgnant la bouteille de liquide ambré. Et que je bois du gin bon marché.

Sans demander la permission, il saisit la carafe, se versa un doigt de whisky, le huma avec félicité et le vida d'un trait.

— Je vous confirme que l'homme buvait du bon, déclara-t-il en claquant la langue, indifférent au regard de reproche de l'inspecteur.

— Que cherchons-nous ? s'enquit McCreary.

— Je n'en ai pas la moindre idée, admit Arcand. Si nous le trouvons, nous le reconnaîtrons. Commençons par les livres. Chacun son mur.

Ils se mirent à examiner les livres un à un, admirant leur facture luxueuse, les ouvrant et les feuilletant pour voir s'ils contenaient quelque chose avant de les replacer.

— Oh… fit McCreary après une quinzaine de minutes de ce manège.

— Vous avez quelque chose ? demanda Arcand.

— *You could say that, yes*[1].

L'Anglais tenait un petit livre dont la couverture cartonnée à bon marché jurait avec le reste de la bibliothèque. Il avait les yeux ronds, le menton rentré dans la poitrine et le visage empourpré. Les deux autres allèrent le rejoindre.

— Qu'est-ce que c'est ?

— *Trash*… répondit McCreary d'une voix frémissante d'indignation. *Vile, revolting, ugly trash*[2].

Arcand et Joseph se campèrent de chaque côté de lui et jetèrent un coup d'œil sur les pages.

— Sacrement, c'est écœurant ! fit le journaliste.

Un frisson de répugnance les parcourut à l'unisson. McCreary feuilleta lentement le livre, dont chaque

1. On pourrait dire ça, oui.
2. Une ordure ignoble, révoltante et laide.

page contenait des gravures pornographiques qui auraient fait rougir le pire des libertins. Certaines représentaient des femmes attachées dans des positions dégradantes, d'immenses godemichés insérés dans les orifices. D'autres montraient des ébats homosexuels entre hommes et entre femmes, ou des orgies mixtes où chacun forniquait à qui mieux mieux. D'autres encore mettaient en scène des enfants avec des adultes.

— Il était caché derrière l'*Encyclopædia Britannica*, expliqua McCreary. Il y en a d'autres.

Arcand inspecta la place laissée libre par les livres retirés et en sortit de nombreux ouvrages du même acabit. Quelques-uns contenaient même des photographies. À chaque page, des corps étaient brutalisés, fouettés, torturés, souillés ou violés des manières les plus inventives et les plus viles.

— Il avait des goûts particuliers, le franc-maçon mécréant, remarqua Joseph pour chasser son malaise. Un vrai luron.

Il arracha son regard des images révoltantes et le porta sur Arcand.

— C'est ça que vous faites, dans vos loges, derrière vos portes closes ?

La tentative d'humour tomba à plat. L'inspecteur observait les photographies une par une, hypnotisé par toute cette décadence. Son visage trahissait un profond dégoût.

— Tout ce qui se trouve là s'est vraiment produit et a été photographié, déclara-t-il enfin d'une voix blanche. On a fait poser des enfants. La perversion, la souffrance, tout est réel. Il y a des êtres humains derrière ces images.

— *Good God*, juste à regarder, je me sens sale, frémit McCreary en s'essuyant compulsivement les mains sur son pantalon.

Aucun des trois n'était surpris outre mesure par la nature de ce qu'il voyait. Les deux policiers avaient croisé les pires travers du genre humain. Quant à Joseph, sa fréquentation assidue du *Red Light*, jusqu'à l'année précédente, l'avait exposé à des perversions qu'il aurait eu bien du mal à imaginer seul. Il se demanda fugitivement si Mary, en échange d'une somme suffisante, avait couché avec plus d'un homme à la fois ou avec des femmes. Il chassa la question aussi vite qu'elle s'était formée. Il ne voulait pas le savoir. Il refusait de porter en lui-même ce type de questions qui finiraient par gâcher ce qui les unissait. Le passé était le passé. Cette Mary-là n'existait plus.

Ils ramassèrent tous les livres pornographiques cachés derrière les volumes de l'encyclopédie et les empilèrent sur la table de travail, où ils avaient sans doute été feuilletés par feu leur propriétaire. Ils fouillèrent derrière les livres sur toutes les tablettes et découvrirent quelques autres caches. Lorsqu'ils furent certains d'avoir tout regroupé en une petite pile, Joseph inspecta les tiroirs du bureau et y trouva une grande enveloppe de papier brun. Il la tint ouverte tandis qu'Arcand la remplissait de livres en tenant chacun par le coin, du bout des doigts.

— Pas besoin de faire cette tête, inspecteur. Je ne crois pas que les maladies honteuses se transmettent par les livres, dit Joseph, narquois. Seulement les mauvaises idées, selon notre bon clergé.

— Vous êtes-vous demandé ce que Coderre faisait en les lisant d'une seule main ? rétorqua Arcand.

— Euh… Non.

— Moi, si. Et je préfère les toucher le moins possible, si ça ne vous dérange pas trop.

— Oh… fit Joseph en faisant un peu plus attention.

Il plaça l'enveloppe pleine sur le bureau et allait refermer le tiroir lorsqu'il aperçut quelque chose au fond. Il ouvrit un peu plus et empoigna le manche d'un objet qui, une fois sorti, se révéla être une discipline composée de plusieurs cordelettes à nœuds, qu'il brandit devant les deux autres.

— Regardez ça, dit-il, médusé.

— Notre pervers était pratiquant, on dirait, nota McCreary avec un sourcil relevé par l'amusement. Je me demande s'il se fouettait lui-même ou s'il préférait frapper sur les autres.

— Je n'ai pas vu de marques sur ses fesses, mais il faut dire que je me concentrais sur ce qui était enfoncé entre les deux, renchérit Joseph.

— Il y a autre chose ? s'enquit Arcand.

Le journaliste passa la main jusqu'au fond du tiroir pour s'assurer de n'avoir rien manqué et, stupéfait, la ressortit en brandissant un chapelet à gros grains de bois terminé par un crucifix sans *corpus*.

— Bon, notre mauvais catholique était dévot, maintenant, railla-t-il. Voilà un homme qui ne craignait pas la contradiction.

— Je tremble juste à penser à ce qu'il pouvait bien en faire, remarqua McCreary avec dégoût.

Le fouet et le chapelet prirent le chemin de l'enveloppe. Joseph chercha Arcand du regard et le trouva à genoux, son veston par terre, le bras enfoncé dans l'âtre de la cheminée, peinant et grognant tandis que la suie tombait. Quand il retira son bras, la manche de sa chemise était roulée jusqu'au coude et son avant-bras était souillé. Il tenait dans sa main une boîte en fer-blanc. Il se releva et vint déposer l'objet sur la table de travail. L'image usée avait pratiquement disparu du couvercle. Il l'ouvrit et tous retinrent leur souffle tandis que leurs yeux menaçaient de s'exorbiter.

— Il peut y avoir combien ? demanda Joseph, de peine et de misère, en avisant l'épaisse liasse de billets.

Arcand la sortit de la boîte, mouilla son pouce et son index et se mit à compter les billets de dix et de cinquante dollars.

— Pas loin de huit mille dollars, répondit-il, impressionné.

— Pourquoi gardait-il cette fortune dans sa cheminée, lui, un banquier ? s'enquit le journaliste. Il se méfiait des banques ?

— Pour la même raison qu'on lui en a fourré dans la bouche après l'avoir abattu et émasculé, répondit l'inspecteur sans réfléchir.

— Il était impliqué dans quelque chose de louche, déduisit McCreary.

Lorsqu'ils eurent tout fouillé, ils redescendirent sans rien ajouter. Au passage, Arcand s'arrêta dans le boudoir et expliqua brièvement à Mme Coderre qu'il emportait certains objets pour les besoins de l'enquête. Il ne dit mot au sujet de leur éventuel retour, tenant pour acquis qu'il valait mieux pour elle qu'elle ne les vît jamais. Après d'ultimes salutations empreintes d'empathie à la pauvre femme aux yeux bouffis par les larmes, il rejoignit ses compagnons.

— Repartez par le même chemin, leur intima-t-il. Nous vous attendrons sur Saint-Denis.

***

Cinq minutes plus tard, ils étaient tous installés dans la voiture qui roulait en direction de Saint-Jacques.

— Si Coderre a été assassiné pour une question d'argent, alors pourquoi aussi l'émasculer et lui enfoncer son membre dans le derrière ? Et pourquoi déposer le corps dans un lieu public, au risque de se faire prendre, plutôt que de s'en débarrasser discrètement ?

— Pour passer un message à d'autres ? suggéra le journaliste. Pour leur faire bien comprendre ce qui leur arriverait s'ils faisaient comme Coderre ?

L'enveloppe contenant les pièces à conviction sur ses genoux, Arcand soupira et les fixa avec un air grave.

— Coderre mentait effrontément à sa femme, déclara-t-il avec assurance.

— À quel sujet ? Et comment le savez-vous ? demanda l'Anglais, étonné.

— Les loges maçonniques ne se réunissent qu'une ou deux fois par mois, répondit l'inspecteur. Jamais davantage, à moins d'une permission spéciale, que la Grande Loge accorde rarement. Même en étant membre de toutes les loges de Montréal, il est impossible de les fréquenter trois ou quatre fois par semaine.

— Alors ?

— Alors il se rendait ailleurs, et je vais devoir découvrir où.

14

Joseph avait un nouvel article à écrire et, étant donné ce qu'il venait de découvrir, les doigts lui démangeaient furieusement. Tenant enfin un bon filon, et espérant gagner du temps, il l'avait écrit directement au bureau du *Canadien*, sur une vieille machine à écrire de marque Hall. Il était assez satisfait de la façon dont il était arrivé à faire le point sur le chassé-croisé toujours plus complexe de cadavres. Rouleau et lui l'avaient retravaillé ensemble afin qu'il soit à point pour l'édition du lendemain. Joseph avait été à même d'admirer tout le métier que l'éditeur cachait derrière son cigare et ses verres de whisky.

Il relut une dernière fois son travail et en apprécia le ton à la fois solennel et alerte.

LA SÉRIE NOIRE SE POURSUIT :

DEUX NOUVEAUX CADAVRES

LE MORT DU MARCHÉ À FOIN IDENTIFIÉ

Nos lecteurs se souviendront certainement que, vendredi dernier, l'éclatement fortuit d'une conduite d'égout et l'effondrement d'une portion de la rue Le Royer ont révélé la présence d'un charnier contenant les restes de nouveau-nés. Cinq jours plus tard, ce mystère n'est toujours pas élucidé et l'enquête du Département de police piétine. Voilà maintenant que, tôt hier matin, une passante sonnait l'alerte après avoir aperçu les corps de deux jeunes filles échoués sur la berge, rue de la Commune.

Déposées à la morgue municipale, rue Perthuis, les dépouilles ont subi un examen post mortem par le Dr Baptiste Hébert. D'une part, il appert que les deux petites victimes, âgées d'une douzaine d'années, ont séjourné dans l'eau plusieurs jours. La première fillette a été étranglée tandis que la seconde est vraisemblablement morte de saignements internes. D'autre part, les deux inconnues portaient aux parties intimes des marques de sévices et d'agressions sauvages que la décence nous interdit de décrire plus en détail en ces pages. Qu'il suffise de dire que les pauvres enfants ont été outragées de toutes les manières que la perversité peut imaginer.

Chose encore plus choquante, il semble que, malgré leur très jeune âge, les victimes avaient toutes deux accouché au moins une fois. S'il est trop tôt pour établir un rapprochement avec le contenu du charnier de la rue Le Royer, la coïncidence demeure néanmoins intrigante.

Par ailleurs, un heureux hasard a permis d'identifier le cadavre retrouvé avant-hier au Haymarket Square. Il s'agit de M. Charles-Alexandre Coderre, banquier de soixante et un ans, disparu de son domicile depuis quelques jours. Si les raisons et les circonstances de sa mort restent nébuleuses, on sait que le défunt s'absentait plusieurs soirs par semaine pour une destination inconnue qui a peut-être quelque chose à voir avec sa mort. Des sources nous laissent entendre qu'une fouille effectuée au domicile de l'homme a permis de recueillir des indices susceptibles d'orienter l'enquête du Département de police de Montréal.

L'avenir dira si tous ces cadavres sont liés entre eux ou le triste fruit du hasard. D'ici là, ils laissent entrevoir des aspects cachés de notre ville que ses bons citoyens préféreraient sans doute continuer à ignorer.

Joseph Laflamme

***

Arcand était dans la salle des archives, au troisième étage de la Grande Loge du Québec, coin Notre-Dame et Place-d'Armes. Il n'avait pas remis les pieds dans cette pièce sans fenêtre et un peu oppressante depuis février, alors qu'il avait fouillé les registres à la recherche de John Wilkes Booth. Cette fois, il s'y trouvait en compagnie de Laurent Chabin, secrétaire de la loge des Cœurs-Unis, qu'il était passé prendre à son commerce de ferraille, près du port, après avoir déposé McCreary à la boutique d'Emma sur Saint-Paul et Laflamme aux bureaux du *Canadien* sur Saint-Jacques. En chemin, il avait expliqué à son frère de loge ce qu'il cherchait, sans trop en dire sur ses raisons, et ce qu'il attendait de lui. Le ténébreux Français avait grommelé un peu sous sa grosse moustache en fer à cheval, mais il n'était grognon que pour la forme et il avait accepté de lui venir en aide.

Assis à la table au milieu de la pièce, Arcand attendait tandis que Chabin, manifestement dans son élément, fouillait les gros registres en cuir qui remplissaient les tablettes. Le secrétaire de sa loge était une créature bien particulière. Grand et maigre hormis une petite bedaine, les cheveux poivre et sel portés courts, abondamment moustachu, cynique à souhait et un brin iconoclaste, mange-curé convaincu, il n'était rien d'autre qu'un nounours qui aimait plaire.

— Je préférerais quand même demander l'autorisation du grand secrétaire, maugréa Chabin. S'il apprenait que je fouille dans ses précieux registres, il me ferait une de ces colères !

— Je sais. Ça fait quatre fois que tu le dis, le taquina Arcand. Tu deviens sénile ?

— Pas que je sache, rétorqua l'autre sans lever le nez d'un cahier qu'il feuilletait. Quoique je ne rajeunis pas.

— Oui, bon, je suis un peu pressé…

— Ho ! Faut pas pousser pépère, hein ! s'exclama le secrétaire avec cet accent français dont il vantait à la moindre occasion l'origine berrichonne.

Impatienté, il referma le registre, projetant un nuage de poussière dans l'air, et le remit à sa place pour en tirer un autre et recommencer à feuilleter.

— Je l'ai, ton bonhomme ! s'écria-t-il.

Il posa le gros volume ouvert sur la table.

— Charles-Alexandre Coderre, lut Chabin de sa voix grave. Alors… Voyons voir… Il a été initié dans la loge Royal Albert nº 25 le mercredi 20 janvier 1869, fait compagnon le mercredi 17 mars 1869 et il est devenu maître maçon le 16 juin 1869. Un vieux frère, quoi.

— Je n'ai jamais fréquenté cette loge, dit Arcand. Elle a l'air de quoi ?

Chabin referma l'album et pivota pour le remettre à sa place sur la tablette.

— Moi non plus, répliqua-t-il en lissant distraitement sa moustache, un sourcil relevé. De ce qu'on entend dire, n'y entre pas qui veut. Elle est composée d'hommes d'affaires anglais et écossais, mais aussi de bons bourgeois canadiens-français plus prospères que leurs congénères.

— Bref, une loge exclusive et élitiste comme je les déteste.

— Voilà.

— Leurs tenues se font quand ?

— Attends…

Cette fois, Chabin se rendit tout droit à un registre, l'ouvrit, trouva vite la page qu'il cherchait et la consulta.

— Le troisième mercredi du mois. C'est demain soir. Ici même, au cinquième étage. D'après l'avis de convocation posté la semaine dernière, on y initiera un nouveau frère. Je parie ma chemise qu'il n'est pas pauvre.

— Hum, ça tombe bien. Je vais m'y rendre et tenter de me faire une idée sur ce Coderre.

Chabin rangea le livre, éteignit les becs à gaz qui les avaient éclairés et fit signe à Arcand de sortir.

Il referma la porte, verrouilla la serrure et ils s'engagèrent dans l'escalier.

— Tu veux de la compagnie ? proposa le secrétaire. Je n'y ai jamais mis les pieds et tu auras moins l'air d'enquêter si tu es accompagné. Et puis je suis curieux de voir tous ces capitalistes qui s'enrichissent sur le dos du petit peuple.

— Tu ne serais pas un peu anarchiste, toi ?

— Juste un petit peu, admit Chabin, son sourire espiègle lui faisant rondir les pommettes comme celles d'un gamin.

— Je passerai te prendre chez toi vers sept heures.

Une fois dehors, Arcand proposa à son compagnon de le conduire, mais celui-ci déclina poliment.

— Marcher me fera du bien, dit-il en tapotant sa petite bedaine. Pépère prend du ventre ces temps-ci.

— Couper le rhum aiderait aussi, rétorqua Arcand.

— Mauvaise langue ! rigola Chabin. À demain soir, mon frère.

Arcand consulta sa montre. Il était presque cinq heures. Il décida de repasser par la station pour voir s'il y avait du nouveau, puis de retourner à la maison.

15

Mercredi 21 septembre 1892

Le mardi, Emma et Mary avaient été retenues à la boutique jusqu'en soirée. Lorsqu'elles étaient revenues en compagnie de McCreary, qui avait sagement patienté au commerce de la rue Saint-Paul pour les raccompagner, Joseph avait jugé plus sage de ne pas troubler leur sommeil avec les événements de la journée et leur en avait épargné le récit, se contentant de dire qu'il avait écrit un article qui paraîtrait au matin. Il avait reconduit Mary jusque chez elle et lui avait volé un baiser passionné et farouche qui n'avait pas mené plus loin, les deux amoureux s'étant fait violence pour se séparer.

Son sommeil, à lui, avait refusé de venir, et tous ses efforts pour chasser de sa cervelle l'image des fillettes, mortes sur leur table, avaient échoué. Si le tourbillon depuis la sortie de la morgue avait atténué temporairement le tourment causé par la vue des deux cadavres à peine pubères et pourtant si affreusement outragés, le fait d'être étendu dans le noir l'avait ramené en force.

Après avoir somnolé toute la nuit sans trouver un sommeil vraiment réparateur, il se leva à l'aube. D'un pas traînant, il alla acheter une copie du *Canadien* au camelot qui se tenait toujours au coin de De Lorimier et Notre-Dame, à l'ombre de la vieille prison. Quand il revint, le journal plié sous le bras, il râla intérieurement en pensant à l'hiver qui suivrait bien trop vite, alors que le soleil se levait sur la première journée de l'automne.

Il trouva Emma, McCreary et Mary assis autour de la table de cuisine, des assiettes de pain doré et du thé fumant devant eux.

— Te voilà ! fit sa sœur. C'est nouveau, cette marche de santé à l'aube ?

— J'ai été acheter le journal.

Se souvenant de l'effet indésirable qu'avait eu sur lui la vue des deux petites, il attendit prudemment que ses compagnons aient terminé de manger pour leur lire son article. Quand il eut fini, il leva les yeux. Les visages d'Emma et de Mary avaient pris une teinte cireuse. Même McCreary, qui savait déjà tout, s'était assombri. Satisfait de l'effet que son texte avait eu sur son auditoire, Joseph abattit sur la table le journal plié sur le long.

— Ha ! s'écria-t-il. Voilà ce qu'on peut faire quand on a de la matière ! Mais ce n'est pas tout.

À l'intention des femmes, il dévoila les informations qu'il avait jugé préférable de ne pas inclure dans son article : la nature précise des sévices sexuels que les fillettes avaient subis avant d'être tuées ; les livres, les photos pornographiques et les objets obscènes découverts dans le cabinet de travail de Coderre ; et, enfin, les mensonges répétés du défunt à son épouse infirme.

— Pourquoi faut-il que les francs-maçons soient constamment mêlés aux histoires sordides ? demanda

Emma, exaspérée. Ils sont partout. Une vraie plaie. Dire que tu as voulu y entrer.

— J'ai tenté d'y entrer, corrigea le journaliste. J'ai lamentablement échoué.

— Tant mieux !

Emma avala une gorgée de café tiède et grimaça.

— Seigneur, dans quel monde vivons-nous ? soupira-t-elle.

Mary, elle, demeurait étrangement silencieuse et se tenait raide comme une statue, le regard perdu dans le vague. Ses mains se serraient tant que les jointures en blanchissaient. Joseph ressentit un malaise en réalisant que la petite rousse était plongée très loin dans des souvenirs qui lui étaient interdits, et qu'il ignorerait toujours à quel point elle avait été endommagée par sa vie d'avant. Un puissant élan de tendresse l'envahit et il posa délicatement sa main sur les siennes. Elle se reprit aussitôt et lui adressa un sourire un peu triste.

Des coups frappés à la porte changèrent brusquement l'atmosphère qui s'alourdissait. Emma se leva pour ouvrir.

— Inspecteur Arcand, dit-elle. Justement, nous chantions les louanges des francs-maçons…

— Vous connaissant, je n'en doute pas un instant, mademoiselle Laflamme, rétorqua le policier, du tac au tac. Puis-je entrer ?

— Bien sûr. Vous voulez un café ?

— Merci, accepta l'inspecteur en refermant.

Il alla rejoindre les autres à table et désigna le journal.

— Bon article, déclara-t-il. L'omission de la franc-maçonnerie me surprend. J'aurais cru que vous l'exploiteriez sans vergogne.

— Que je sache, nous ne sommes pas certains que Coderre en était, répliqua Joseph.

— Nous le sommes, maintenant.

— Seigneur… se plaignit Emma, de son comptoir, en entendant cela.

Elle revint déposer une tasse devant le policier et la remplit. Il la remercia d'un hochement de tête, prit une gorgée tandis qu'elle réchauffait le café des autres et, après avoir hésité un instant, posa les yeux sur Mary.

— Mademoiselle O'Gara, fit-il, visiblement embarrassé, je ne voudrais pas vous vexer, et encore moins vous blesser, mais je dois vous demander quelque chose de, euh… très délicat. Ne le prenez pas mal, je vous en prie…

La rouquine releva le menton avec fierté. Une moue d'arrogance se forma sur ses lèvres et une lueur de défi traversa ses grands yeux bleus.

— Je me doute bien de ce que vous voulez me demander, inspecteur, l'interrompit-elle d'une voix sèche, mais digne et assurée. Nul besoin de tourner autour du pot. J'ai été ce que j'ai été. Je ne peux ni changer le passé ni renier ce que la vie a exigé de moi. Je peux, par contre, bâtir l'avenir, et c'est ce que j'entends faire.

Le regard furtif qu'elle lança vers Joseph ne laissa aucune équivoque sur l'avenir qu'elle imaginait.

— La réponse à votre question est « non », poursuivit l'Irlandaise. Je n'ai jamais connu de prostituées de douze ans. Évidemment, je ne sais pas tout et il y en avait sûrement dans les maisons malfamées. Il y avait de vagues rumeurs de temps à autre et il est vrai que certains clients avaient des goûts très… particuliers. J'ai eu des collègues qui ne se formalisaient pas le moindrement d'avoir à s'habiller en fillette et à endurer quelques coups de fouet si la somme était suffisante. Et j'en ai connu qui faisaient encore pire.

À nouveau, elle regarda Joseph à la dérobée et il comprit qu'elle n'avait pas été de celles qu'elle venait de décrire. Son visage prit une teinte rosée sous sa chevelure couleur d'acajou. Elle avisa Arcand avec défiance.

— Mais je n'ai eu connaissance d'aucun abus de fillettes, et quiconque en aurait eu vent aurait dénoncé les coupables. Même chez les putains, il y a une morale, inspecteur, quoi que vous en pensiez, dit-elle d'un ton glacial qui fit baisser les yeux au policier.

— Je vous remercie, mademoiselle, déclara doucement Arcand.

Un lourd silence gêné s'ensuivit, que l'inspecteur rompit après avoir vidé sa tasse. En inclinant la tête, Emma s'enquit de son désir d'avoir d'autre café, ce qu'il déclina en levant la main.

— J'ai été faire un tour à la Grande Loge hier après-midi, annonça-t-il.

Il relata ce qu'il avait appris sur Charles-Alexandre Coderre.

— Une loge élitiste ? Allons donc ! Moi qui croyais naïvement que les francs-maçons étaient des apôtres de l'égalité, railla Emma. Ce n'est pas ce que vous dites toujours ? Ou avais-je mal compris ?

— Vous avez raison, mademoiselle. Malheureusement, rien n'est parfait et certains se considèrent comme étant plus égaux que d'autres, déplora Arcand avec sincérité. Là où il y a de l'homme, il y a de l'hommerie.

— Bonne sainte Anne… Voilà que le franc-maçon cite saint François de Sales, soupira Emma en levant les yeux au ciel.

— La loge Royal Albert n° 25 se réunit ce soir, poursuivit Arcand en ignorant la pique. Je vais assister à la tenue en compagnie de Chabin et voir si je peux tirer quelque chose des membres.

— De mon côté, je crois que je vais aller fouiner à l'évêché et essayer de comprendre ce qu'il retourne de cette vieille histoire de 1836, dit Joseph.

Arcand se leva, tira sur le bas de sa veste pour bien la placer, puis sur les poignets de sa chemise avant d'ajuster sa cravate.

— Fort bien, déclara-t-il. Je vais passer à l'hôtel de ville. J'ai demandé que l'on sorte les anciens plans de la rue Le Royer. On ne sait jamais. Peut-être que j'y trouverai une explication logique à la présence de tous ces bébés. Tenez-moi au courant si vous découvrez quoi que ce soit à l'évêché ou autrement.

— En échange de la réciproque, évidemment, rétorqua Joseph.

— Évidemment, confirma l'inspecteur, sans se retourner, puis refermant la porte.

***

Dans son luxueux bureau, l'homme en noir avait beaucoup de mal à contrôler sa colère, lui qui était pourtant d'une nature flegmatique. Il éprouvait soudain le sentiment détestable de perdre le contrôle de la situation alors qu'il devait par-dessus tout la garder bien en main. Sentant une anxiété inhabituelle qui commençait à lui nouer le ventre, il considéra le petit verre sur pied rempli de porto blanc qu'il s'était versé un peu plus tôt. Malgré l'heure matinale, il décida que les circonstances justifiaient quelques gorgées qui le calmeraient. Il fit tourner l'alcool et en admira la couleur avant de porter le verre à ses lèvres, puis savoura la gorgée qui descendait en lui réchauffant l'œsophage. Il en prit une deuxième puis remit le verre sur le sous-main en cuir qui couvrait une partie du bureau.

Son regard se porta sur le journal qu'il y avait laissé après avoir lu l'article qui l'avait mis dans cet état. Il lissa distraitement la barbe qui recouvrait son col de chemise, et ses lèvres se pincèrent sous la moustache. Pour la dixième fois, le titre lui sauta aux yeux ; il sentit la colère lui serrer dangereusement la poitrine et il soupira longuement pour se calmer. « La série noire se poursuit : deux nouveaux cadavres. Le mort du marché à foin identifié. »

Le sous-titre faisait son affaire. Pour que la leçon porte, Coderre devait nécessairement être identifié, sinon il aurait été assassiné et châtré pour rien. Dorénavant, ceux qui se croyaient plus fins que le groupe sauraient à quoi s'attendre. La découverte des deux petites, par contre, représentait une surprise aussi désagréable qu'inattendue, et il s'en trouvait fort irrité. Il avait pourtant été très clair dans ses directives : les malencontreux cadavres devaient disparaître sans laisser de traces. Il avait cru les filles bien enterrées quelque part où personne ne soupçonnerait leur présence, et voilà qu'elles s'échouaient sur la grève, à la vue de tous. Pire encore : elles avaient été autopsiées. Si Laflamme savait de quoi elles étaient mortes, la police le savait forcément aussi, et cela ne pouvait mener à rien de bon. Il se promit que quelqu'un paierait pour cette bourde. Mais pas maintenant. Il devait se concentrer sur le problème le plus urgent. Un incendie couvait et il devait l'éteindre sans délai.

L'homme en noir passa sa main sur son front dégarni. Les contrariétés s'accumulaient et il commençait à se demander si sa chance proverbiale n'était pas en train de tourner. Il rejeta aussitôt l'idée. On avait voulu ruiner sa réputation par le passé et personne n'y était parvenu. Il avait toujours su se protéger et il le ferait encore cette fois-ci, quitte à devoir sacrifier quelques boucs émissaires de plus.

Il leva ses yeux bleu pâle, si froids et intimidants pour ceux qui le côtoyaient, et toisa celui qui se dandinait nerveusement devant le bureau.

— Arcand et le journaliste commencent à beaucoup trop s'approcher, dit-il d'un ton neutre qui était cent fois plus menaçant que des cris.

— Je sais. Je l'ai lu aussi, monsieur.

L'homme en noir lui adressa un regard à glacer le sang. Son interlocuteur baissa docilement les yeux.

— Tout cela doit cesser immédiatement.

— Arcand est tenace, monsieur, répondit l'autre. Un vrai chien de ruelle. Quand il a mordu dans un os, rien ne peut le lui arracher.

— Arrangez-vous pour qu'il abandonne cette enquête.

— Vous ne voulez quand même pas que... ?

— L'assassinat d'un inspecteur de police ne ferait qu'attirer encore plus l'attention, imbécile ! ragea l'homme en noir. Tout le Département nous chercherait ! Trouvez un moyen de le contrôler, c'est tout ! Vous le connaissez mieux que moi ! Tout le monde a un point faible. Ciblez le sien.

— Je... j'y verrai.

— Si j'étais Arcand, ma prochaine démarche serait de visiter la loge Royal Albert pour essayer de glaner des informations sur Coderre. C'est sans doute là que vous le trouverez. Faites le nécessaire, et tout pourra continuer comme avant.

— Et le journaliste ?

— Disposez de lui comme il vous plaira. Je m'en fiche. Et ne ratez pas votre coup. Vous savez ce qu'il vous en coûterait si je décidais de vous larguer. Vous n'avez qu'à penser à Coderre.

L'homme hocha la tête et, mortifié, sortit sans demander son reste. Il détestait être à la merci de cet individu sans scrupules. Il aurait donné cher pour être libre. Mais s'il était devenu l'âme damnée de ce monstre, il n'avait que lui-même à blâmer.

16

Joseph se présenta à la nouvelle cathédrale Marie-Reine-du-Monde, rue de la Cathédrale, dont la construction traînait depuis 1875 et dont on disait qu'elle allait finalement être consacrée d'ici un an ou deux. Malgré son sourire le plus avenant, il reçut un accueil glacial à l'évêché. Un jeune prêtre d'allure austère, les cheveux déjà clairsemés et les lunettes aussi épaisses que le fond d'une bouteille de gin, le conduisit dans un parloir et l'y abandonna sans cérémonie et avec un strict minimum de politesse.

Son porte-documents à plat sur les cuisses, Joseph laissa son regard courir distraitement sur les statues de la Vierge et de quelques saints inconnus qui ornaient la pièce aux murs beiges et ternes. Il était suffisamment dégourdi pour comprendre qu'on le faisait poireauter dans l'espoir qu'il se lasse et parte, ce qui ne fit que le motiver à s'enraciner. Il s'y était attendu. Après tout, rares étaient les journalistes assez effrontés pour se présenter à l'évêché sans rendez-vous et demander une entrevue avec l'évêque de Montréal, comme si on entrait dans le bureau du bon monseigneur comme dans une étable. La chose ne se faisait pas, évidemment, encore moins quand on était associé au *Canadien* libéral, que le clergé conservateur n'aimait pas.

Il consulta sa montre et constata qu'il marinait depuis près d'une heure. Il eut un demi-sourire satisfait à l'idée que sa présence indisposait à ce point les curés. Il n'avait aucune raison de les aimer et, de toute évidence, le sentiment était réciproque. Quinze minutes de plus et il commença à croire qu'on l'avait tout simplement oublié. Il allait se lever et tenter de rappeler sa présence par un bruit quelconque, quitte à faire tomber « accidentellement » un des pots de fleurs séchées qui ornaient les rebords des fenêtres, lorsqu'il entendit des pas réguliers et secs comme un métronome dans le couloir. Le prêtre apparut dans l'embrasure de la porte avec le même air vaguement méprisant. Il se tenait droit comme un manche de pelle dans sa soutane noire impeccablement pressée et faisait penser à un corbeau malfaisant. L'espace d'un instant, Joseph eut envie de s'informer de sa constipation chronique.

— L'abbé Trépanier va vous recevoir, déclara-t-il d'un ton pincé, comme il aurait annoncé une audience papale.

Joseph se leva, porte-documents en main, en se demandant si on enseignait à tous les curés à rouler leurs R au séminaire.

— Qui ça ?

— L'abbé Trépanier.

— Trépanier, répéta Joseph en roulant lui aussi le R. Et qui est-ce ?

— Le secrétaire de monseigneur.

— C'est Mgr Fabre que je veux voir, pas son secrétaire.

— Je sais. Néanmoins, vous devrez vous contenter de son secrétaire. Si la chose ne vous agrée pas, on m'a donné instruction de vous inviter à faire une requête formelle d'entretien.

— Demande qui serait assurément refusée.

Le prêtre ne répondit rien, se bornant à attendre avec indifférence.

— Bon, va pour le secrétaire, alors, soupira le journaliste avec son plus beau haussement d'épaules.

— Veuillez me suivre.

Le jeune prêtre pivota sur lui-même et Joseph lui emboîta le pas dans une succession de couloirs sombres et silencieux qui empestaient la cire à plancher. Son guide s'arrêta devant une porte sur laquelle une plaque en laiton indiquait « Cyprien Trépanier, secrétaire de l'évêché ». Il frappa trois petits coups discrets avec la jointure du majeur et une voix lui répondit aussitôt, assourdie par l'épaisseur du chêne. Il ouvrit la porte.

— Le journaliste du *Canadien*, annonça-t-il en crispant le visage comme si les mots avaient mauvais goût.

Il s'écarta et Joseph entra en lui adressant un élégant remerciement de la tête. Derrière un grand bureau en chêne massif, un prêtre l'accueillit avec un air neutre. Le soleil qui brillait dans la fenêtre, derrière lui, créait un effet de contre-jour qui lui conférait une auréole légèrement dramatique. Les mains croisées sur le bureau, il dévisagea le visiteur un moment.

— Monsieur, fit-il sans l'inviter à prendre place dans l'un des deux fauteuils qui faisaient face à son bureau.

— Laflamme. Joseph Laflamme, du *Canadien*, comme vient de vous le dire votre domestique, là, l'informa-t-il en s'assoyant tout de même.

Le secrétaire posa les coudes sur son bureau et s'avança un peu. Les cheveux poivre et sel portés ras, la mâchoire volontaire, le regard brun perçant et autoritaire, il avait une carrure de constable et sa soutane avait peine à contenir ses épaules solides. Il ne semblait nullement impressionné par son vis-à-vis.

— On m'informe que vous souhaitez voir Mgr Fabre, déclara-t-il en le fixant droit dans les yeux. Vous comprenez certainement que monseigneur est un homme très occupé et que le rencontrer sans rendez-vous est impossible. Je suis l'abbé Trépanier, son secrétaire. Que puis-je pour vous ?

Pour le prendre de court, Joseph décida de ne pas tergiverser. Il plongea la main dans sa mallette et en sortit le livre de Maria Monk. Il le déposa doucement sur la table en s'assurant d'observer la réaction de son interlocuteur. Il ne fut pas déçu. En lisant le titre, le prêtre écarquilla fugitivement les yeux et eut un léger mouvement de surprise avant de se reprendre.

— Pourquoi me montrez-vous ceci ? demanda-t-il d'une voix plus tranchante, la mâchoire crispée.

— Je vois que vous connaissez ce chef-d'œuvre oublié de notre littérature, ironisa Joseph. Je comprends mal que Maria Monk ne soit pas aussi estimée que des monuments tels Garneau, Aubert de Gaspé père et fils, ou Fréchette.

Le secrétaire demeura muet même si, cette fois, son effort fut plus apparent. Avec difficulté, il détacha les yeux du livre pour les braquer sur Joseph, qui put y lire une colère mal contenue.

— Ce torchon n'est qu'un tissu de mensonges vieux d'un demi-siècle. Si vous êtes venu ici pour en discuter, vous perdez votre temps.

Avec une nonchalance étudiée, Joseph fit pivoter le livre, l'ouvrit et le feuilleta, puis reporta sur le prêtre un regard volontairement naïf.

— Je sais bien que le papier qui a servi à imprimer tous ces exemplaires aurait été mieux utilisé dans les bécosses, mon père. Pourtant, étrangement, on y raconte comment les enfants nés de la fornication joyeuse de sulpiciens et d'hospitalières de Saint-Joseph étaient baptisés, étouffés puis jetés dans un charnier que, ô hasard, l'histoire situe à deux pas de celui qu'on a découvert voilà quelques jours, rempli de restes de nouveau-nés, dans la rue Le Royer. Vous étiez au courant ?

— Non, dit Trépanier. Je lis peu les journaux et jamais le vôtre.

— *Le Canadien* est souvent le premier sur la nouvelle. Vous en avez maintenant la preuve. Plus intéressant encore : un vieux prêtre passablement usé par la vie a jugé bon de me remettre ce livre le jour même où on a découvert le vrai charnier.

— Si vous le dites.

Joseph fit une pause pour ménager ses effets.

— Un charnier en 1835, un charnier en 1892... La coïncidence est troublante, vous ne trouvez pas ?

— Non.

— Même pas un petit peu ?

— Non.

— Et figurez-vous qu'avant de déguerpir l'étrange curé m'a exhorté à lire le livre de Monk. Il a dit que ce genre de choses ne date pas d'hier et que je devais rendre public ce que je découvrirais. Il a évoqué le fait que quelqu'un devait payer, il me semble. Payer pour quoi ? Je l'ignore. Tout cela était passablement confus. Vous ne sauriez pas, par hasard, à quoi il pouvait bien faire allusion ?

— Pourquoi le saurais-je ?

— Eh bien, parce que vous êtes un prêtre attaché à l'évêché. Imaginez donc que, en 1835, Mgr Lartigue lui-même était impliqué dans l'affaire. Il a dû s'abaisser à autoriser des anglicans à examiner le monastère des Hospitalières pour prouver que toute cette histoire était inventée. Il avait même un rôle assez pimenté dans le récit. Le pauvre, la honte l'a sans doute rendu aussi pourpre que sa soutane. Alors je me suis dit que peut-être vous auriez une idée de la raison pour laquelle ce livre refait surface maintenant alors que, voilà une semaine à peine, il était oublié de tout le monde.

— Je vous ai déjà dit que non. Aucune.

— Vous en êtes certain ? Même pas une intuition ?

— Même pas. Ce sera tout ?

— Votre compagnie m'est agréable, mais j'ai bien peur que oui, admit le journaliste avec un soupir exagéré.

Trépanier allongea le bras et tira deux coups secs sur un cordon qui pendait près de la fenêtre. L'instant d'après, la porte s'ouvrit et le jeune prêtre réapparut.

— L'abbé Breton va vous reconduire.

— Je vous remercie de votre temps, monsieur l'abbé.

Joseph rangea le livre dans son porte-documents, se leva et se dirigea vers la porte où l'attendait son guide. Une minute plus tard, il était de retour dans la rue de la Cathédrale. Il se mit en route, pleinement satisfait de sa visite. Il avait toujours eu la capacité de lire sur le visage des gens et il ne doutait pas un seul instant que le secrétaire lui avait raconté des histoires. La vue du livre l'avait indisposé et inquiété. De toute évidence, il savait quelque chose, et Joseph se promit qu'il n'aurait plus de repos tant qu'il n'aurait pas découvert ce dont il s'agissait. Il tenait désormais une nouvelle histoire et son instinct lui disait qu'elle était potentiellement plus explosive encore que les meurtres récents. Et puis il n'allait tout de même pas se priver du plaisir de mordiller les chevilles de quelques curés si la vie lui en donnait l'occasion.

Il ralentit le pas et se retourna vers l'évêché. Il aperçut deux silhouettes à une fenêtre de l'étage et devina aisément qui l'observait. Un large sourire lui fendit le visage et, se sentant particulièrement effronté, il ne put se retenir de leur envoyer la main avant de reprendre sa route. Il lui tardait de relire les *Awful Disclosures* pour en étudier les menus détails et comprendre le lien avec les événements de la rue Le Royer. Avec beaucoup d'acharnement et un rien de chance, son prochain article éclaterait au visage des curés.

Il reporta son attention sur son chemin, prit la direction de Dorchester et s'arrêta net. À l'intersection se tenait un homme en soutane. À cette distance d'une centaine de pieds, Joseph n'eut aucun mal à reconnaître la silhouette décharnée et voûtée du mystérieux prêtre qui lui avait remis le livre de Monk. Pendant une seconde, leurs yeux se croisèrent. Le vieil homme remonta distraitement ses lunettes bancales. Puis il pivota brusquement, faisant virevolter sa soutane usée, et détala à toutes jambes, bien trop vite pour un homme de son âge.

— Hé ! s'écria Joseph en se lançant à sa poursuite. Attendez !

Quand il arriva à son tour sur Dorchester, il eut beau scruter les environs, il ne le vit nulle part. Çà et là, des voitures s'éloignaient dans tous les sens et l'inconnu pouvait être dans n'importe laquelle.

— Mais comment il fait pour courir si vite, ce vieux fou ? haleta-t-il.

Déconcerté, il marcha en jetant un coup d'œil aux balcons et aux ruelles, sachant trop bien qu'il ne le retrouverait pas. Il finit par reprendre le chemin de la maison en éprouvant un étrange malaise à l'idée d'être ainsi surveillé.

***

L'abbé Trépanier tenait le rideau de la fenêtre légèrement écarté. Il observait son visiteur impromptu s'éloigner à pied vers Dorchester. En retrait se tenait l'abbé Breton.

— Ce petit charognard ne lâchera pas le morceau, déclara le secrétaire de l'évêque, contrarié. Il va soulever toutes les pierres et finir par tout mettre au jour. Les morts doivent rester avec les morts. Personne ne gagnerait à ce que cette histoire refasse surface.

— Sauf Laflamme et *Le Canadien*.

En bas, le journaliste s'arrêta et les salua de la main. Puis il se mit à courir vers l'est et disparut sur Dorchester. Ils regardèrent encore un instant la rue.

— Je crois qu'il riait, dit Breton, éberlué. De nous.

— Alors arrangez-vous pour effacer ce sourire le plus vite possible.

17

Arcand avait laissé son revolver auprès du tuileur, car toute arme, hormis les épées rituelles, était strictement proscrite en loge. Il avait revêtu son tablier et ses gants blancs, puis était entré en compagnie de Chabin. La tenue de la loge Royal Albert n° 25 avait été ouverte dans la forme plusieurs fois centenaire à sept heures trente précises par le vénérable maître Charles W. Hagar et ses officiers. La présentation des visiteurs avait été faite de la manière habituelle et toute la loge s'était montrée ravie de recevoir le second surveillant et le secrétaire de la loge des Cœurs-Unis. La soirée s'était déroulée agréablement, le clou demeurant l'initiation d'un jeune avocat anglophone qui avait subi le tout avec flegme et dignité. *Beaucoup mieux que Laflamme*, avait songé Arcand en le regrettant aussitôt. Le journaliste avait ses démons, comme chaque homme, et personne n'avait le droit de le juger.

Une fois la rencontre terminée, la soirée s'était poursuivie dans une salle attenante où la loge tenait ses agapes. Les frères avaient pris place autour de longues tables disposées en U et la conversation s'était déroulée à bon train devant une assiette de succulent poulet en sauce accompagné d'un vin blanc d'excellente qualité.

Des toasts et des rires joyeux avaient ponctué le repas. Arcand et Chabin s'étaient retrouvés à la place d'honneur, à la droite du vénérable maître, un homme dans la cinquantaine à la chevelure épaisse, son visage fin et mince ayant comme seul ornement une moustache militaire fournie. D'apparence austère, l'homme s'avéra sympathique.

Chabin, les yeux ronds et un sourire comblé sur les lèvres, décidé à entretenir sa petite bedaine, attaquait avec enthousiasme une seconde portion de poulet, la moustache trempée de sauce et l'air réjoui. Pour sa part, Arcand fit dévier la discussion sur la réputation d'exclusivité de la loge.

— Vous mangez bien à Royal Albert !

— Nos deux intendants sont de superbes cuisiniers amateurs, oui, répliqua Hagar dans un français cassé. Ils nous sont par conséquent très chers.

— Si je l'avais su, je vous aurais rendu visite avant, dit l'inspecteur en riant.

— Ah ? fit le vénérable maître en le fixant de ses yeux perçants.

— Pour parler franchement, mon frère, je ne croyais pas être accueilli aussi somptueusement. Cette loge a la réputation d'être… comment dire ? Exclusive ?

— Malheureusement, ce n'est pas entièrement faux, admit son interlocuteur sans en prendre ombrage. Une grande partie de nos membres sont des hommes d'affaires. Comme les affaires requièrent des comptables et des avocats, nécessairement, ceux-ci les suivent jusqu'ici puis, à leur tour, ils entraînent d'autres hommes d'affaires et des fonctionnaires. Au fil des décennies, la loge a acquis une identité propre, au point où ceux qui demandent leur admission correspondent à un certain profil. Sinon ils vont s'ennuyer et nous quitter.

Il marqua une pause et dévisagea Arcand.

— Tu n'es pas ici par hasard, mon frère. Je me trompe ? s'enquit-il avec perspicacité. Ta présence est liée à ce pauvre Coderre, non ?

— On ne peut rien te cacher, admit le policier. Quoique j'aie vraiment apprécié ma visite et la qualité de votre travail, je te l'assure. J'essaie de voir s'il y a un lien entre le meurtre de Charles-Alexandre Coderre et le fait qu'il affirmait à sa femme qu'il venait ici plusieurs fois par semaine.

— Vraiment ? s'étonna Hagar en arquant les sourcils.

— Tu sembles surpris.

— Très, oui, étant donné que ça doit faire trois ou quatre ans qu'il se faisait rare. Il venait une fois par année pour payer sa cotisation et on ne le revoyait plus. Je lui en ai d'ailleurs moi-même fait gentiment le reproche la dernière fois qu'il a daigné paraître.

— À quand remonte cette visite ?

Le vénérable maître réfléchit.

— En mai dernier, je dirais, avant que la loge ne tombe en sommeil pour l'été.

— Et qu'est-ce qui motive ce désintérêt, selon toi ?

— Qui peut le dire ? rétorqua le maître en haussant les épaules. Tu sais ce que c'est. Certains d'entre nous trouvent ce qu'ils cherchent en loge, d'autres non. Ceux-là se désintéressent et cessent de fréquenter la loge. Au fond, ce sont des membres, mais pas des frères.

— Coderre était-il en froid avec quelqu'un ?

— Pas que je sache.

— À part lui, y a-t-il d'autres frères qui se sont éloignés de la loge à peu près en même temps ?

— Quelques-uns, oui, comme dans toutes les loges.

Il énuméra des noms qu'Arcand nota consciencieusement dans son calepin.

— En toute confidence, ajouta-t-il, ils étaient davantage à la recherche de relations d'affaires que d'un lieu de sérénité. Et puis, avec le grand maître Edgar et deux anciens grands maîtres parmi nos membres, notre loge est très exigeante pour ceux qui la fréquentent. Ce n'est pas tout le monde qui aime la rigueur et le travail. Plusieurs apprécient bien plus le repas et la boisson qui suivent.

Un peu après minuit, à la suite de chaleureuses salutations et d'invitations à revenir souvent, Arcand et Chabin, conscients du fait qu'ils devaient être au travail dans quelques heures, furent parmi les premiers à partir.

Une fois dehors, l'inspecteur chercha du regard une voiture. Les cochers avaient depuis longtemps compris qu'en se garant à proximité de l'édifice de la Grande Loge après dix heures du soir du lundi au jeudi ils allaient immanquablement avoir plein d'hommes en costume sombre à conduire chez eux.

— Je te dépose chez toi ? proposa Arcand après avoir hélé un fiacre.

— Je te remercie, mais marcher me fera digérer, dit Chabin en se tapotant le ventre, la mine satisfaite. Pépère doit rester en santé.

— Bon, comme pépère veut, alors. Au revoir. Et merci de m'avoir accompagné.

— Ce n'était pas pour toi, c'était pour le poulet et le vin, ironisa le secrétaire, avec un clin d'œil malicieux et un sourire qui fit retrousser sa moustache.

Ils se serrèrent la main, et Chabin s'éloigna tandis que les autres frères appelaient des cochers. Arcand allait monter dans la voiture quand il aperçut un homme, de l'autre côté de la rue, dans la lumière d'un lampadaire, qui le regardait fixement. Il fronça les sourcils, aussitôt en alerte. Si l'individu avait voulu être discret, il ne se serait pas planté là, en pleine lumière. Comme pour confirmer ce raisonnement, l'autre toucha le rebord de son chapeau de sa main et inclina la tête en guise de salutation, puis continua à le regarder. Indubitablement, il y avait là une invitation à la discussion.

— Qui c'est, celui-là ? maugréa l'inspecteur, qui n'anticipait rien de bon d'une rencontre en pleine nuit.

Décidé à y voir clair, il traversa la rue Notre-Dame d'un pas irrité et s'en fut le rejoindre tout près du séminaire de Saint-Sulpice. Il se planta devant l'inconnu et, par habitude, le détailla pour s'en faire un portrait mental. L'homme n'avait pas trente ans. Il était court sur pattes et affichait le physique enrobé du paresseux douillet et trop porté sur la bonne chère. Son visage poupin était dominé par deux petits yeux alertes auxquels peu de choses devaient échapper. Il était imberbe et son chapeau mou, un peu relevé sur son crâne, dévoilait une calvitie précoce.

— Je peux vous aider ? demanda Arcand sans ambages.

— Moi ? Non, je ne crois pas, inspecteur, répondit l'autre, l'air goguenard. C'est plutôt l'inverse.

— On se connaît ?

— Depuis les épisodes de l'Éventreur et du Ku Klux Klan, tout le monde connaît le fameux Marcel Arcand.

— Vous êtes bien informé. Mais moi, je ne vous connais pas. Qu'est-ce que vous voulez ?

L'individu lui adressa un sourire onctueux qui lui déplut au plus haut point.

— Vous rendre service, inspecteur.

— Vraiment ? Et comment cela ?

L'homme désigna la Grande Loge de la tête.

— Eh bien, il serait dommage que des affiliations douteuses nuisent à une carrière aussi prometteuse que la vôtre, insinua-t-il avec un air faussement contrit qui ne masquait pas la menace implicite. Que diraient vos patrons s'ils apprenaient que vous êtes franc-maçon ? Qu'adviendrait-il de la confiance du public dans notre brave Département de police ? Votre statut de petite célébrité en prendrait un coup.

Arcand comprit soudainement à qui il avait affaire.

— Vous êtes journaliste, déclara-t-il sans essayer de cacher son déplaisir.

— Antoine Durand, de *La Minerve*, confirma l'autre. Pour vous servir.

À la seule mention du journal, l'inspecteur mesura toute la portée du danger. En plus de soixante ans d'existence, *La Minerve* était devenue de plus en plus conservatrice et ne portait pas dans son cœur la franc-maçonnerie libérale.

— Que voulez-vous ?

— Mais de l'information de première main, cher monsieur. Comme tout bon journaliste.

— Mon poing sur la figure peut-il être considéré comme une information de première main ? rétorqua Arcand, perdant patience comme cela lui arrivait rarement. Si oui, je suis prêt à vous accommoder sur-le-champ.

Nullement intimidé, Durand lui adressa un sourire méprisant.

— Allons, allons, vous êtes un gentilhomme, inspecteur, ricana-t-il. Ne vous abaissez pas à ce genre de menaces. Vous êtes au-dessus d'un tel abus de pouvoir.

Et puis les francs-maçons ne sont-ils pas reconnus pour leur respect des lois ?

Les lèvres serrées, Arcand ravala sa colère et laissa échapper un long soupir contrarié.

— Cessez de jouer au plus fin et expliquez-vous, gronda-t-il. Il est tard et je suis fatigué.

— Je vous l'ai dit, je souhaite obtenir de l'information. Plus spécifiquement, j'aimerais que vous la répartissiez un peu mieux.

— C'est-à-dire ?

— Il est de notoriété publique que vous favorisez outrancièrement mon collègue Joseph Laflamme, du *Canadien*, au détriment des autres journalistes. Vous conviendrez avec moi que c'est injuste. L'information devrait être librement accessible pour tous, et j'éprouve un grave malaise éthique à l'idée que la police en contrôle le cours et le contenu et la distille au journaliste de son choix.

— Pourtant, vous ne me semblez pas du genre à vous embarrasser de principes.

L'autre haussa les épaules avec une moue théâtrale.

— Oh, vous savez, la morale est une chose relative. Tenez, par exemple : pour certains, être franc-maçon est noble ; pour d'autres, c'est le chemin de l'enfer.

Durand fouilla dans son veston et en tira un porte-cartes en argent dont il sortit une carte de visite qu'il lui tendit. Après une courte hésitation, Arcand la prit d'un geste rageur.

— Bien ! s'exclama Durand avec une fausse bonhomie. Nous nous entendons, alors. Cela m'évite la tâche désagréable de traîner votre réputation dans la boue.

Du menton, il désigna la carte qu'Arcand tenait toujours dans ses doigts comme si elle était porteuse de la variole.

— Vous savez où me trouver à l'avenir s'il arrive quelque chose d'intéressant, dit-il. Pour ma part, je passerai de temps à autre à la station n° 2, histoire de voir s'il y a du nouveau. Peut-être même aurai-je le plaisir de croiser mon collègue Laflamme.

Durand toucha son chapeau avec une politesse exagérée avant de s'éloigner dans la rue Notre-Dame.

— Fais-moi plaisir, petit véreux, et donne-moi une raison, si minime soit-elle, de t'arrêter, grommela l'inspecteur pour lui-même en regardant le journaliste marcher.

***

Dans la voiture qui le conduisait chez lui, Arcand était de fort mauvaise humeur, l'estomac taraudé par un sentiment d'impuissance qu'il détestait par-dessus tout. Sa visite à la loge Royal Albert n'avait pas vraiment fait avancer l'enquête et, en prime, il en revenait à moitié menotté par le chantage.

Il avait beau retourner la situation de toutes les façons, il ne voyait aucun moyen de s'en extirper. Il devait nourrir sa famille et la petite engeance le tenait. Laflamme serait sans doute déçu de devoir partager sa source, mais il comprendrait. Arcand songea que, peut-être, McCreary aurait une idée sur la façon de procéder. Comme l'ancien de Scotland Yard n'était pas soumis aux contraintes imposées par les règles de la police, il aurait les coudées franches pour régler, au besoin, le cas d'Antoine Durand d'une façon moins licite.

Lorsque la voiture s'immobilisa devant sa modeste demeure, à l'est de Saint-Denis, il avait le cœur un peu plus léger. Il avait bon espoir qu'il arriverait à se débarrasser de Durand et à lui faire payer cher son petit jeu. Il régla la course et se dirigea vers la porte de son domicile tandis que la voiture s'éloignait.

À quelques pieds de sa destination, clé en main, il s'arrêta, vaguement inquiet. Pauline laissait toujours une lampe allumée à flamme basse dans le salon quand il rentrait tard. Or la maison entière était plongée dans le noir. Elle avait sans doute oublié, ou alors la lampe avait manqué d'huile. Cela s'était déjà produit par le passé. Il tâtonna dans le noir pour insérer la clé dans la serrure et la tourna. Le déclic habituel ne se produisit pas et, en vérifiant, il constata que la porte était déverrouillée. Cette fois, il sentit son estomac se serrer et un sentiment d'alarme s'empara de lui. Pauline était prudente, comme toutes les épouses de policiers. Elle savait parfaitement ce qui se passait vraiment dans les rues, la nuit. Jamais elle n'allait au lit sans vérifier que portes et fenêtres étaient bien fermées.

Arcand tira son arme de service, un Remington calibre 44 adopté quelques mois plus tôt pour remplacer son Colt 45. Tel un voleur dans sa propre maison, il ouvrit en silence et entra, le revolver pointé vers le haut, prêt à faire feu à la moindre menace. Se retenant d'appeler pour ne pas alerter l'éventuel intrus, il avança sur la pointe des pieds et parvint dans le salon. Il étira le cou et, dans la pénombre faiblement éclairée par le lampadaire de la rue, ne vit rien de suspect. Il ressortit, inspecta la cuisine et obtint le même résultat, avant de s'engager dans le couloir, vers les chambres.

Il ouvrit doucement la porte entrebâillée de sa propre chambre, le revolver en premier. Le filet de lumière qui filtrait par la fenêtre suffit pour lui confirmer que le lit était défait et vide. Le cœur battant si fort qu'il menaçait de jaillir de sa poitrine, le souffle raccourci par l'angoisse, il répéta l'exercice dans la chambre des jumeaux et la trouva dans le même état.

Arcand resta planté dans le corridor sombre, sonné, incapable de la moindre décision. C'est alors qu'il aperçut le papier fiché avec un couteau dans la porte de la chambre principale. Sa chambre. Un frisson lui parcourut le dos et, pendant un instant, il crut qu'il allait s'évanouir. Hagard, il rangea son revolver dans son étui, prit quelques inspirations, avança, arracha le poignard et s'empara du papier. Il retourna à la cuisine. D'une main qui tremblait, il alluma une lampe à huile après avoir cassé plusieurs allumettes.

Il la déposa sur la table et, sans cesser de trembler, il parvint à déplier le feuillet pour prendre connaissance de son contenu. Cette fois, il dut se laisser choir sur une chaise pour ne pas s'écrouler comme une poupée de chiffon. Les jambes flageolantes, il n'arrivait pas à quitter des yeux les mots qui lui brûlaient la rétine dans la lumière vacillante de la flamme.

Leave the deads alone if you want to see your familie alive again. Or else[1].

Il laissa tomber la note sur la table et enfouit son visage dans ses mains. Pour la première fois depuis très longtemps, l'inspecteur Marcel Arcand se mit à pleurer.

1. Laissez les morts tranquilles si vous voulez revoir votre famille vivante. Sinon.

18

Jeudi 22 septembre 1892

Des coups urgents à la porte fendirent le silence de la nuit. Ils n'avaient pas cessé lorsque Joseph et Emma, alarmés, surgirent en même temps de leurs chambres respectives, elle en chemise de nuit avec un châle sur les épaules, lui en chemise et en pantalon, tous deux pieds nus. Ils se rendirent dans la cuisine sans échanger un mot et Emma alluma une lampe laissée sur le comptoir. Joseph devant, ils s'approchèrent de la porte, où l'on tambourinait toujours sans relâche.

— Qui est-ce ? demanda-t-il d'une voix forte.

— Arcand ! répondit une voix étouffée et étrangement haut perchée de l'autre côté. Pour l'amour de Dieu, ouvrez cette porte, Laflamme !

Inquiet, Joseph s'empressa de déverrouiller et trouva Marcel Arcand sur le seuil. L'inspecteur de police se tenait les bras ballants, le visage défait et l'air hagard. Lui d'ordinaire si bien mis, il était dépeigné, avait le col détaché et ne portait pas de cravate. Ses yeux gonflés et rougis trahissaient le fait qu'il avait beaucoup pleuré.

— Ils ont disparu, annonça-t-il, un sanglot difficilement contenu dans la gorge. On les a pris.

Joseph lui saisit la manche et l'attira dans la maison pendant qu'Emma refermait la porte.

— Qui a disparu ? lui demanda-t-il en l'entraînant vers la table. Qui a pris qui ? Sacrement, calmez-vous et expliquez-vous, Arcand.

Jamais il ne l'avait vu dans un tel état d'hébétude, lui toujours si rationnel, maîtrisant à peu près parfaitement ses émotions. Il tira une chaise et l'inspecteur s'y laissa choir tel un automate.

Ne sachant que faire d'autre, Emma entreprit de préparer du thé, mais son frère secoua la tête et, d'un geste autoritaire, lui indiqua l'armoire sous le comptoir. Elle comprit que l'inspecteur perturbé avait besoin de quelque chose de plus fort. Elle revint vers la table avec une bouteille de gin et un verre. Un nouveau regard de reproche lui en fit apporter un deuxième.

Joseph remplit un verre à ras bord et se versa une portion plus modeste. Il tendit le comble à Arcand.

— Buvez. Ça vous calmera.

L'inspecteur lui adressa un hochement de tête reconnaissant et prit le verre, mais il tremblait tant qu'il en renversa une partie en le portant à ses lèvres. Il parvint à avaler deux grandes gorgées.

— Merci, dit-il d'une voix frémissante.

— Bon, que se passe-t-il ? s'enquit Joseph en l'aidant à remettre le verre sur la table. Qu'est-ce qui vous a mis dans un tel état ?

— Ils ont disparu, redit Arcand, légèrement plus calme. Ma femme et mes enfants. Ils n'étaient pas à la maison quand je suis revenu de la loge Royal Albert. On les a enlevés.

— En êtes-vous certain ? demanda stupidement le journaliste, conscient qu'il s'adressait à un policier bien mieux placé que lui pour juger de ce genre de choses.

En guise de réponse, Arcand fouilla dans une de ses poches de pantalon et en sortit un papier chiffonné qu'il jeta sur la table. Joseph le ramassa et le déplia. Puis, comme si ce geste avait exigé de lui tout le courage qu'il possédait, l'inspecteur vida son verre d'un trait.

Leave the deads alone if you want to see your familie alive again. Or else. Joseph osait à peine imaginer l'angoisse qu'éprouvait Arcand. Ébranlé, il passa le papier à sa sœur, qui écarquilla les yeux et porta la main à sa bouche, livide, en prenant connaissance de son contenu.

— Mon Dieu… murmura-t-elle.

Sans hésiter, elle bondit de sa chaise, passa son manteau par-dessus sa chemise de flanelle et mit ses bottillons sans les lacer.

— Je vais chercher George, annonça-t-elle avec urgence avant de se précipiter dehors et de claquer la porte.

La chose allant de soi, Joseph ne tenta pas de l'en empêcher. Il reporta plutôt son attention sur Arcand, qui faisait pitié à voir.

— Vous avez trouvé cette note chez vous ?

— Plantée dans la porte de ma chambre avec un poignard.

— Dramatique, comme effet, nota le journaliste.

— Les jumeaux et ma femme n'y étaient plus. Les lits étaient défaits, dit l'inspecteur, en retrouvant un peu sa raison. Mon épouse se couche invariablement autour de onze heures. Ils ont donc été enlevés après la tombée de la nuit et il serait étonnant que quelqu'un ait vu quelque chose.

Sur ces entrefaites, la porte s'ouvrit et Emma surgit en compagnie de McCreary, qui avait pris le temps d'enfiler un pantalon et une chemise. Son visage habituellement flegmatique affichant une inquiétude sincère, il alla prendre place à la table. Emma sortit un verre supplémentaire pour l'Anglais et vint les rejoindre.

Joseph résuma ce qu'il avait appris au cours des dernières minutes, puis montra le mot au nouveau venu. Gardant la tête froide, McCreary en prit connaissance avec une moue dubitative en faisant rouler une des pointes de sa moustache entre le pouce et l'index, comme il le faisait quand il réfléchissait.

— Deux grossières fautes d'orthographe en une seule phrase, déclara-t-il. *Dead* est invariable et *family* prend un Y. Le genre d'erreurs que commettrait un francophone habitué à accorder les pluriels. L'auteur est soit canadien-français, soit français tout court. Je me demande bien pourquoi il voulait se faire passer pour un Anglais.

— Pour dévier les soupçons ? suggéra automatiquement Emma.

— L'enlèvement est certainement lié à l'enquête sur les meurtres de Coderre et des deux fillettes, observa McCreary. On dirait que vous étiez beaucoup plus près d'une solution que vous ne le croyiez.

Arcand hocha mollement la tête. Joseph porta son verre à ses lèvres. Se raidissant, il s'interrompit à mi-chemin, les yeux ronds.

— L'évêché ! s'écria-t-il.

— Quoi, l'évêché ? fit Emma.

— Hier, je m'y suis rendu en espérant interroger Mgr Fabre au sujet du livre de Maria Monk, expliqua-t-il. J'ai eu droit à un accueil glacial de son secrétaire.

Je crois qu'il aurait préféré avoir un tête-à-tête avec un pestiféré purulent. J'ai été éconduit comme un vulgaire quêteux.

Il leur résuma la teneur de son entrevue avec le secrétaire de l'évêque et l'impression qu'il avait eue que l'abbé Trépanier en savait plus que ce qu'il avait laissé paraître.

— Comme par hasard, le soir même, on enlève votre famille, conclut-il. Peut-être que l'enlèvement a quelque chose à voir avec le charnier plutôt qu'avec Coderre ?

— Un enlèvement commandé par l'évêché ? s'insurgea Emma. Allons donc. Lâche le gin, Jo. Tu délires.

— Crois-moi, petite sœur, les curés sont capables de bien pire, répliqua-t-il tandis qu'une ombre passait dans son regard.

Il empoigna la bouteille et remplit son verre. Il en fit autant avec ceux d'Arcand et de McCreary, sans leur demander leur avis. Songeurs, tous prirent une gorgée en silence.

— Comme si ce n'était pas assez, on me fait chanter, annonça l'inspecteur. Je l'avais presque oublié.

Chaque mot semblant exiger de lui un effort, Arcand relata sa conversation avec Antoine Durand.

— Tu le connais, ce journaliste ? demanda Emma.

Joseph hocha la tête avec une expression proche de la grimace.

— De loin, et c'est parfait ainsi. Il est à *La Minerve*. Un affreux petit rond-de-cuir visqueux, une vipère sans scrupules, ragea-t-il. Sans grand talent, non plus. Il vendrait sa propre mère pour avoir du succès. Il me répugne.

Il adressa un air grave à Arcand.

— Il ne vous importunera pas longtemps. Je m'y engage personnellement.

— Comment cela ? fit Arcand.

Joseph appuya les coudes sur la table et entrelaça les doigts de ses mains.

— Je crois savoir que Durand fréquente le *Red Light* et que ce n'est pas pour y côtoyer des dames, dit-il, narquois. Il suffira de deux ou trois témoignages que j'obtiendrai facilement par l'entremise d'anciennes connaissances de Mary. Je me ferai un plaisir de lui dire que, s'il ne vous fiche pas la paix, je raconte tout. Ça devrait calmer les ardeurs de la petite tapette. Donnez-moi juste quelques heures.

L'inspecteur lui retourna un demi-sourire triste, mais reconnaissant.

— Dans les circonstances, Durand représente le moindre de mes problèmes, mais je vous remercie, même si je n'ai pas le droit de cautionner ce genre de tactique.

— Disons que vous n'avez rien entendu, suggéra McCreary.

Arcand but une gorgée et reposa doucement le verre sur la table. Ses mains ne tremblaient plus.

— Je vais tout arrêter, laissa-t-il tomber d'une voix sans émotion.

— Vous allez abandonner l'enquête ? s'étonna Emma.

— Ai-je le choix ? Que puis-je faire d'autre ? rétorqua-t-il. Porter plainte à la police ? Au cas où vous l'auriez oublié, je *suis* la police. Vous avez lu la note comme moi. La menace est claire : je laisse les cadavres tranquilles ou ma famille mourra. Je ne vais quand même pas jouer avec la vie de ma femme et de mes enfants.

— Admettons que vous lâchiez tout, comment le faire savoir aux ravisseurs ? s'interrogea Joseph.

Arcand se frotta le visage avec lassitude. Il était incapable de penser et finit par secouer la tête, au bord des larmes.

— Je ne sais pas, murmura-t-il. J'imagine qu'ils me surveillent et qu'ils vont essayer de me contacter à nouveau quand l'affaire sera classée pour me rendre Pauline et les petits.

— Et si Laflamme publiait un article annonçant que vous avez arrêté un suspect ? proposa l'Anglais. Évidemment, les ravisseurs sauront que c'est faux et ils comprendront le message.

— Si jamais on vous demande une rançon, vous avez de l'argent pour payer ? questionna Emma.

— Non.

— *I do*, déclara McCreary. *Let's not worry about that for the moment*[1].

Pendant de longues minutes, ils demeurèrent muets, le silence rompu uniquement par des tapotements nerveux de doigts sur la table, des soupirs, des claquements de langue et le bruit des verres.

— Très bien, dit Joseph après avoir réfléchi. Je vais écrire l'article tout de suite. Il paraîtra vendredi matin. C'est le plus vite que je puisse faire. Par contre, rien ne vous empêche de continuer d'enquêter, ajouta-t-il. Du moment que les ravisseurs croient que vous avez laissé tomber. Vous fournirez secrètement votre expérience et votre cervelle sans qu'on vous voie. Nous serons vos yeux, vos oreilles et vos pieds. Nous vous rapporterons tout ce que nous découvrirons et, ensemble, nous essaierons d'y voir clair.

1. Moi, si. Ne nous inquiétons pas de ça pour l'instant.

— Tout plutôt que de rester à ne rien faire, acquiesça Arcand, un peu ragaillardi.

McCreary signifia son accord de la tête.

— Si nous avions un allié à la station de police, ce serait utile, renchérit-il. Quelqu'un de sûr qui pourra nous tenir au courant d'éventuels développements.

Arcand n'eut pas à y penser longtemps.

— Le jeune Tremblay est de loin le plus intelligent des constables et il m'est loyal. Contactez-le et expliquez-lui ce qui se passe. Il se taira. Dites-lui ce qui est attendu de lui. Qu'il comprenne *très bien* les risques qu'il court.

Cinq minutes plus tard, le cliquetis de la machine à écrire retentissait dans la cuisine et le papier qui en résulta, entièrement fictif, était aussi crédible que les autres. Seuls les ravisseurs pourraient lire entre les lignes.

DÉVELOPPEMENT IMPORTANT AU SUJET DES CADAVRES DÉCOUVERTS RÉCEMMENT

Nous apprenons qu'un suspect se serait livré de son propre chef au Département de police relativement au meurtre

Joseph s'arrêta et consulta la note laissée chez Arcand.

— Celui qui a écrit ça semble faire référence à des meurtres, pas à un seul. Vous croyez qu'il parle aussi des deux filles ? Ou des bébés ?

— Hum… peut-être, fit McCreary. Ne prenez pas de risques. Incluez tout, même le charnier. Au pire, le mensonge sera encore plus évident pour les ravisseurs.

Joseph retira la feuille, la chiffonna et en inséra une autre dans les rouleaux, puis il reprit sa rédaction depuis le début.

DÉVELOPPEMENT IMPORTANT AU SUJET DES CADAVRES DÉCOUVERTS RÉCEMMENT

Nous apprenons qu'un suspect se serait livré de son propre chef au Département de police relativement aux meurtres sordides de Charles-Alexandre Coderre, au Haymarket Square, et des deux jeunes filles inconnues, rue de la Commune. L'individu, dont l'identité ne peut être révélée pour l'instant, aurait avoué les trois crimes. Au moment d'écrire ces lignes, aucune information n'avait filtré quant à ses motivations et aux circonstances des meurtres.

Après toutes les péripéties des derniers jours, le calme retombe donc sur Montréal et la justice de Sa Majesté pourra suivre son cours. Quant au charnier de la rue Le Royer, nos sources nous laissent entendre que la police penche de plus en plus vers une explication naturelle liée au transport inopiné des ossements par l'eau des canalisations endommagées.

Joseph allait terminer quand l'idée lui vint d'ajouter un message que les ravisseurs saisiraient assurément.

Tous ces dénouements tombent à point puisque, nous dit-on, l'inspecteur Marcel

Arcand, responsable des enquêtes, a dû prendre un congé afin de se consacrer entièrement à une situation familiale difficile.

Joseph Laflamme

Arcand considéra la feuille avec un mélange de soulagement et de culpabilité. Il adressa un regard mouillé et abattu au journaliste.

— Merci, dit-il d'une voix presque inaudible. Vous réalisez que vous vous condamnez à ne plus rien publier sur cette affaire ?

— Vraiment ? ironisa Joseph avec un sourire plein de compassion. Ciel ! Je n'y avais pas songé.

19

La chambrette était miteuse. La peinture pelait sur les murs et le calorifère clinquait. Il y régnait une odeur entêtante de sueur, de crasse, d'urine et de misère. Le locataire, en chaussettes et en camisole, son pantalon troué aux deux genoux, était assis sur une vieille chaise bancale. Son visiteur était debout. Il n'avait guère le choix : à part le lit étroit, sale et à moitié éventré, auquel il n'aurait pas touché même si sa vie avait été en jeu, et la table fragile, aucun autre siège n'était disponible.

— C'est fait ? demanda-t-il sèchement, pressé de sortir de ce miasme et de respirer l'air pourtant mauvais de Montréal.

— Oui, m'sieur, répondit l'autre en frottant distraitement sa barbe de plusieurs jours.

Il forma un revolver imaginaire avec son pouce et son index.

— Bang ! Bang ! Deux balles dans la tête. Je l'ai laissé dans la rue, comme vous l'avez ordonné.

— Pour ton propre bien, j'espère que tu as fait mieux qu'avec les deux filles.

— Ça, c'était vraiment pas ma faute, m'sieur, se défendit l'homme, penaud. C'est le courant, voyez-vous ? Il joue des tours dans le port. Si j'avais su qu'il ramènerait les corps comme ça, je les aurais jetés ailleurs, c'est sûr.

— Oui, oui, bon, cesse de te justifier. Et la famille d'Arcand ?

— En lieu sûr dans la cave de l'entrepôt, m'sieur. La pièce n'a pas de fenêtre et elle est verrouillée à double tour. Personne peut voir dedans, personne peut sortir.

— Ils ont de quoi boire et manger ?

— Oui. Et un pot de chambre. Si jamais il faut les tuer, le sol est en terre battue et je pourrai les enterrer là. Pas besoin de les bouger ailleurs.

— J'admire ta prévoyance. Espérons que nous n'en viendrons pas là.

Il tira quelques dollars de sa poche et les posa sur la table.

— Pour ta peine, dit-il en lui adressant un regard menaçant. Et pour ton silence.

— Pas de crainte, m'sieur. Je suis muet comme une tombe, vous le savez.

Le visiteur saisit la poignée de la porte en se félicitant d'avoir gardé ses gants, ouvrit et allait sortir lorsque l'autre le rappela.

— M'sieur ?

— Oui ?

Le boiteux se leva et s'avança vers lui.

— Ils vous tiennent par les amourettes, vous aussi, hein ? s'enquit-il avec une soudaine compassion.

— On peut dire ça, oui. Mais je n'ai que moi-même à blâmer. Tout comme toi.

Le visiteur sortit en espérant ne plus jamais avoir à remettre les pieds dans cet endroit qui empestait la mort, tout en sachant que son espoir était illusoire.

***

Emma avait réussi à convaincre Arcand de s'étendre sur le lit de Joseph, même s'il avait protesté qu'il ne pourrait jamais fermer l'œil. Deux verres de gin supplémentaires bus trop vite étaient venus à bout de son angoisse et il avait fallu que Joseph et McCreary l'aident à se rendre à destination. Ils l'avaient allongé tout habillé et Emma l'avait abrité sous une couverture de laine.

— Il va dormir quelques heures, le pauvre homme, dit Emma avec compassion en refermant doucement la porte sur les ronflements du policier. Je demanderai à Mary de se charger de la boutique ce matin et je veillerai sur lui avec George. Si tu ne reviens pas à temps, dit-elle à son frère, il s'en occupera tout seul cet après-midi.

Il était à peine passé sept heures quand Joseph quitta la maison, son porte-documents sous le bras. Il entra presque en collision avec Mary qui, à son habitude, venait déjeuner avec les Laflamme.

— Où vas-tu, si tôt ? lui demanda-t-elle, surprise.

— C'est à cause d'Arcand.

Il lui résuma les événements de la nuit.

— Seigneur, fit la petite rousse, catastrophée. Que va-t-il faire ?

— Nous essayons de l'aider. Je dois y aller. Emma et George t'expliqueront, d'accord ? Je te revois ce soir.

Il jeta un coup d'œil rapide dans la cour intérieure pour s'assurer que personne ne les observait, passa son bras autour de la taille fine qu'il aimait tant tenir et attira la jeune femme vers lui. Il étouffa son couinement de surprise dans un baiser aussi fougueux que bref qu'elle lui rendit sans se faire prier, puis la relâcha. Avec un rire nerveux, elle replaça sa flamboyante tignasse.

— Joseph… siffla-t-elle. Si on nous voyait !

— Je m'en fiche, rétorqua-t-il en tendant à nouveau le bras vers elle.

Cette fois, elle l'évita avec agilité et lui donna une claque affectueuse sur la main.

— Arrête ! ricana-t-elle comme une fillette.

Avec ravissement, il mesura toute l'étendue du changement qui s'était opéré chez la nouvelle Mary O'Gara, pudique et soucieuse de sa réputation.

— Bientôt, j'aurai le droit de t'embrasser chaque fois que j'en aurai envie, et ce sera tout le temps, dit-il avant de réaliser la teneur des paroles qui venaient de lui échapper.

— Vraiment ? s'étonna Mary en papillonnant des paupières, les mains croisées sur la poitrine, avec des airs d'ingénue.

— Oui, admit Joseph en baissant timidement les yeux.

Ils demeurèrent immobiles pendant plusieurs secondes, dans un délicieux embarras, sans savoir que dire de plus.

— Je dois y aller, finit-il par annoncer en consultant sa montre pour se donner une contenance. J'ai des rendez-vous urgents.

— Très bien. Sois prudent.

— Toujours.

— Menteur.

Mary lui adressa un sourire mille fois plus doux qu'une caresse avant de reprendre son chemin vers la maison. Joseph la regarda entrer puis, d'un pas d'homme en mission, sortit de la cour et descendit De

Lorimier jusqu'à Notre-Dame. Résistant à l'envie de marcher pour s'éclaircir les idées après la trop courte nuit, il héla la première voiture venue.

Dix minutes plus tard, après avoir réglé la course, il gravissait les marches du *Canadien*, le cœur lourd à l'idée de sacrifier une histoire aussi incroyable, mais déterminé à le faire pour venir en aide à Arcand. Il avait prévu de glisser son article sous la porte avec une note explicative pour repartir aussitôt, mais il trouva le bureau ouvert. Il entra et fut accueilli par Charles-Edmond Rouleau, déjà au travail, son cigare vissé dans le coin de la bouche, la cravate encore en place et une tasse de café remplaçant provisoirement le verre de whisky.

— Tiens, Laflamme ! s'exclama l'éditeur avec un ravissement non dissimulé. Alors ? Ces meurtres ? Il y a du nouveau depuis hier ?

— Non, pas grand-chose, mentit Joseph avec un pincement au cœur. En fait, je crois que le ballon est dégonflé. Voyez vous-même.

Il tira de son porte-documents l'article inventé de toutes pièces durant la nuit et le lui remit. À mesure que Rouleau en prenait connaissance, sa mine se faisait plus déconfite.

— C'est tout ? déplora-t-il lorsqu'il eut terminé.

— J'en ai bien peur.

— Un sujet prometteur qui finit comme ça, en queue de poisson, c'est vraiment trop bête, dit l'éditeur dans un long soupir résigné. J'espérais au moins quelques morts de plus avant de fermer le dossier.

— Je vais continuer à chercher, l'assura Joseph. Mais à moins d'une découverte inattendue, il semble que l'affaire soit close.

— Et cette autre histoire de 1836 ? Tu as quelque chose de neuf ? insista Rouleau, presque suppliant.

— Jusqu'ici, je n'ai rien trouvé d'intéressant, mais de toute évidence, elle rend l'évêché nerveux.

— Ah ! Des curés nerveux, j'aime ça !

— J'aurai tout le temps de fouiller, maintenant.

***

Joseph marcha jusqu'à la rue Craig. À huit heures moins le quart, il se tenait en biais de la station de police n° 2, de l'autre côté de la rue. Le quart de nuit se terminait à huit heures et il voulait s'assurer de ne pas manquer le constable Tremblay, dont il avait pour mission d'obtenir la collaboration discrète.

Il attendait depuis un certain temps quand un homme élégamment vêtu sortit de l'édifice. La façon dont il resta discrètement blotti dans l'embrasure en jetant des regards furtifs de tous les côtés intrigua Joseph. De toute évidence, il était extrêmement nerveux et, comme bien d'autres, ne souhaitait pas être aperçu émergeant d'un poste de police. Grand et mince, la jeune trentaine, ses cheveux noirs séparés au milieu du crâne et soigneusement lissés contrastaient avec la pâleur de sa peau. Après un moment à tergiverser, il parut enfin rassuré, descendit l'escalier à la hâte en s'appuyant un peu sur une canne à pommeau en laiton et s'engagea dans la rue Craig d'un pas leste. En moins d'une minute, il tourna sur Saint-Urbain et disparut. Joseph sourit en imaginant les raisons qui avaient pu faire craindre à l'élégant monsieur d'être vu. Un homme d'affaires floué par un collègue ? Une femme de chambre partie avec les bijoux de madame ?

Une tentative de chantage ? Un mari cocu et une épouse disparue avec son amant ?

Le constable Tremblay fit son apparition peu après. L'air las, les traits tirés par une nuit de veille, il s'arrêta sur le balcon et bâilla en se massant la nuque avant de se décider à descendre lourdement les marches de granit. Il ajusta sa casquette, tira sur le bas de son uniforme, replaça son ceinturon et partit vers l'est, sans doute pressé d'arriver chez lui et de se laisser tomber dans son lit. Joseph lui emboîta le pas et le suivit en maintenant une bonne distance afin que personne ne puisse les apercevoir ensemble aux environs de la station.

Malgré sa fatigue, Tremblay allait bon train sur ses jeunes jambes. Arrivé à l'intersection De Salaberry, il prit à gauche et rejoignit Plessis, qu'il parcourut au-delà de Dorchester, en direction de Logan. Voyant que le policier atteignait sa destination, Joseph hâta le pas et le rattrapa alors qu'il allait entrer dans un édifice à logements de trois étages en brique brune.

— Monsieur Laflamme ? Que voulez-vous ? s'enquit le constable, surpris et un peu méfiant.

— Entrons, le pressa le journaliste. Je vous expliquerai.

— Si vous désirez des informations, rendez-vous à la station comme tout le monde, répliqua le jeune homme.

— Mais entrez donc avant qu'on nous voie ! insista Joseph. Puisque je vous dis que je vais vous expliquer !

Le ton exaspéré fit mouche et le policier obtempéra sans poser plus de questions. Dès qu'ils furent dans le vestibule de l'édifice, Joseph lui détailla la raison de sa présence.

— Bonyenne… jura le jeune homme, atterré. Sa femme et ses jumeaux… C'est terrible. Vous êtes certain que c'est lié à l'enquête sur Coderre ?

— Tout porte à le croire. Ou alors les deux filles mortes. Constable Tremblay, l'inspecteur Arcand a besoin de vous et il affirme que vous savez garder un secret. Est-ce vrai ?

La façon dont le jeune homme bomba le torse fut toute la réponse dont Joseph avait besoin. Il lui décrivit ce qui était attendu de lui.

— Comptez sur moi, l'assura-t-il lorsqu'il eut terminé. L'inspecteur a été très bon pour moi depuis que je suis entré au Département. Je ne le laisserai pas tomber.

— Excellent, déclara Joseph. Il faut par-dessus tout maintenir une entière discrétion. S'il se passe quoi que ce soit qui puisse nous aider, vous passerez chez moi ou à la boutique de ma sœur si vous ne trouvez personne. Idéalement, essayez de ne pas porter l'uniforme pour ne pas attirer l'attention, au cas où on surveillerait la maison.

— Vous croyez que… ?

— Il vaut mieux ne pas prendre de risques. Gardez l'œil ouvert. De notre côté, nous continuerons à fouiller et nous vous tiendrons au courant.

Ils échangèrent une poignée de main et Joseph jeta un coup d'œil par la fenêtre pour s'assurer que personne ne l'avait suivi. Il allait sortir lorsque Tremblay l'interpella, le visage crispé par une soudaine incertitude.

— Monsieur Laflamme ?

— Quoi ?

— Vous connaissez un journaliste nommé Durand ?

Joseph se raidit en entendant resurgir si vite le nom de celui qui avait fait chanter Arcand la veille.

— Oui. Pourquoi ?

— Eh bien, je ne sais pas s'il y a un rapport, mais il a été trouvé mort ce matin, rue Notre-Dame, à quelques pas de la Grande Loge.

Le visage de Joseph blêmit, confirmant que non seulement il y avait un lien, mais que celui-ci était sérieux.

La référence à l'accessoire vestimentaire oublié au début de février dans la chambre de sa sœur, qui avait révélé leur aventure à Joseph, suffit à clore le sujet. Emma émergea une minute plus tard, un air un peu trop innocent sur le visage, les cheveux impeccablement recoiffés, mais les joues encore roses d'émoi.

— Tu es déjà de retour ? chantonna-t-elle, s'efforçant de dissiper le malaise.

— Arcand dort toujours ? se contenta de répondre son frère.

— Oui.

— Réveillez-le, ordonna-t-il à McCreary. Vite. Emma, fais-lui du café. Très fort.

Comprenant qu'il se passait quelque chose de grave, l'Anglais disparut vers la chambre sans poser de questions. Joseph désigna Tremblay, qui triturait sa casquette avec timidité.

— Tu connais le constable Tremblay ? demanda-t-il à sa sœur.

— Madame… fit le jeune homme.

— Mademoiselle, corrigea-t-elle. Vous voulez du café, constable ?

— Oh, ce serait pas de refus, mada… euh… mademoiselle. J'ai fait mon *shift* de nuit et je n'ai pas fermé l'œil.

Emma mit une cafetière à chauffer sur le poêle à bois et prépara des couverts pour tout le groupe. Quelques minutes plus tard, ils étaient attablés dans la cuisine des Laflamme, là où tant de mystères avaient été discutés, analysés et disséqués depuis un an. Pâle, les cheveux en bataille, une barbe d'une journée sur les joues, la moustache défraîchie, Arcand avait une tête de déterré et tous comprenaient l'angoisse qui lui taraudait les tripes. Les yeux mi-clos pour filtrer la lumière, il ne cherchait pas à cacher la spectaculaire migraine qui lui fendait le crâne, buvant le café noir et fumant à petites gorgées brûlantes.

— M. Laflamme m'a raconté ce qui s'est passé, inspecteur, dit Tremblay, mal à l'aise, avec une compassion sincère. Je suis vraiment désolé. Je ferai tout ce que je peux pour…

— Durand a été assassiné, laissa tomber Joseph. C'est pour ça que j'ai demandé au constable de m'accompagner.

La nouvelle eut l'effet d'un bain d'eau glacée et Arcand écarquilla les yeux, soudainement alerte.

— Vous en êtes absolument sûr ? martela-t-il.

— On a trouvé son corps à l'aube, rue Notre-Dame, lui confirma Tremblay.

— Près de la Grande Loge, ajouta Joseph, l'air entendu.

— J'étais là lorsque les constables qui ont été appelés sur les lieux sont revenus à la station, ce matin, expliqua le jeune homme. Ce sont eux qui m'ont tout raconté. L'un d'eux, Ferland, connaissait un peu Durand et l'a identifié. Il avait deux balles derrière la tête. Il paraît qu'elles lui ont fait éclater le front en ressortant.

— On l'a volé ? s'enquit Arcand.

— Son porte-monnaie était plein et il avait encore sa montre et une bague en or sur lui, répondit le constable. Le corps avait été laissé sur le trottoir, dans une mare de sang. Ce sont des balayeurs qui l'ont trouvé.

— Quelqu'un a vu ou entendu quelque chose ?

— Ferland a frappé aux portes aux alentours et il est tombé sur un vieil insomniaque qui dit avoir entendu les coups de feu, comme sa fenêtre était entrouverte.

Il a dit que des pas se sont éloignés tout de suite et que le gars marchait en traînant un pied.

McCreary, Arcand et Joseph échangèrent un regard lourd de sens.

— Le boiteux, déclara Arcand.

Tremblay se renfrogna.

— Quelqu'un veut-il m'expliquer ce qui se passe ? grommela-t-il avec une pointe d'impatience. M. Laflamme n'a rien voulu me dire avant que tout le monde soit réuni.

Songeur, Arcand prit une gorgée de café et évoqua plus en détail sa rencontre avec Durand, la veille, et la tentative du journaliste pour lui extorquer de l'information exclusive en échange de son silence sur son affiliation maçonnique.

— Vous réalisez, inspecteur, que si quelqu'un apprenait qu'il a voulu vous faire chanter vous deviendriez suspect ? remarqua Tremblay.

— Cruellement, convint sombrement Arcand. Par bonheur, mes alibis sont assis autour de cette table.

— Récapitulons, proposa l'Anglais en comptant sur ses doigts. L'assassin a utilisé un gros calibre qui fait de grands trous, sans doute pour être certain de ne pas rater sa victime. Il n'était pas motivé par le vol puisque le mort avait encore son argent et ses bijoux. Il voulait que le corps soit vu, donc il l'a abandonné sur le trottoir.

Il leva les yeux et avisa les autres.

— Ce n'était pas un simple assassinat, mais une exécution, déclara-t-il.

— La question est de savoir pourquoi on l'a abattu ainsi, ajouta Joseph. Une dette ? Quelque chose qu'il savait ? Pour en faire un exemple ? Peut-être que ses fréquentations douteuses dans le *Red Light* y sont pour quelque chose ? Il y a dans ce quartier des gens qu'il vaut mieux ne pas se mettre à dos.

— Je ne crois pas, non, fit McCreary.

— Expliquez-vous, le pressa Joseph.

— Pensez-y. La famille de notre ami Arcand est enlevée et, le même soir, Durand est abattu. Or, un peu avant, les deux ont discuté dans la rue Notre-Dame, devant l'édifice de la Grande Loge, au vu et au su de tout le monde. Pour quiconque ne vous connaît pas personnellement, et en pleine nuit de surcroît, la conversation était celle de l'inspecteur de police avec un journaliste.

— Je ne suis pas du tout certain d'apprécier la tournure de votre raisonnement, McCreary, nota Joseph.

L'Anglais fit une pause et, les avant-bras à plat sur la table, les mains jointes, se pencha vers lui.

— Ce n'est pas à Durand qu'on en voulait, *dear boy*. C'est à vous, laissa-t-il tomber d'un ton péremptoire. J'en mettrais ma main au feu. On a pris ce pauvre type pour vous. Et on dirait que le même boiteux qui s'est occupé du corps de Coderre est aussi celui qui l'a abattu.

— Sacrement… soupira Joseph, avec une tête d'enterrement.

— Le même soir, quelqu'un a voulu vous faire taire tous les deux par des moyens différents, conclut l'ancien de Scotland Yard.

21

Rue Saint-François-Xavier, quatre hommes étaient attablés au chic restaurant Delmonico, tenu par la famille Gianelli. Par souci de discrétion, ils avaient pris place à une table dans un coin, à l'écart des autres clients. Il n'était pas encore midi et l'établissement, fort couru, n'était qu'à moitié rempli mais, sous peu, des hommes d'affaires occuperaient toutes les tables et tous les quatre tenaient à ce que leur conversation demeure privée.

Tous avaient devant eux des verres presque vides et des assiettes à peine entamées, ce qui trahissait parfaitement leur état d'esprit. Ils discutaient à mi-voix, soucieux de ne pas être entendus par les serveurs ou les clients les plus proches. L'un d'eux, un homme d'âge moyen élégamment vêtu, les cheveux et la barbe poivre et sel, venait de décrire dans le menu détail le traitement infligé à Charles-Alexandre Coderre par son assassin, tel que le lui avait rapporté un ami policier.

— Tout ça va trop loin, déclara-t-il en frottant nerveusement ses mains ensemble. Ça n'a plus aucun sens. Quand j'ai entendu parler de ce qui lui était arrivé, j'ai essayé de me convaincre qu'il s'agissait d'une coïncidence. Après tout, un banquier peut certainement avoir des ennemis. Ou alors il s'était simplement trouvé au mauvais endroit au mauvais moment. C'est possible. Mais là, je n'arrive pas à y croire.

Il renversa la tête et vida d'un trait le sherry qui restait dans son verre.

— La façon dont on l'a tué est un message, c'est sûr, ajouta-t-il sombrement en s'essuyant la bouche avec la serviette de table.

Il fit un signe de la main et un garçon s'approcha aussitôt pour remplir son verre avant de se retirer avec toute la discrétion propre à sa fonction.

— Un message qui nous est personnellement adressé, oui, renchérit un grand moustachu maigre à l'air sérieux.

— Et quel est-il, ce message, selon vous, mes amis ? s'enquit un homme bedonnant aux cheveux presque blancs ondulés et à la moustache frisée, qui paraissait plus calme que ses compagnons.

— Que nous subirons le même sort que Coderre, tiens ! s'écria le plus jeune des quatre, le visage rendu pâle par l'anxiété. C'est évident !

Il réalisa qu'il avait haussé le ton.

— Je n'ai aucune envie de finir châtré, mon organe enfoncé dans le cul, reprit-il à voix basse, une sueur nerveuse lui faisant luire le visage.

Il prit la serviette de table qu'il avait étendue sur ses cuisses et s'épongea.

— Il serait bien capable de nous faire surveiller, déclara le grand maigre.

— Coderre s'est cru plus fin que les autres, rappela le gros. Il n'avait qu'à ne pas être si gourmand. Et puis, il était… excessif. Il nous mettait tous en danger. À nous de ne pas céder aux mêmes tentations.

Un silence tendu tomba sur le quatuor. Il fut interrompu par la porte du restaurant qui s'ouvrait et la clochette qui tintait. Ils portèrent tous le regard vers l'homme qui entrait. Les cheveux noirs séparés au centre en une raie impeccable, la moustache et les favoris soigneusement taillés, le costume trois-pièces d'excellente coupe, il tenait une canne à pommeau en laiton. Il ajusta machinalement son nœud papillon en survolant la salle des yeux. Dès qu'il eut repéré les quatre autres, il s'en fut les rejoindre. Ils lui firent une place et il se laissa choir sur la chaise qu'on venait d'ajouter à son intention. Le serveur vint déposer devant lui un verre de sherry qu'il n'avait pas demandé et il le vida d'un trait avant de faire signe au garçon de le servir à nouveau. Il semblait au bord de la crise de nerfs.

— Vous avez entendu la nouvelle ? demanda-t-il sans préambule d'une voix que l'anxiété rendait chevrotante.

Le silence interdit des autres lui tint lieu de réponse.

— Un journaliste a été abattu cette nuit, lâcha-t-il.

Autour de la table, tout le monde blanchit d'un ton.

— En es-tu certain ? fit l'homme bedonnant.

— J'ai entendu quelqu'un le raconter ce matin.

Il se garda bien de préciser qu'il avait surpris un constable en train de rapporter les faits alors qu'il se trouvait dans la station n° 2, prêt à trahir ceux avec lesquels il était maintenant assis.

— On a trouvé le corps à l'aube, dans la rue Notre-Dame.

— Cela ne prouve rien, rétorqua le grand flegmatique.

— Il a été abattu de deux balles dans la nuque tout près de la Grande Loge, insista le nouveau venu.

— Et alors ?

— Alors hier soir, c'était la tenue de Royal Albert. Ou as-tu complètement oublié ta propre loge ?

— Qu'est-ce que ça prouve ? lança le plus vieux.

— L'inspecteur Marcel Arcand y a assisté, répliqua le jeune homme avant de vider son deuxième verre.

— Comment le sais-tu ?

— Parce que j'y étais, tiens. Contrairement à vous, je fréquente la loge de temps en temps, ne serait-ce que pour ne pas attirer l'attention. J'ai même vu Arcand et Laflamme discuter dehors, devant le portique, après les agapes. Il s'est fait tuer peu après, j'imagine. Si c'est un hasard, moi, je suis la reine Victoria.

Un long silence suivit l'annonce.

— Alors, avec Coderre, ça fait deux meurtres en trois jours, observa le vieux.

— Ça n'a plus aucun bon sens. Où va s'arrêter cette démence ? se lamenta le grand maigre. Il ne peut quand même pas tuer tout le monde !

— Il a des oreilles partout, tu le sais bien. Continue à parler de cette façon et tu seras le prochain, le prévint le gros.

Ils firent tous une pause.

— Quand je pense que nous avons une rencontre ce soir, soupira l'homme grisonnant. Je n'ai vraiment pas le cœur à ça.

— Toi ? Ça, ce serait bien une première ! tenta de blaguer le plus jeune pour alléger l'atmosphère.

— Dans les circonstances, je ne crois pas que s'en absenter serait sage, les avertit le vieux. À moins d'avoir comme ambition d'être le cadavre n° 3.

Un silence funèbre tomba autour de la table. Le jeune dandy qui leur avait annoncé l'assassinat du journaliste vida son verre, toussota tandis que le brûlement de l'alcool lui faisait monter les larmes aux yeux, se leva et partit sans leur dire au revoir, sous le regard suspicieux des quatre autres.

— Il est bien nerveux, ce matin, notre jeune ami, observa le gros homme. Il m'inquiète.

***

— Gardez un œil sur ce que l'enquête concernant Durand révèle et tenez-moi au courant, ordonna Arcand au constable Tremblay, sans beaucoup d'enthousiasme. Au fait, qui s'en charge ?

— Pour l'instant, le sous-chef Lapointe n'a encore désigné personne, répondit le jeune homme. Il était de fort mauvaise humeur.

Arcand se passa la main dans les cheveux. Son geste trahit tout à la fois une grande lassitude, une fatigue et un découragement qui touchèrent tous ceux qui se trouvaient là. Emma lui tapota la main pour lui témoigner sa sympathie.

— Nous les retrouverons, inspecteur, l'assura-t-elle d'un ton maternel, ce qui lui valut un sourire triste.

— Je n'ai pas la moindre piste.

Tremblay soupira avec compassion en jouant avec sa tasse. Il considéra la vider, puis se ravisa en constatant que le café était tiède. Il la déposa sur la table.

— Au fait, inspecteur, après tout ce qui est arrivé, j'ai oublié de vous dire… Ce matin, un peu avant la fin de mon *shift*, quelqu'un a demandé à vous voir. Il était pas mal agité et a dit qu'il avait des informations au sujet des meurtres.

— Quoi ? tonna Arcand. Et c'est maintenant que vous me le mentionnez ?

— C'est que… avec toute votre histoire, je… bredouilla le jeune constable.

— C'est bon ! Cessez de radoter et racontez !

— Il ne voulait parler qu'à vous. Je lui ai dit que vous n'étiez pas encore arrivé, mais que vous n'alliez pas tarder. Je lui ai suggéré de s'asseoir et de vous attendre, mais il n'a pas voulu rester. Il passait son temps à surveiller la porte, comme s'il avait peur que quelqu'un entre et le surprenne là.

Autour de la table, tout le monde était soudain très attentif.

— Un drôle de type, ajouta le policier. Il a laissé son adresse en spécifiant bien que vous seul deviez lui parler. Il a mentionné un « devoir de discrétion » que vous aviez à son égard.

— Vous l'avez, cette adresse ? demanda Arcand, sur le qui-vive.

— Non, répondit Tremblay. J'ai mis le papier sur votre bureau. Je croyais que vous arriveriez plus tard et que vous en prendriez connaissance. J'ignorais que je vous trouverais ici.

— Son nom ? Vous vous en souvenez ? insista Joseph.

Tremblay ferma les yeux et se concentra si bien que tout son visage se chiffonna.

— Il me semble qu'il s'appelait Sicotte, Massicotte, quelque chose comme ça, finit-il par déclarer. Un grand noir, assez jeune et très bien habillé.

Les yeux d'Arcand s'écarquillèrent et il se raidit sur sa chaise. Près du constable, Joseph en fit autant.

— Il avait les cheveux lissés vers l'arrière et une moustache ? s'enquit le journaliste d'une voix blanche. Grand, mince et élégant ? Avec une canne de dandy ?

— Oui.

— Je l'ai vu sortir pendant que je vous attendais dehors !

Arcand se leva et se précipita sur son veston, qu'Emma avait suspendu à la patère près de l'entrée après qu'il se fut mis au lit. Il en sortit son carnet et le feuilleta fébrilement pour trouver la page où il avait pris des notes, la veille, durant sa conversation avec Charles Hagar.

— Grégoire Synotte ? demanda-t-il, la tension se lisant sur son visage. Ça pourrait être ça ?

— Oui, je crois que c'est ça ! confirma le constable.

— Il a vraiment parlé d'un devoir de discrétion ?

— Oui, ça, j'en suis certain.

Arcand revint vers la table et s'assit.

— Ce Synotte est franc-maçon. C'est pour ça qu'il invoquait la discrétion. Il voulait me faire savoir qu'il en était.

— Encore un, grommela Emma en levant les yeux au ciel.

— Il fait partie des membres de la loge Royal Albert qui ne la fréquentent pas souvent, poursuivit l'inspecteur sans faire attention à elle. Comme Coderre.

— Et voilà qu'il prétend avoir des renseignements au sujet des meurtres quelques jours après que Coderre a été assassiné, compléta Joseph, qui mesurait la portée de l'information.

Arcand se releva d'un bond, passa frénétiquement son veston et fourra son calepin dans sa poche.

— Ho ! s'écria Joseph. Vous allez où, comme ça ?

— À la station, chercher l'adresse de ce Synotte, répondit le policier en attrapant la poignée. Je dois le rencontrer au plus vite. Il pourrait savoir quelque chose sur l'enlèvement de Pauline et des jumeaux.

À l'unisson, Joseph et McCreary se levèrent et s'empressèrent de le retenir alors qu'il venait d'ouvrir la porte.

— *Think, old chap !* cracha l'Anglais avec urgence en lui empoignant les épaules pour le regarder dans les yeux. *They have your family ! They can do anything they want to them ! And to you ! They must not see you nosing around*[1].

— Ils doivent croire que vous avez abandonné l'enquête ! renchérit Joseph. Demain, mon article le leur confirmera.

— Mais je dois y aller, plaida Arcand en essayant de se libérer de leur emprise, insensible à la logique.

— Pour le moment, les ravisseurs ignorent encore que vous acceptez leurs conditions, lui dit Emma. Pour eux, rien n'a changé. Ils vous guettent peut-être, et s'ils vous voient enquêter, Dieu seul sait ce qu'ils feront à votre famille.

Il était donc condamné à attendre, passif, invisible et se sentant désespérément inutile.

— Nous irons le rencontrer, votre Synotte, décréta Joseph. Tremblay est policier, que je sache ? Il peut faire son travail librement et enquêter un peu, même s'il n'est pas inspecteur ?

— Je… Oui, mais…

Le constable Tremblay vint se planter devant son supérieur.

— Ils ont raison, inspecteur, acquiesça-t-il. Je vais m'en charger. Ce sera plus prudent. Vous, vous devez attendre que l'article de M. Laflamme fasse son effet,

1. Réfléchissez, mon vieux ! Ils détiennent votre famille ! Ils peuvent leur faire ce qu'ils veulent ! Et à vous aussi. Ils ne doivent pas vous voir fouiller.

et il ne paraîtra que demain matin. Vous ne pouvez rien faire avant. Rien. Je peux à peine imaginer combien ça doit être difficile, mais soyez raisonnable et restez tranquille.

Arcand hocha la tête.

— Dans le premier tiroir de mon bureau, à droite, vous trouverez une enveloppe, dit-il, toujours alerte malgré son abattement. Elle contient les pièces à conviction trouvées chez Coderre : un fouet, un chapelet et des livres cochons. Ramassez-la aussi. On ne sait jamais.

— Bien sûr, inspecteur.

Joseph allait reconduire le policier un peu calmé et hagard vers la table lorsqu'il remarqua du coin de l'œil un paquet en papier brun déposé sur le seuil de la porte demeurée ouverte.

22

Tendu comme une corde de violon, Joseph alla ramasser l'objet et reconnut aussitôt l'œuvre du mystérieux prêtre en haillons qui lui avait remis le livre et qu'il avait entrevu ensuite à sa sortie de l'évêché. Il rentra et referma la porte. Il eut un frisson de malaise et fixa le paquet comme s'il menaçait d'exploser.

— *Another book ? Are you going to open it or just keep looking at it until you're blue in the face*[1] *?*

Emma courut au comptoir, en revint avec des ciseaux et coupa la ficelle. Son frère retira le papier épais pour découvrir un livre qu'il saisit et ouvrit.

— Un autre exemplaire des *Awful Disclosures*, dit-il avec une moue contrariée. C'est la même édition.

Il se mit à le feuilleter et repéra un papier plié en quatre glissé entre deux pages. Il le sortit, le déplia et en prit connaissance. Dès qu'ils le virent, Emma, McCreary, Arcand et Tremblay s'approchèrent et regardèrent par-dessus son épaule.

— Qu'est-ce que c'est ? demanda l'inspecteur.

1. Un autre livre ? Allez-vous l'ouvrir ou continuer à le regarder jusqu'à ce que votre visage tourne au bleu ?

— Une liste de noms, répondit-il avec un haussement d'épaules, un peu dépassé, en prenant quelques secondes pour en faire le décompte. Vingt-huit noms, dont six ont été marqués d'une croix dans la marge.

Joseph consulta les pages du livre entre lesquelles il avait trouvé la liste.

— Et on l'a placée exactement aux pages où Maria Monk raconte ce qu'on faisait avec les cadavres des enfants nés des religieuses et des curés.

Lisez-le, monsieur Laflamme, résonna dans sa tête la voix fébrile du vieux prêtre. *Vous verrez. Ce n'est pas d'hier qu'on tue des enfants à Montréal. Il faut que ça se sache ! Il faut qu'ils paient ! Maria disait vrai !*

Songeur, il replia la feuille pour la remettre entre les mêmes pages, referma le livre et le déposa sur la table.

— L'énergumène insiste, déclara-t-il, mais ses vieilles histoires devront attendre.

***

Laissant Arcand chez les Laflamme, Tremblay, McCreary et Joseph étaient partis en compagnie d'Emma, qui avait pris plusieurs heures de retard. La pauvre Mary, seule à la boutique, devait se demander ce qui se passait. Ils avaient fait un détour en voiture pour la déposer devant le commerce. L'Anglais avait beaucoup insisté pour descendre et demeurer avec les deux femmes, en se gardant bien d'évoquer un quelconque besoin de protection, mais aussi têtue qu'orgueilleuse Emma avait refusé net, prétextant qu'avec tous les ciseaux qui traînaient dans la boutique Mary et elle étaient tout à fait capables de se défendre s'il le fallait et que, au demeurant, une porte, ça se verrouillait. Il avait baissé pavillon quand sa promise lui avait assuré que le pistolet qu'il lui avait remis jadis, lorsqu'ils traquaient Jack, se trouvait bien dans le tiroir où il avait exigé qu'elle le garde en tout temps, même s'il savait que jamais elle n'accepterait de le toucher.

Le groupe était ensuite passé à l'appartement de Tremblay, où celui-ci avait revêtu à nouveau l'uniforme, puis à la station n° 2, afin que le jeune policier récupère l'adresse laissée par Grégoire Synotte. Une fois là, le constable avait dû jouer de ruse et de finesse pour se glisser sans être vu dans le bureau d'Arcand, au risque de devoir répondre aux questions que suscitait inévitablement l'absence récente de son occupant habituel. Il avait profité de la commotion engendrée par une rixe entre deux hommes ivres pour y entrer, l'air de rien, et ramasser le bout de papier qui se trouvait encore sur la table, là où il l'avait déposé le matin même. Puis il prit l'enveloppe dans le tiroir et ressortit. Il fila droit vers la porte sans aller prêter main-forte à ses collègues un peu dépassés qui tentaient toujours de séparer les belligérants. Dans la tourmente, personne ne le remarqua. Une fois dehors, il donna le tout à Joseph, qui en remplit son porte-documents.

L'après-midi tirait à sa fin quand ils prirent enfin la route de la demeure de Grégoire Synotte, rue Saint-Dominique, entre Courville et des Pins. Dans la voiture de police qui avait remplacé le fiacre, Joseph et McCreary convinrent que l'uniforme de Tremblay, qui tenait les rênes, était le plus propice à obtenir des résultats et qu'eux-mêmes demeureraient en retrait tandis qu'il procéderait. Le constable ralentit en passant devant leur destination afin de permettre à tous de l'observer. Avec sa toiture mansardée en cuivre, la maison mitoyenne en pierre grise à trois étages, luxueuse sans excès, était semblable à toutes celles qui bordaient la rue, serrées les unes contre les autres. Chacune abritait une bonne famille bourgeoise bien-pensante, catholique pratiquante et rangée. Pourtant, dans celle qui les intéressait se trouvait quelqu'un qui prétendait détenir des renseignements sur trois meurtres sordides.

Ils passèrent dans Saint-Dominique sans s'arrêter et continuèrent jusqu'au coin de la rue des Pins. Là, Joseph et McCreary débarquèrent puis, comme convenu, Tremblay fit demi-tour et redescendit Saint-Dominique sans ses passagers. Ces derniers prirent la même direction à pied, sans se presser, l'air de piétons musardant tranquillement en discutant, la prothèse de l'Anglais l'empêchant de faire mieux de toute façon. Ils virent la voiture s'immobiliser et Tremblay mettre pied à terre. À son honneur, le jeune homme, pourtant très nerveux, résista à la tentation de jeter un coup d'œil vers eux pour se rassurer. Il se redressa plutôt, inspira profondément, bomba le torse puis tira sur le bas de son veston avant de se mettre en marche d'un pas résolu vers la porte.

— Il a du caractère, déclara McCreary sans dissimuler son admiration. Et il est intelligent. Il ira loin.

Tandis qu'ils s'avançaient avec ce qu'ils espéraient être un air désinvolte, ils observèrent du coin de l'œil Tremblay frapper trois coups secs et autoritaires. La porte s'entrouvrit et il échangea quelques mots dans l'embrasure. Elle s'ouvrit tout entière et il enleva poliment sa casquette pour discuter avec la personne à l'intérieur. On le laissa entrer et la porte se referma.

Ils maintinrent leur cadence et s'assurèrent de regarder droit devant quand ils passèrent en face de la demeure de Synotte, puis ils poursuivirent leur route jusqu'au bout de la rue. De là, ils pouvaient apercevoir facilement la maison. Ils n'eurent pas à patienter longtemps avant que Tremblay ne ressorte.

— *Well, that didn't take very long*[1], constata McCreary, anticipant une déception.

L'air au-dessus de ses affaires, Tremblay remonta sur la voiture et la mit en marche, seulement pour l'arrêter quelques centaines de pieds plus loin. Il la gara sur Courville, assez loin pour ne pas être vu depuis chez Synotte, en descendit et vint retrouver les deux autres.

— Alors ? s'enquit Joseph.

— Alors rien, répondit le constable en haussant les épaules avec dépit.

— Comment ça, rien ? Il n'était pas là ?

— Si, il y était, mais il n'avait rien à me dire.

— Je ne comprends pas…

— C'est pourtant simple. Grégoire Synotte, qui brûlait de parler à l'inspecteur Arcand voilà moins de douze heures, a viré son capot de bord. Il ne veut plus ouvrir la bouche. Même pas avec l'inspecteur lui-même. Il a prétendu que tout ça était un malentendu et m'a demandé de m'en aller. Il a même été très insistant.

— Mais il vous a bien reconnu ? fit Joseph. Il savait que vous êtes celui qui l'a reçu à la station de police ? Il se souvenait de vous avoir laissé ses coordonnées pour Arcand ?

— Oui, oui et oui, mais il ne voulait quand même rien entendre. Il était fermé comme une huître.

1. Eh bien, ça n'a pas pris longtemps.

Les mains sur les hanches, Joseph secoua la tête, exaspéré. McCreary, lui, demeura calme.

— Il était comment ? demanda-t-il. Quelle impression avez-vous eue ?

Tremblay considéra la question avant d'y répondre.

— Je dirais qu'il était nerveux. Encore plus que ce matin. Apeuré, même. Il suait à grosses gouttes et ne cessait de surveiller la porte. Un peu plus et il me suppliait de sortir par la ruelle.

— Il cache quelque chose, c'est clair, observa Joseph.

— Ou alors les circonstances ont changé et il doit reculer après s'être trop avancé, renchérit McCreary.

Le journaliste tira sa montre de son gousset.

— Il est presque six heures, annonça-t-il. Si vous n'avez rien de mieux de prévu ce soir, messieurs, je vous propose de faire le trottoir.

23

McCreary et Joseph avaient passé quelques heures à expérimenter toutes les façons possibles et imaginables de passer inaperçu. À tour de rôle ou ensemble, en veston ou en bras de chemise, marchant les mains dans le dos ou dans les poches, flâneurs ou pressés, ils avaient surveillé la maison aussi discrètement qu'ils le pouvaient, l'observant à la dérobée. Tremblay, dont l'uniforme risquait d'attirer l'attention de Synotte, était demeuré en retrait, près de la voiture de police, résistant héroïquement au besoin toujours plus pressant de dormir.

Le soir tombait et ils avaient épuisé les prétextes pour passer et repasser à l'intersection de Courville et Saint-Dominique quand Synotte sortit enfin de chez lui. Joseph, qui était celui qui guettait à cet instant précis, s'empressa de disparaître avant d'être remarqué et alla rejoindre ses compagnons.

— Il arrive ! annonça-t-il.

— Il vient par ici ? fit Tremblay.

— Oui. J'imagine qu'il veut héler un fiacre.

À la hâte, Joseph et McCreary montèrent dans la voiture et le constable fit claquer les rênes. Il conduisit le véhicule dans Prince-Arthur vers l'ouest, évitant de passer devant Saint-Dominique, tourna à droite dans Saint-Laurent et fit demi-tour pour se garer à quelque distance du coin. De cette position, il lui suffirait de se mettre en route lorsque le moment serait venu.

Joseph descendit, prit place à l'intersection et surveilla discrètement. Synotte finit par surgir de Saint-Dominique et étira le cou, manifestement à la recherche d'un fiacre. Comme aucun ne se présentait, le jeune homme parut devenir nerveux, tapant du pied, consultant sa montre à plusieurs reprises avec une impatience palpable.

Dès qu'une voiture apparut enfin au loin, Synotte fit de grands gestes pour attirer l'attention du cocher. Quand elle s'arrêta à sa hauteur, il donna des directives saccadées, ouvrit la portière et grimpa avec empressement à l'intérieur. Joseph rejoignit la voiture de police.

— Le fiacre noir avec un cheval brun et l'autre tacheté ! s'écria-t-il avant de s'installer dans la cabine.

Tremblay attendit que le véhicule correspondant à la description passe devant eux et ait pris une avance d'un demi-coin de rue avant d'engager la filature. Demeurant à bonne distance, ils suivirent discrètement la voiture de Synotte qui tourna à gauche sur Saint-Urbain, puis à droite sur Ontario jusqu'à ce qu'elle devienne Berthelet. Là, la voiture s'arrêta devant une résidence à mi-chemin entre du Parc et City Councillors. Tremblay stationna en retrait et, de loin, ils observèrent leur homme sortir pour aller frapper à la porte. Un majordome en livrée, droit comme un manche de pelle et le nez en l'air, lui ouvrit. Il acquiesça de la tête à ce que Synotte venait de dire et l'invita à entrer. La porte se referma et ils patientèrent.

Moins de cinq minutes plus tard, Synotte ressortit en compagnie d'un homme, plus court et plus corpulent que lui, qui se déplaçait moins agilement. Dans la pénombre et à cette distance, il donnait l'impression d'être plus âgé. Côte à côte, les deux se dirigèrent vers la voiture qui avait attendu sans paraître échanger un mot.

— Qui c'est, celui-là ? demanda Joseph, les sourcils froncés, en essayant de mieux voir par la fenêtre de la portière.

Le nouveau venu donna une adresse au cocher, laissa Synotte monter le premier et l'imita. Le cocher fit claquer les rênes et le fiacre reprit sa route. Derrière, la voiture de police s'ébranla.

Le véhicule de Synotte rebroussa chemin sur Sainte-Catherine vers l'est puis tourna à droite sur Bleury. Il croisa Dorchester, La Gauchetière et Craig. Bleury devint Saint-Pierre avant qu'il ne traverse Notre-Dame. Il tourna à droite sur William, à gauche sur King puis à nouveau à droite sur Wellington.

— Ils prennent la direction des usines et des manufactures. Qu'est-ce qu'ils vont faire là-bas ? maugréa Joseph, de plus en plus perplexe.

La voiture fila sur Wellington jusqu'au canal Lachine, qu'elle traversa avant de prendre à droite sur Saint-Patrick. Sur la gauche, au fond, se trouvaient les immenses ateliers du chemin de fer Grand Tronc d'où, même à cette heure tardive, montaient des bruits de ferraille. Le véhicule passa devant et continua pendant encore une minute ou deux, puis s'immobilisa derrière plusieurs autres fiacres, tous stationnés à la queue leu leu, les cochers attendant patiemment sur leur banquette ou discutant en petits groupes. Voyant cela, Tremblay tourna brusquement à gauche sur Laprairie, fit demi-tour et revint se garer de manière à pouvoir observer les lieux sans risquer d'être repéré. Puis il descendit de sa banquette et retrouva ses passagers. Joseph jeta un coup d'œil à la vaste bâtisse dont la silhouette se profilait, éclairée par des lampadaires clairsemés, sur le bord du canal.

— La raffinerie de la *Canada Sugar Refining Co.*, dit-il, médusé.

— Ce n'est quand même pas le conseil d'administration de l'entreprise qui se réunit ? railla Tremblay.

De loin, ils virent Synotte et son compagnon émerger de leur voiture et se diriger vers une porte sur le côté d'un des bâtiments.

— Ils sont les derniers arrivés, observa Joseph. Et notre jeune ami n'a pas l'air particulièrement heureux d'être là. Regardez-le traîner les pieds : s'il pouvait avancer à reculons, il le ferait.

— Qu'est-ce qu'on fait, maintenant ? s'informa le constable.

— *Let's wait and see if anything happens*[1]. À moins que vous ayez une meilleure idée, répondit l'Anglais, dépassé. Ce pauvre Arcand mérite au moins quelques heures de notre temps et un peu d'insomnie.

— Personne n'a pensé à apporter un petit *flask* de gin, par hasard ? s'enquit Joseph, sans obtenir de réponse. Il fait frisquet.

***

Synotte avait senti l'angoisse lui serrer le ventre dès qu'il avait compris que la voiture ne se dirigeait pas vers l'une des destinations habituelles. Il avait eu

1. Attendons et nous verrons s'il se produit quelque chose.

beau le questionner, son compagnon de voyage lui avait demandé d'être patient.

— Que faisons-nous ici ? l'interrogea-t-il avec inquiétude, en regardant tout autour, lorsqu'ils entrèrent par la porte de côté de la raffinerie.

— Mais calme-toi, voyons, roucoula l'autre d'un ton qui se voulait paternel et rassurant. Avec tout ce qui s'est produit ces derniers temps, le patron a décidé qu'il était plus sage de changer l'emplacement de nos petites rencontres, c'est tout. On commence à trop nous connaître dans les hôtels.

Sur une table basse, il ramassa une lampe à huile qui avait manifestement été laissée là à dessein, l'alluma avec une des allumettes de la boîte qui l'accompagnait, puis posa une main sur l'épaule du jeune homme et l'entraîna doucement.

— Allez, viens, les autres nous attendent. Ils doivent être impatients. Je sais que moi, je le suis, déclara-t-il avec un air entendu.

Malgré sa méfiance, Synotte se fit une raison et suivit son compagnon le long d'un couloir ponctué de portes fermées. Ils en atteignirent l'extrémité et se trouvèrent devant une autre porte qui, elle, était entrouverte. L'homme à la lampe la poussa et ouvrit. Aussitôt, une odeur de poussière et de sucre les enveloppa.

— Après toi, dit le plus âgé.

Avec une ultime hésitation, Synotte entra. L'autre lui emboîta le pas et referma derrière eux.

— C'est tout droit, lui indiqua-t-il.

— Comment le sais-tu ?

— On me l'a expliqué.

— Pourquoi à toi et pas à moi ?

— Ah, cesse donc de te faire du sang de cochon.

Synotte nota que la voix de l'autre produisait un écho. De plus en plus nerveux, il comprit qu'ils venaient d'entrer dans une pièce de grande dimension.

— Que faisons-nous dans un entrepôt ? demanda-t-il, la bouche sèche.

— Tu vas voir.

Plus loin, ils aperçurent des lumières qui formaient un cercle. Ils se dirigèrent dans cette direction et, malgré les circonstances inhabituelles, Synotte fut soulagé en retrouvant ceux avec lesquels il avait mangé le jour même ainsi que quelques autres qu'il connaissait moins. S'ils étaient tous là, c'était que les choses étaient normales.

Il ne restait que deux chaises libres. Synotte prit place sur l'une d'elles et, après avoir posé sa lampe par terre, son compagnon s'assit sur l'autre.

— Alors, quelqu'un m'explique ? s'enquit le jeune dandy, un peu ragaillardi, en forçant un sourire. Le patron nous a réservé une surprise de son cru, c'est ça ?

Aucun des hommes ne soutint son regard. Certains baissèrent les yeux, d'autres regardèrent dans le vague, ce qui ne fit qu'accroître son appréhension.

— Mais que se passe-t-il ? insista-t-il, la voix tremblante. Qu'avez-vous tous ?

Un silence lourd fut sa seule réponse. Des pas lents et mesurés montèrent dans le noir, droit devant lui. Une silhouette se profila et émergea peu à peu de la pénombre. Dès que le visage du nouveau venu fut éclairé, Synotte sentit un frisson lui descendre le long du dos et son sang se glacer dans ses veines.

— Il se passe que tu parles beaucoup, mon pauvre Grégoire, déclara l'homme en caressant distraitement sa grosse barbe grise avec un air songeur.

— Mais… je…

— Beaucoup trop, en fait.

La voix était douce et calme, mais Synotte percevait facilement la menace qu'elle voilait.

— Je ne comprends pas ce que vous voulez dire, protesta-t-il. Je vous assure que…

Solennel, l'homme fit un pas de plus dans sa direction et la lumière fit luire son front chauve. Il était de gabarit modeste, mais il avait l'habitude d'en imposer par sa présence. Il posa sur Synotte des yeux las et émit un long soupir de découragement.

— Je t'en prie, Grégoire, ne nous fais pas perdre notre temps, reprit-il d'un ton raisonnable. Tu sais bien que j'ai mes entrées dans la police. Je suis au courant que tu es passé à la station nº 2 ce matin et que tu as demandé à parler à l'inspecteur Arcand.

— Mais…

— Tu ignorais sans doute que, quelques heures auparavant, la famille d'Arcand avait été enlevée. Par nous. À l'heure qu'il est, le brave inspecteur doit désespérément chercher des façons d'abandonner l'enquête pour retrouvrer les êtres aimés. Tu sais aussi que notre ami Coderre a été éliminé. Il était trop cupide et trop imprudent. J'espérais sincèrement que la leçon suffirait.

Pressentant la tournure qu'allait prendre le laïus du patron, Synotte devint agité. Il voulut se lever, mais des mains se posèrent fermement sur ses épaules pour le clouer à sa chaise.

— Tu comprends certainement, reprit le barbu, qu'en raison de leur nature « délicate » nos activités doivent demeurer confidentielles. La moindre fuite peut avoir des conséquences incalculables sur chacun de nous. Et tu sais bien que, une fois admis dans notre groupe, nul ne peut décider de ne plus jouir des privilèges qu'il en retire. Nous ne sommes pas dans une démocratie.

Tandis que Synotte, maintenant en proie à la panique, était maîtrisé par les deux hommes qui le flanquaient, le barbu pivota lentement sur lui-même, donnant l'impression de s'adresser à tour de rôle à tous ceux qui formaient un cercle autour de lui.

— Mes amis, continua-t-il avec l'aisance de celui qui est habitué aux discours, la loyauté est le ciment qui nous lie les uns aux autres. Notre survie dépend de notre solidité. La moindre faille nous met tous en danger. Je ne pensais pas avoir à vous le rappeler un jour, compte tenu des bénéfices que vous tirez de nos activités. Pourtant, je me vois dans la triste obligation de vous réitérer l'importance de la solidarité. J'ose croire que vous n'oublierez pas la leçon.

Il se retourna et fit un signe de la tête. Des pas inégaux s'approchèrent et un individu vint le rejoindre en boitant. Il portait un tablier de boucher et avait un long couteau dans une main et une scie dans l'autre. Au même moment, Synotte sentit qu'on lui saisissait les poignets puis les chevilles pour les attacher à sa chaise. Pétrifié de terreur, il réagit à peine, se bornant à geindre comme un chiot apeuré.

— Non… gémit-il. Je… C'était une erreur… Je… je suis désolé. J'ai compris. Je jure que j'ai compris ! Je m'excuse !

Sans prévenir, on lui fourra dans la bouche un bâillon qui étouffa ses cris.

— Je le sais bien, Grégoire, déplora le patron sur un ton compatissant qui avait tout de la sincérité. Je le sais bien.

Il ouvrit les mains dans un geste d'impuissance.

— Mais c'était une très grosse erreur. Comment pourrions-nous te faire confiance, désormais ? Tu comprends ?

L'homme au tablier déposa sa scie par terre et s'approcha de Synotte avec son couteau.

24

Vendredi 23 septembre 1892

Joseph, McCreary et Tremblay attendirent patiemment dans le véhicule pendant des heures. Devant la *Canada Sugar Refining Co.*, rien ne bougeait et, n'eût été les nombreuses voitures stationnées dans la pénombre, on aurait pu croire l'endroit désert. La nuit de fin de septembre était fraîche et, au loin, les cochers semblaient tous plus ou moins somnoler, certains enveloppés dans des couvertures, d'autres préférant les sources de chaleur liquides.

Les trois hommes prenaient place dans la cabine. Tremblay, qui n'avait pas fermé l'œil depuis plus d'une journée, s'était allongé sur une des banquettes et dormait comme un bébé. Assis sur l'autre avec McCreary, Joseph tira sa montre et se contorsionna pour arriver à lire l'heure dans un rayon de lune.

— Trois heures moins le quart, ronchonna-t-il en bâillant.

Maussade, McCreary ne répondit rien.

— Vous êtes certain que vous n'avez pas une ou deux gouttes de gin ?

— *Oh, do stop whining and just wait, will you ?*

rétorqua l'Anglais dans un rare moment d'impatience. *Nobody's having fun*[1].

Il était quelques minutes après trois heures quand ils perçurent enfin du mouvement et des lumières autour de la raffinerie. Leur fatigue et leur mauvaise humeur se dissipèrent instantanément. Ils réveillèrent Tremblay en le secouant.

— Hein ? Quoi ? Quoi ? Qu'est-ce qui se passe ? fit ce dernier, désorienté, en agitant les bras comme un moulin à vent.

— Parlez plus fort, ragea Joseph. Je crois qu'il y a un des types qui ne vous a pas entendu.

Dès que Tremblay eut retrouvé ses esprits, ils descendirent de la voiture en silence et s'avancèrent prudemment dans le noir jusqu'à l'intersection de Saint-Patrick et Laprairie pour essayer de voir un peu mieux. Lampe en main, les gens sortaient du bâtiment. Tous des hommes, si l'on se fiait à leur démarche. Plusieurs avançaient d'un pas incertain, comme sonnés. L'un d'eux s'arrêta pour vomir copieusement, sans que les autres s'en préoccupent, puis reprit son chemin vers son fiacre. Même de loin, il était évident que personne ne disait mot.

— On dirait qu'ils quittent des funérailles, observa Joseph.

Les véhicules prenaient la route aussitôt que leurs passagers y étaient montés. Il ne resta bientôt plus que la voiture qui avait conduit Synotte et son compagnon, et une autre. Perplexes, les guetteurs attendirent encore et finirent par voir émerger trois silhouettes de la raffinerie. L'une d'elles se sépara des deux autres et monta dans la voiture de Synotte.

1. Oh, voulez-vous bien cesser de geindre et attendre ? Personne ne s'amuse.

— On dirait le gars qui a accompagné notre homme, marmonna Tremblay, méfiant. Mais lui, où il est ?

— Il est peut-être monté dans une autre voiture sans que nous nous en apercevions, suggéra Joseph.

— Non, je l'aurais reconnu. Il a la démarche d'un oiseau qui sait qu'il est guetté par un chat affamé, répliqua le policier.

Interdits, ils virent la voiture s'ébranler sans savoir que faire. Les deux hommes qui restaient se dirigeaient vers la dernière.

— Regardez, dit McCreary, tendu. Il boite…

— Comme l'assassin de Coderre et de Durand, compléta Joseph.

Le premier réflexe du constable Tremblay fut de se précipiter pour procéder illico à l'arrestation de l'inconnu. La main sur la crosse de son pistolet, il allait s'avancer, mais les deux autres le retinrent.

— *Hold your horses, boy*[1], dit McCreary, les sourcils froncés par la concentration.

— Mais il est là… C'est un témoin important et probablement plus. Si je ne l'arrête pas maintenant, qui sait si on le retrouvera ensuite ?

— Si vous le faites, vous alerterez aussi tous ceux avec lesquels il fraye, et nous ne saurons jamais la fin de l'histoire, expliqua l'ancien de Scotland Yard. Je vous rappelle que notre priorité, pour le moment, n'est pas de résoudre les meurtres, mais de découvrir où se trouve la famille de l'inspecteur Arcand. Pour ça, nous devons comprendre ce qui se passe. *And something strange is clearly going on here*[2].

1. Ne montez pas sur vos grands chevaux, jeune homme.
2. Et il se passe assurément quelque chose de bizarre ici.

— Bon, très bien, grogna Tremblay, rageur, en lâchant son arme, toujours dans son étui.

Le boiteux tint la portière ouverte à l'autre, puis grimpa sur la banquette du cocher. Il fit claquer les rênes et la voiture s'ébranla lentement. La tête froide, McCreary prit naturellement la direction des opérations.

— Constable, suivez la voiture de notre infirme, ordonna-t-il du ton assuré de celui qui avait l'habitude de gérer des situations tendues. Mais ne l'arrêtez pas. Demeurez discret. Laflamme et moi irons voir ce dont il retourne. Nous vous attendrons ici. Revenez nous prendre quand vous aurez déterminé sa destination. En temps opportun, il sera possible d'aller le cueillir.

— Bien ! rétorqua Tremblay, trop heureux d'obéir à un ordre qui avait du sens.

— Attendez ! s'exclama Joseph.

Au pas de course, il se rendit à la voiture et décrocha une des deux lampes à huile que les policiers, comme les cochers, allumaient la nuit afin de signaler leur présence.

— Pour voir quelque chose à l'intérieur, expliqua-t-il en revenant auprès d'eux.

Tremblay lui donna une boîte d'allumettes qu'il gardait dans la poche de son uniforme, grimpa sur la banquette, attendit encore quelques secondes pour s'assurer que le boiteux était assez loin pour ne pas remarquer qu'un véhicule le suivait, puis se mit en marche.

Un silence sépulcral retomba sur les alentours. Joseph considéra brièvement la raffinerie. Dès que le soleil se lèverait et que les premiers ouvriers arriveraient, elle aurait un air tout à fait normal, mais en pleine nuit, dans les seuls rayons de lune, elle paraissait lugubre.

— Dites-moi que vous êtes armé ? soupira Joseph sans quitter le bâtiment des yeux en déglutissant avec peine.

L'Anglais fouilla sous son veston et en tira un revolver au long canon.

— Colt 45, annonça-t-il. Le même qui…

— Qui a fait feu sur l'Éventreur, coupa Joseph. Oui, je sais. Tout le monde sait. On y va ?

— *Unless you have other plans*[1].

— Non, vraiment, je rêve depuis longtemps de visiter une raffinerie de sucre en pleine nuit, loin de toute protection, alors qu'il s'y passe des choses pas catholiques. Je suis absolument ravi. Je flotte sur un nuage. Je…

— *Oh, just shut up*[2].

Ils se mirent en marche dans la nuit. La courte distance qui séparait l'intersection de la manufacture fut franchie sans qu'ils aient vu le moindre signe de vie. Ils s'immobilisèrent devant la porte de côté et McCreary la testa doucement, le canon de son arme pointé vers le ciel. Elle s'ouvrit sans résistance.

— Drôles d'invités qui ne verrouillent pas derrière eux, observa Joseph. Ça ressemble plutôt à des cambrioleurs.

Il craqua une allumette, alluma la lampe et, avec la molette, régla la luminosité à son intensité la plus basse. McCreary essayant de ne pas faire trop de bruit malgré la démarche maladroite que causait sa prothèse, son arme pointée devant lui, Joseph l'éclairant par-

1. À moins que vous ayez d'autres plans.
2. Oh, taisez-vous.

derrière, ils entrèrent et prirent un instant pour examiner le vestibule désert où ils se trouvaient.

— Il n'y a pas de gardiens de nuit dans les raffineries ? demanda Joseph.

— *To protect the place against sugar thieves*[1] ? railla l'Anglais.

À pas de loup, maudissant la lumière qui les rendait vulnérables mais qui leur était indispensable, ils avancèrent dans un long couloir aux portes toutes verrouillées. Ils aboutirent à l'extrémité, devant une dernière porte qui, elle, était ouverte. McCreary la poussa et grimaça quand elle grinça. Ils s'immobilisèrent, aux aguets du moindre bruit qui trahirait une présence, mais il n'y en avait aucun. Ils franchirent le seuil, firent quelques pas et s'arrêtèrent à nouveau.

— Vous entendez ça ? chuchota McCreary.

Joseph tendit l'oreille et finit par repérer le bruit qui avait retenu l'attention de l'ancien agent, plus alerte que lui, et dont l'écho se répercutait dans la pièce.

Ploc !

Joseph se tétanisa. Ce bruit, il l'avait déjà entendu une fois et ne l'oublierait jamais. L'espace d'un moment, il se retrouva projeté au dernier étage du musée Éden, devant le corps inerte de la pauvre Margaret Smith, fraîchement égorgée, le ventre ouvert, les entrailles répandues tout autour d'elle, les membres disposés en équerre.

Ploc !

Il ressentit à nouveau l'horreur et le désespoir, mais aussi la peur qui lui avait saisi les tripes en découvrant sa mort.

Ploc !

1. Pour protéger l'établissement des voleurs de sucre ?

— Sacrement… râla-t-il d'une voix blanche, en secouant la tête. Pas encore…

McCreary enclencha le chien de son arme et la pointa devant lui. Anticipant le pire, ils avancèrent avec une extrême prudence en direction du bruit d'égouttement.

— *Oh dear, what a mess*[1], fit l'Anglais, la mine grave, en s'immobilisant.

Une dizaine de chaises formaient un cercle au centre de l'immense espace, au milieu des caisses et des poches de sucre. Synotte était assis sur l'une d'elles, dans une flaque de sang sombre. Des gouttes s'écoulaient paresseusement du siège pour y tomber. Du sang avait giclé partout, traçant des arcs de cercle sur le plancher et maculant les autres chaises. Joseph s'approcha, hypnotisé par la scène.

Entre ses mains, le jeune homme qu'ils avaient épié quelques heures plus tôt tenait sa tête posée sur ses cuisses, comme on tient un paquet en attendant tranquillement quelqu'un. Son regard vitreux était braqué sur eux dans un appel à l'aide silencieux. Entre ses dents, on avait glissé quelque chose.

Joseph eut à peine le temps de se tourner avant de vomir. Il sentit que McCreary le délestait de la lampe et, plié en deux, il se vida entièrement, jusqu'au dernier spasme. Quand il fut un peu remis, il se releva, l'abdomen traversé de douloureuses crampes, et essuya le film de sueur froide sur son visage. Il haleta un moment.

— Ça va mieux ? s'enquit l'Anglais.

— Non.

Se faisant violence, Joseph finit par regarder à nouveau le corps.

1. Quel dégât.

— Pourquoi faut-il que je tombe toujours sur des cadavres mutilés ou dépecés ? geignit-il, la gorge serrée par l'émotion et les haut-le-cœur. Rien qu'une fois, je ne pourrais pas en trouver un ordinaire, seulement mort, sans blessures ni amputations ? Pas d'émasculation, ni de pendaison, ni d'éviscération, juste un mort normal. Est-ce trop demander ?

McCreary ne l'écoutait pas. Penché vers l'avant, il examinait calmement la scène, une moue songeuse sur les lèvres.

— Hum… Regardez, là, dit-il en montrant les traces de pas dans le sang sur le plancher. Un talon gauche à l'usure inégale.

— Le boiteux d'Arcand ?

— On dirait bien.

L'Anglais désigna du menton la chose que Synotte tenait entre ses dents.

— *Will you look at that*[1]… Ce n'est pas un paquet de dollars comme pour Coderre, mais sa propre langue. On la lui a tranchée net.

McCreary lui rendit la lampe, fit quelques pas prudents en s'assurant de ne pas mettre les pieds dans la flaque de sang, et se pencha davantage pour examiner la tête d'encore plus près. En toute autre circonstance, la scène ainsi créée eût été grotesque.

— La blessure n'a pratiquement pas saigné, observa-t-il. On lui a coupé la langue après l'avoir décapité. Ce n'était donc pas pour le faire souffrir ni pour l'empêcher de parler. Alors pourquoi en rajouter ? La décapitation ne suffisait pas ? Il fallait aussi le mutiler ? *Overkill, wouldn't you say*[2] ?

1. Voyez-vous ça…
2. C'est de l'excès, non ?

Il se redressa et revint vers Joseph en clopinant. Il reprit la lampe.

— Il y a une intention dans cette mise en scène, suggéra-t-il, la lampe tendue devant lui pour éclairer le mort. Un message adressé à d'autres ?

Oubliant sa répulsion et son estomac qui faisait des soubresauts dans son ventre, Joseph réfléchit un instant et l'évidence lui sauta aux yeux.

— Il parlait trop. Il se rend à la station de police ce matin et demande à voir Arcand, dont la famille a été kidnappée le soir d'avant, récapitula-t-il. Il laisse ses coordonnées et repart en insistant pour que l'inspecteur, et personne d'autre, entre en contact avec lui. Le même soir, il crève de peur et ne veut plus parler. Encore quelques heures et il se retrouve ici en compagnie de plusieurs autres hommes, dont le mystérieux boiteux déjà associé aux meurtres de Coderre et de Durand. Manifestement, il s'agissait d'un guet-apens, puisque tout le groupe est reparti bien tranquillement et que lui, il est là, sa, euh… sa tête sur les cuisses. On dirait que Synotte a indisposé ses petits copains. Peut-être voulait-il les trahir.

McCreary fit rouler sa moustache entre son pouce et son index et approuva en hochant lentement la tête.

— *And they took exception*, compléta-t-il. *In a rather spectacular way*[1]. Ils ont perdu la tête et cela lui a coûté la sienne.

Il fit une pause et considéra les restes ensanglantés qui, dans la lumière blafarde de la lampe, prenaient des airs de statue de cire.

— Tout à coup, savoir ce que faisait Synotte dans la vie m'apparaît très important, remarqua-t-il. Coderre

1. Et ils en ont pris ombrage. De façon plutôt spectaculaire.

était banquier et il est mort avec des billets dans la bouche.

— La symbolique, c'est le domaine d'Arcand et de ses amis francs-maçons, pas le mien.

Joseph se força à regarder le mort, ravala sa salive et tira son calepin de sa poche. Il se mit à noter tout ce qu'il voyait et gribouilla un croquis. Si jamais il écrivait un jour sur cette affaire, il devait en détenir les moindres détails, qu'il voulait également rapporter à Arcand.

— Sacrement… soupira-t-il en se passant la main dans les cheveux.

— Quoi ?

— Si ceux qui ont fait ça sont aussi les ravisseurs de la famille d'Arcand, Dieu seul sait ce qui leur arrivera, ou même s'ils sont encore en vie. Nous devons les retrouver au plus vite.

McCreary allait répondre quand un bruit sec les fit sursauter.

25

Pour un homme muni d'une jambe de bois, McCreary avait conservé une certaine agilité. Il pivota sur lui-même vers la source du bruit, le pistolet tendu d'une main sûre, le chien armé, prêt à faire feu.

— *Who goes there ?* tonna-t-il d'une voix forte qui se répercuta dans l'entrepôt. *Come out with your hands up ! Slowly*[1] *!*

— C'est moi ! fit une voix dans le noir. Ne tirez pas !

— Qui, moi ?

— Tremblay !

— *Jesus, I take back everything good I said about the boy*, déplora McCreary en secouant la tête, exaspéré. *He's an idiot*[2].

Le constable émergea de la pénombre et avança vers eux, les mains brandies bien haut, les yeux ronds de terreur.

— Vous êtes déjà revenu ? demanda Joseph.

— Je les ai perdus, admit Tremblay, penaud.

1. Qui va là ? Sortez les mains en l'air ! Lentement !
2. Jésus, je retire tout ce que j'ai dit de bon au sujet de ce garçon. C'est un idiot.

— Vous voulez rire ?

— Je devais leur laisser un peu d'avance, sinon ils auraient fini par me repérer, expliqua le jeune homme, embarrassé. Leur voiture a bifurqué sans prévenir sur Shannon, et quand je me suis engagé à mon tour, elle n'était nulle part. J'ai tourné en rond, mais en pleine nuit… Comme je ne pouvais savoir par où elle était partie, il valait mieux revenir vous chercher. Je… je… je…

Tremblay venait d'apercevoir le mort sur sa chaise. Ses yeux s'arrondirent à nouveau et sa bouche resta grande ouverte, ce qui lui donna un air qui rappelait vaguement celui qu'arborait Synotte, bien tranquille sur ses propres cuisses.

— Oh… fit-il en pâlissant.

— *Yes, I'm afraid poor Synotte has lost his head*[1], railla McCreary. Nous ne savons pas pour quelle raison, et maintenant que vous avez perdu la trace de la voiture, nous ne risquons pas de le découvrir de sitôt.

Le constable se retourna brusquement et vomit à son tour.

— *Dear God, are all French Canadians so tender in the stomach ?* soupira l'Anglais, agacé. *Must be something in your diet*[2].

— Il reste encore le compagnon de Synotte, observa Joseph, songeur, en détournant le regard des soubresauts qui agitaient Tremblay. Celui avec qui il est venu ici. Nous savons où il habite.

Dès que Tremblay fut un peu remis, ils quittèrent l'entrepôt, abandonnant le corps derrière eux, et remon-

1. Oui, je crains que ce pauvre Synotte n'ait perdu la tête.

2. Bon Dieu, tous les Canadiens français ont-ils l'estomac aussi fragile ? Ça doit être quelque chose dans votre alimentation.

tèrent dans la voiture de police. Joseph et McCreary s'assirent dans la cabine et s'enfermèrent dans un mutisme épais, chacun cherchant à ordonner les événements qui s'étaient bousculés depuis quelques jours pour leur donner un sens.

Le jeune constable fit un détour par la rue Craig et s'arrêta à la station, le temps d'expliquer aux collègues de service ce qu'il avait découvert à la *Canada Sugar Refining Co.* et de leur recommander d'envoyer les gens qu'il fallait pour sécuriser les lieux avant que les premiers ouvriers n'arrivent pour commencer le quart du matin et n'aient une macabre surprise. Comme le lui avaient conseillé Joseph et McCreary, il garda pour lui l'identité du mort. L'inspecteur chargé de l'enquête finirait bien par la découvrir et passerait chez Synotte ensuite, sans savoir qu'il avait été précédé. Cela leur procurait un peu d'avance.

Quand ils reprirent la route vers la rue Berthelet, le soleil se levait sur Montréal. Ils s'arrêtèrent en chemin et achetèrent d'un camelot une copie du *Canadien* si fraîche qu'elle sentait encore l'encre. Joseph lut son article, relégué en page quatre, avec un pincement au cœur.

— Quel spectaculaire papier j'écrirais sur Synotte… déplora-t-il avant de jeter le journal sur la banquette. Vous vous rendez compte ? Un vieux pervers de la bonne bourgeoisie qui finit avec son organe enfoncé dans le derrière, puis un jeune homme qui se retrouve sa tête sur les cuisses et sa langue entre les dents, tout ça sur fond de franc-maçonnerie… Il ne manque qu'un beau complot bien juteux.

— Soyez patient, l'encouragea McCreary. L'important, pour l'instant, est d'aider Arcand. Quand il aura récupéré les siens, vous écrirez tout ce que vous voudrez.

— Je sais, je sais, maugréa le journaliste, déchiré. Espérons que les ravisseurs le liront et qu'ils seront satisfaits. En attendant, je serais curieux de voir la tête de ceux qui ont voulu m'assassiner quand ils apprendront qu'ils ont fait erreur sur le journaliste.

— Certaines mauvaises langues diraient que, tant qu'il y en a un de moins, nous sommes tous gagnants, railla McCreary.

— Mais vous n'êtes pas une mauvaise langue, évidemment…

L'Anglais se contenta de hausser les épaules en souriant, tandis que Joseph lui adressait un regard noir. Tremblay gara la voiture à l'intersection de Berthelet et Union. Une fois sur le trottoir, le trio avisa la demeure où Synotte avait pris son mystérieux passager, la veille.

— Il est certainement revenu. J'y vais, annonça Tremblay, décidé.

— Non, contra aussitôt Joseph. Cet homme a assisté à un meurtre, cette nuit. Jusqu'à preuve du contraire, il y était de son plein gré, ou alors on l'y a forcé. Dans un cas comme dans l'autre, à la vue d'un uniforme, il va se refermer comme un coffre-fort.

— Comment alors ?

— J'ai une petite idée.

Il tira son calepin de sa poche et en arracha avec soin une page qu'il plia en deux avant de la fourrer dans la poche intérieure de sa veste. Sans rien ajouter, il s'engagea dans Berthelet d'un pas déterminé malgré la fatigue. Interdits, McCreary et Tremblay le regardèrent s'éloigner sur le trottoir, puis bifurquer dans le sentier bordé des deux côtés d'une clôture basse en fer forgé qui conduisait au balcon. Ils le virent frapper quelques coups secs à la porte.

Le majordome qu'ils avaient entrevu la veille ouvrit, sa livrée impeccable malgré l'heure très matinale et les manières toujours aussi guindées. Il toisa Joseph avec cet air commun à tous les domestiques de maisons huppées, comme s'ils étaient autre chose que des serviteurs.

— Moui ? Qu'est-ce que c'est ? demanda-t-il d'un ton traînant, le nez en l'air.

Joseph sortit la page qu'il avait arrachée, la déplia et fit semblant de la lire en fronçant les sourcils.

— J'ai un télégramme pour monsieur… Monsieur… Oh là là, que c'est mal écrit ! Monsieur… Euh…

— Painchaud ? proposa le majordome comme si c'était une évidence.

— Painchaud… Ça pourrait être ça, oui, mentit l'imposteur avec force grimaces. Je crois que… Son prénom ?

— Félix Painchaud.

— Oui ! C'est ça ! Je reconnais le F et le X. Donc, j'ai un télégramme pour M. Félix Painchaud !

Le domestique tendit une longue main blanche qui n'avait sans doute jamais effectué un travail difficile.

— Il est au travail. Je le lui donnerai à son retour.

— Il est matinal, dites donc. Malheureusement, c'est à remettre en main propre seulement, rétorqua Joseph en éloignant le papier avant que l'autre ne le saisisse.

— Je suis le majordome du notaire Painchaud. Je vous assure que…

— Ça va, je repasserai ce soir.

Le journaliste ne put résister.

— Vous pouvez retourner à votre plumeau, mon brave, dit-il en imitant le ton hautain de l'employé, dont la face se chiffonna puis s'assombrit.

Une minute plus tard, il était de retour à la voiture.

— Vous êtes vraiment effronté, remarqua Tremblay avec un mélange d'admiration et d'incrédulité.

— C'est la première qualité de tous les bons journalistes, constable. Mais je préfère parler d'audace.

***

L'homme en noir était déjà assis derrière son grand bureau et attendait celui qu'il avait fait appeler. Il contrôlait difficilement la colère qui grondait en lui et qui faisait tournoyer de l'acide dans son abdomen. Il devait d'abord entendre les explications avec calme et pondération. Ensuite, il aviserait.

Pour la troisième fois, il relut l'article relégué à la page quatre du *Canadien* en se demandant s'il devait en être satisfait ou contrarié. Sur ces entrefaites, on frappa timidement à la porte.

— Entrez, lança-t-il en sachant de qui il s'agissait.

Son visiteur franchit le seuil. L'homme en noir ne lui laissa pas le temps de dire un mot et brandit le journal.

— Arcand abandonne l'enquête, déclara-t-il. Laissez passer une couple de journées avant de lui donner signe de vie pour qu'il macère encore un peu. Après, contactez-le pour lui dire que sa famille va bien et qu'il pourra la récupérer dans une semaine ou deux s'il se tient tranquille. Dites-lui que d'autres instructions suivront.

— Bien, monsieur, répondit l'autre, obséquieux.

— Malheureusement, nous avons un problème…

Histoire de mettre son interlocuteur mal à l'aise et de lui rappeler qui était le patron, l'homme en noir considéra le journal en se frottant la barbe. Après un moment, il le tapota avec l'index.

— L'article a été écrit par Joseph Laflamme, précisa-t-il de cette voix neutre et douce qui précédait toujours une colère. Comment est-ce possible, puisque vous m'avez certifié qu'il était mort ?

— Je… je ne sais pas, monsieur. Leroux m'a pourtant assuré que…

— L'enlèvement s'est produit dans la nuit du mercredi au jeudi, coupa le patron, d'un ton plus cassant. L'article a forcément été écrit après, puisqu'il constitue la réponse d'Arcand. Or vous m'avez certifié ici même, hier matin, que cette maudite engeance de journaliste avait été abattue le même soir, rue Notre-Dame, près de la Grande Loge. Deux balles derrière la tête. C'est bien ce que vous avez dit, non ?

— O-Oui, monsieur, bredouilla le subalterne.

— Alors dois-je comprendre que votre boiteux s'est trompé de tête ?

Le visiteur repassa la conversation qu'il avait eue dans la petite chambre miteuse, y cherchant une explication, une méprise qui le sortirait de cette situation. Mais il ne trouva rien. La sueur lui coulait de chaque côté du visage pour aller mouiller son col de chemise. Il se retint d'y insérer l'index pour tirer dessus.

— Je… je ne sais pas, monsieur. Je ne comprends pas. Je vais demander à Leroux.

L'homme en noir posa les coudes sur son bureau, entrelaça ses doigts et s'y appuya avec un regard lourd de menace.

— Laissez, dit-il. Je m'occuperai moi-même de Leroux. Retournez à la maison et restez bien tranquille.

Ne faites rien. Ne vous mêlez de rien. Ne pensez même pas. Compris ?

— Oui, monsieur.

— Sortez, ordonna-t-il d'une voix glaciale.

Chassé, l'homme se retira sans demander son reste, à reculons comme un courtisan devant un souverain omnipotent de jadis, désireux de se faire oublier. L'autre fixa longuement la porte close et laissa échapper un profond soupir d'irritation. Il en avait assez de toute cette affaire. Il allait devoir nettoyer les dégâts au plus vite.

26

Joseph et ses compagnons étaient conscients de ne disposer que d'un court laps de temps avant qu'un collègue d'Arcand ne fouille le corps tiède de Synotte à la raffinerie, ne l'identifie et ne suive la piste encore chaude jusqu'à la rue Saint-Dominique. S'ils devaient découvrir des indices menant vers la famille d'Arcand, ils devaient faire vite.

De bon matin ensoleillé, les rues étaient passablement libres et le trajet entre la demeure de Félix Painchaud et celle de Grégoire Synotte fut franchi sans encombre. La rue Saint-Dominique était encore somnolente mais, déjà, quelques domestiques étaient dehors. Panier en main, elles se rendaient au marché Saint-Jacques, coin Amherst et Ontario, pour se procurer les denrées fraîches dont elles auraient besoin pour satisfaire leurs maîtres dans la journée. Les yeux bouffis de sommeil, aucune des jeunes filles ne porta attention à la voiture de police qui avançait lentement.

Tremblay gara le véhicule devant la maison en pierre grise. Il ne servait à rien d'essayer d'être discrets. Un constable du Département de police de Montréal avait tout à fait le droit de frapper à une porte. Ils se regroupèrent sur le trottoir pour un dernier conciliabule.

— Et sa femme ? demanda Joseph. On lui dit quoi ?

— Je n'ai vu personne d'autre hier après-midi, répliqua le constable. L'impression que j'ai eue, c'est que Synotte était célibataire.

— Mais s'il ne l'était pas ?

— Eh bien, euh… j'imagine que si son mari n'est pas rentré de la nuit l'épouse éplorée sera inquiète et trop heureuse de me laisser fouiller si ça peut aider à le retrouver.

— Vous devenez effronté, Tremblay, ironisa Joseph.

— J'ai un excellent professeur, rétorqua le jeune homme.

— Par contre, ce n'est pas à vous de lui dire qu'il s'est fait raccourcir d'une tête, ajouta le journaliste. Laissons vos collègues s'en charger, sinon ils sauront que nous sommes passés avant eux.

— *Good thinking*, affirma McCreary. *For a journalist*[1].

À la file indienne, ils suivirent l'étroit chemin pavé qui menait au balcon. Ils y montèrent et le constable frappa quelques coups secs avec autorité. Après un moment, n'ayant obtenu aucune réponse, ils se dévisagèrent mutuellement en haussant les épaules. L'opération fut répétée sans plus de résultat. Rassuré, Tremblay testa la poignée.

— C'est verrouillé.

— Écartez-vous, ordonna McCreary. Tenez-vous derrière moi pour me cacher.

Ils obéirent et l'Anglais tira de sa veste une petite pochette en cuir souple fermée par un cordon. Il l'ouvrit pour dévoiler un éventail d'outils fins aux

1. Bien pensé… pour un journaliste.

extrémités en forme de crochets divers. Il en sélectionna deux, les introduisit dans la serrure et se mit à travailler, un œil à demi fermé, la langue sortie, l'oreille tendue. Après une minute, il sourit, reprit ses instruments, les remit dans sa poche et leur ouvrit la porte.

— Essuyez bien vos pieds, recommanda-t-il.

Après avoir jeté un coup d'œil dans la rue pour s'assurer que personne ne s'intéressait à eux, ils s'engouffrèrent dans la demeure. Avec un naturel désarmant, McCreary referma derrière eux.

— Ils vous apprennent vraiment des choses édifiantes, à Scotland Yard, dit Tremblay.

— Pas nécessairement édifiantes, mais utiles. Parfois, il faut ce qu'il faut, mon garçon.

Des yeux, l'Anglais fit le tour de l'intérieur. Il passa la main sur un luxueux meuble en acajou du hall d'entrée qui se trouvait à sa droite.

— Je vous confirme qu'il n'y a jamais eu de femme ici, déclara-t-il en brandissant des doigts aux bouts noircis de poussière. Pas même du type ménager.

Ils firent quelques pas et s'immobilisèrent. La maison avait quelque chose de lugubre. Les murs étaient couverts de papiers peints aux couleurs ternes et toutes les ouvertures étaient encadrées de boiseries sombres. D'épaisses tentures en velours bourgogne aux franges dorées étaient tirées sur les fenêtres, plongeant toutes les pièces dans la pénombre malgré le soleil. Le salon sur la droite était rempli de meubles au style désuet et au brocart usé. Il en allait de même du hall et de la salle à manger.

— Le décor et l'ameublement sortent tout droit des années 1860. M'est avis que notre jeune homme a hérité tout ça de feu papa et maman, remarqua Joseph. Ou alors il n'avait vraiment aucun goût, le pauvre.

Il consulta sa montre.

— Il est huit heures dix. Je suggère que nous soyons sortis d'ici au plus tard à neuf heures.

— Bon, alors on cherche quoi ? demanda Tremblay, nerveux. À l'heure qu'il est, les collègues sont certainement déjà à la raffinerie.

Une fois de plus, l'ex-agent de Scotland Yard prit les choses en main.

— Nous sommes à la recherche de tout ce qui nous informera sur la profession de Synotte et sur la nature du groupe que nous avons observé cette nuit. Laflamme, vous fouillez la chambre à coucher, ordonna-t-il. Tremblay, vous prenez la cuisine, le salon et les autres pièces. Je m'occupe de son bureau. Assurez-vous de tout replacer au même endroit. Personne ne doit savoir que nous sommes passés. Si vous prenez quelque chose, arrangez-vous pour qu'on ne puisse pas deviner qu'il manque un objet. Bien compris ? Si le groupe qui a assassiné Synotte est lié à l'enlèvement de la famille d'Arcand, il doit continuer à croire que l'enquête a cessé.

— Pourtant, ils savent que la découverte du cadavre va déclencher une nouvelle enquête, nota Tremblay.

— C'est vrai, mais pas sous la direction d'Arcand, précisa McCreary. Un inspecteur moins compétent ne fera pas nécessairement le lien entre Synotte et Coderre, et tout finira dans un dossier empoussiéré. Ce que ces gens ne veulent pas voir sortir restera caché. Et je vous parie qu'aucun d'eux ne parlera à la police.

Tout le monde se répartit selon les directives reçues. En une trentaine de minutes, les fouilles étaient terminées et les hommes se rejoignirent dans le hall. McCreary tenait une grande enveloppe en papier brun tandis que Joseph avait une taie d'oreiller à moitié pleine.

— J'ai pris la liberté d'emprunter ceci, dit-il. Personne ne la cherchera.

Il en sortit quelques livres qu'il posa sur le buffet avec une moue dédaigneuse.

— Le même genre de publications que chez Coderre. Comme Synotte vivait seul, il n'éprouvait pas le besoin de les cacher. Je les ai trouvés soigneusement empilés sur la table de chevet. Je suppose qu'il s'en servait pour se… détendre avant de s'endormir.

— *Good God*, cracha l'Anglais avec un frisson. *One never gets used to depravation*[1].

Perplexe, Tremblay prit celui du dessus et le feuilleta. Ses yeux s'écarquillèrent et son visage devint écarlate. Il le remit à sa place comme s'il allait exploser.

— Il y avait autre chose, reprit Joseph.

Il tira du sac un objet bizarre formé de deux pièces de métal liées ensemble par une pièce mobile et terminées par des anneaux dans lesquels étaient passées des sangles de cuir longues de quelques pieds.

— Un… mors ? fit Tremblay Qu'est-ce que…

— Page soixante-quatre, dit Joseph en saisissant un autre livre pour le lui tendre.

À contrecœur, Tremblay trouva la page indiquée et blêmit avant de la montrer à McCreary. On y voyait une femme nue, à quatre pattes, un mors de cheval passé dans la bouche tandis qu'un homme au visage caché

1. Bon Dieu, on ne s'habitue pas à la dépravation.

par une cagoule la montait par-derrière en tirant cruellement sur les rênes. L'Anglais tourna la tête, dégoûté.

— Synotte était peut-être célibataire, mais il semble bien qu'il préférait les femmes, même si ses goûts étaient un peu… excentriques, affirma Joseph, mi-figue, mi-raisin, avec un sourire forcé. Quoique… il y avait aussi cet instrument.

Du bout des doigts, il sortit de la taie d'oreiller un godemiché aux dimensions impressionnantes. À l'extrémité, le bois de l'objet était d'une couleur dont personne n'osa évoquer l'origine.

— Je l'ai trouvé dans un tiroir de la commode, entre les caleçons et les chaussettes, à côté du petit nécessaire d'équitation.

Le visage de Tremblay avait pris une teinte cireuse.

— On dirait que vous venez de surprendre le pape et une religieuse en train de forniquer devant un chœur de moines qui chantent du grégorien, remarqua le journaliste avec impertinence.

— *You're not going to throw up again, are you*[1] ? renchérit McCreary.

— N-Non…

— Et vous, George, avez-vous trouvé quelque chose ? demanda le journaliste.

— En feuilletant des dossiers, j'ai appris que Synotte était commis au bureau de la Douane, coin Saint-François et de la Commune, l'informa McCreary. De plus, j'ai trouvé ceci.

L'Anglais brandit l'enveloppe. Elle portait un nom écrit d'une main élégante.

Marcel Arcand

1. Vous n'allez pas encore vomir ?

Il l'ouvrit et en sortit un registre à la couverture cartonnée.

— Qu'est-ce qu'il contient ?

— Je ne l'ai feuilleté que sommairement, mais j'y ai rencontré des noms fort intéressants. Toujours les mêmes. Une dizaine en tout. Dont Synotte, Coderre et Painchaud. Il contient une ou deux entrées par mois depuis trois ans.

Il ouvrit le cahier et leur montra deux pages au hasard.

— Et au bout de chaque ligne, il y a un chiffre.

— Des montants d'argent ? s'enquit immédiatement Joseph.

— *Sure looks like it*[1].

— Et Synotte considérait ce registre comme suffisamment incriminant pour vouloir le transmettre à Arcand, renchérit Joseph, l'air grave. Mais c'est un registre de quoi ?

— Nous ne percerons pas le mystère ici, trancha McCreary. Il est temps de partir.

Il replaça le livre dans l'enveloppe et Joseph entreprit de remettre l'attirail pervers dans la taie d'oreiller. Il croyait avoir tout ramassé quand il remarqua que Tremblay consultait un des livres avec une évidente concentration.

— Constable, je suis désolé d'interrompre votre contemplation des choses de la vie, mais nous devons partir, insista-t-il.

Tremblay leva les yeux comme si on le tirait d'un rêve éveillé.

— Ce livre… Celui qui, euh… parle d'équitation…

— Oui ?

1. On dirait bien.

— Son propriétaire y tenait assez pour y apposer son nom. Regardez.

Il donna l’ouvrage ouvert à Joseph. Heureusement, la signature était lisible.

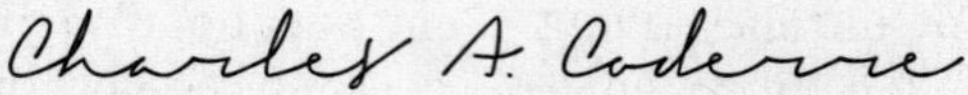

27

McCreary s'assura que tout avait été remis à sa place et que la porte avant était bien verrouillée. Par mesure de précaution, ils sortirent par la cuisine en emportant leur butin. En empruntant les cours arrière, ils rejoignirent Saint-Hyppolite et, de là, marchèrent jusqu'à l'avenue des Pins, puis remontèrent Saint-Dominique jusqu'à la voiture de police laissée devant la résidence de Synotte. Joseph et McCreary y grimpèrent tandis que Tremblay prenait les rênes, et le véhicule se mit en route vers De Lorimier.

En chemin, ils firent le point. Joseph considéra sans vraiment le voir le registre qu'il avait ouvert sur ses cuisses.

— Bon, fit-il en frottant un menton dont il réalisa qu'il n'avait pas été rasé depuis plusieurs jours. Alors, nous savons que Synotte et Coderre appartenaient au groupe que nous avons vu à la raffinerie. Painchaud aussi.

Il tapota le registre de l'index.

— À moins d'une grosse surprise, nous avons maintenant la liste des membres du groupe. Mais qu'est-ce qui les lie tous ? Quelles activités sont si importantes qu'on n'hésite pas à tuer pour les préserver ?

McCreary prit le relais.

— L'argent, dit-il avec une assurance résignée. C'est toujours ça ou le pouvoir.

— Si les chiffres indiqués dans ce registre représentent des sommes, alors les billets dans la bouche de Coderre pourraient vouloir dire qu'il a volé. Ou qu'il a été trop gourmand. Et il a payé pour, renchérit Joseph.

— *But then, what about his prick up his ass*[1] ? demanda l'Anglais en poussant le raisonnement.

— Peut-être a-t-il péché par là aussi ? Synotte avait bien un godemiché...

Les images des deux jeunes filles vues quelques jours plus tôt, allongées sans vie sur les tables de la morgue, revinrent à Joseph. Les détails en étaient toujours aussi vifs. La peau gonflée et délavée par l'eau, presque verdâtre ; les taches sombres de décomposition ; les veines bleues qui parcouraient les corps ; les formes à peine pubères de fillettes tout juste sorties de l'enfance et qui n'auraient pas dû se trouver là ; les blessures laissées par une mort violente...

Il pâlit, se raidit sur sa banquette comme si on venait de lui administrer un électrochoc.

— Les marques ! s'écria-t-il en se frappant le front avec la paume. Bon Dieu, McCreary, les marques !

— Les marques ? Quoi, les marques ? Quelles marques ?

Joseph secoua sèchement la tête pour lui signifier de ne pas interrompre le cours de ses réflexions et fouilla dans son veston pour en sortir son calepin. Il se mit à le feuilleter frénétiquement, allant et venant parmi les pages, à la recherche d'un détail qui était

1. Alors, qu'en est-il de son organe dans le derrière ?

presque remonté à la surface de ses pensées, mais qui menaçait maintenant de s'enfoncer à nouveau dans les profondeurs.

— *What...*[1] *?* insista McCreary en fronçant les sourcils.

— Chut !

Il retrouva les notes prises à la morgue et les relut intensément à plusieurs reprises en marmonnant. Puis il releva la tête avec un air de possédé.

— Les deux fillettes trouvées dans le fleuve, dit-il. Celles que nous avons vues à la morgue mardi. Vous vous en souvenez ?

— Bien sûr.

Joseph reporta son attention sur son carnet.

— Elles présentaient des blessures à l'anus, aux parties génitales, aux poignets et aux chevilles, rappela-t-il. L'une d'elles avait été étranglée, probablement par-derrière, selon le Dr Hébert.

— Oui ? Et ?

Le journaliste fit une pause et braqua des yeux brillants dans ceux de l'Anglais.

— Et elles présentaient aussi, toutes les deux, des blessures à la commissure des lèvres. Rappelez-vous ce que disait Hébert : il ne s'agissait pas de coupures, mais de petites déchirures. Il les a attribuées à un bâillon trop serré, mais si elles avaient plutôt été faites par un mors de cheval ?

Interdit, McCreary prit un moment pour digérer l'hypothèse.

— Donc, si je suis votre raisonnement, Synotte aimait prendre des fillettes en leur faisant porter un mors et en les montant par-derrière ?

1. Que... ?

— Non. Pas Synotte.

— Je ne comprends pas…

— Je crois que Charles-Alexandre Coderre était celui qui affectionnait les jeux équestres. Après tout, le livre qui illustre ces pratiques lui appartenait.

— Vrai, mais il était sur la table de chevet chez Synotte. Tout comme le mors.

— Parce que Synotte accumulait les preuves.

Joseph se mit à énumérer les faits en comptant sur ses doigts.

— Il destinait le registre à Arcand, et nous pouvons présumer que son contenu est incriminant. Il était en possession d'un ouvrage pornographique portant la signature de Coderre. Pourquoi, alors, le mors figurant dans le livre n'appartiendrait-il pas aussi à Coderre ?

— *Yes*… fit l'Anglais, songeur.

— Je crois que Synotte cherchait à quitter le groupe et que tout ça faisait partie des preuves qu'il prévoyait de fournir à l'enquêteur. Il voulait lui apporter sur un plateau deux meurtres et une affaire d'argent dont nous ne comprenons pas encore la nature.

McCreary se mit à rouler furieusement la pointe de sa moustache entre ses doigts.

— Donc, selon vous, dès le début, le meurtre des deux fillettes et celui de Coderre auraient été liés ?

— Oui. Et Synotte en détenait la preuve.

— Mais alors, si le groupe était au courant que Synotte voulait le trahir et l'a assassiné pour en faire un exemple, pourquoi n'a-t-il pas passé la maison au peigne fin dès hier pour faire disparaître tout ce qui pouvait l'incriminer au lieu de le laisser à la disposition du premier venu – en l'occurrence nous ?

— Parce que le groupe savait seulement que Synotte était passé à la station de police. Sa tentative de parler à

Arcand a suffi pour qu'on l'assassine. Personne n'était au courant de ce qu'il préparait.

Joseph inspira longuement. Ayant saisi ce que le silence laissait entendre, McCreary hocha solennellement la tête.

— Si quelqu'un d'autre avait été dehors et l'avait vu sortir, je l'aurais remarqué, continua Joseph. Le groupe obtient probablement ses informations directement de la station nº 2. Arcand va être ravi de l'apprendre.

Joseph remit son carnet dans sa poche, referma le registre et le replaça dans l'enveloppe, mit la copie du *Canadien* dessus et se laissa retomber contre le dossier de la banquette. Il se passa la main dans les cheveux avec lassitude.

— Je suis tellement crevé que j'ai du mal à penser, dit-il.

De Saint-Dominique, il leur fallut une vingtaine de minutes pour rejoindre De Lorimier par Sherbrooke. La voiture s'arrêta et ils descendirent. Tremblay resta juché sur la banquette du cocher.

— Mon quart de travail commence à neuf heures, annonça-t-il. Je dois y aller. Je vais essayer de ne pas dormir debout.

— Attendez ! s'écria Joseph.

Il le rejoignit sur la banquette et lui dressa un résumé rapide des déductions que McCreary et lui avaient formulées durant le trajet.

— Alors quelqu'un dans la station serait de mèche avec ces gens ? fit le constable, choqué.

— C'est possible. Gardez l'œil ouvert. S'il y a quoi que ce soit, nous serons ici. Sinon, rendez-vous à la boutique. Emma et Mary sauront où nous trouver.

Tandis que Tremblay partait, Joseph et McCreary franchirent la porte cochère. En route vers la maison, le journaliste eut le réflexe de chercher du regard un nouveau paquet laissé par le vieux prêtre, mais n'en vit aucun.

Ils entrèrent et trouvèrent Mary, Emma et Arcand assis à la table. Dès qu'elles les virent, les deux femmes bondirent de leur chaise et se précipitèrent chacune dans les bras de son homme.

— Où étiez-vous, toute la nuit ? demanda Emma, au bord des larmes. Nous étions mortes d'inquiétude. Vous deviez interroger cet homme, c'est tout, et... Seigneur...

— Tu n'as rien ? s'enquit Mary. Tout va bien ? Tu n'es pas blessé ? J'ai cru devenir folle. Je n'ai pas dormi de la nuit.

Joseph déposa un tendre baiser sur le bout du nez de l'Irlandaise et lui fit un clin d'œil.

— Les choses se sont, euh... précipitées, répondit-il.

— *We're fine, dear*, ajouta l'Anglais en tapotant pudiquement le dos d'Emma. *There, there, calm down*[1].

— Vous n'êtes pas à la boutique ? s'enquit Joseph.

— Sans même savoir si vous étiez vivants ? s'insurgea Emma. Comment aurions-nous pu ? Grand idiot !

Ils se détachèrent les uns des autres et trouvèrent Arcand, rasé et lavé, qui avait l'air un peu plus d'attaque. Toujours assis, il posait sur les deux hommes un regard cerné qui n'osait pas espérer.

— Alors ? fit-il d'une voix étranglée. Vous avez du nouveau ?

Ils s'approchèrent tous de la table et s'y installèrent tandis qu'Emma allait chercher la théière sur le poêle. Joseph sortit de sa mallette l'enveloppe récupérée à la station n° 2 par Tremblay et la plaça sur la table. Puis

1. Tout va bien, ma chère. Là, là... Calme-toi.

il tendit *Le Canadien* à Arcand, qui prit connaissance de l'article et hocha la tête avec lassitude et résignation.

— Maintenant, ils savent, dit Joseph. Ils finiront par réagir. Mais nous ne nous contenterons pas d'attendre.

— *We might have a lead*, l'informa McCreary. *A thin one*[1].

Emma apporta du thé chaud et des tasses, puis retourna prendre une miche de pain frais dans la huche, un gros cruchon d'œufs durs dans le vinaigre sur le comptoir, des assiettes et des ustensiles dans les armoires. Les deux hommes se servirent sans trop d'enthousiasme, mais découvrirent qu'ils étaient affamés. Tout en mangeant avidement, ils racontèrent dans les moindres détails tous les événements qui s'étaient accélérés depuis leur départ, la veille.

Lorsque tout le monde fut bien au fait des derniers développements, Joseph vida le contenu de la taie d'oreiller sur la table. En apercevant le godemiché, Emma devint blanche comme un drap.

— Mon Dieu… murmura-t-elle en se signant à quelques reprises.

Mary, elle, porta sur l'attirail le regard désabusé de celle qui en a vu d'autres. Joseph essuya énergiquement ses mains sur son pantalon avant de retoucher le pain.

— Voici, je crois, ce que Synotte comptait vous remettre quand il est venu à la station, déclara Joseph. Il avait décidé de trahir les gens avec lesquels il frayait. Peut-être qu'il sentait la soupe chaude.

— Avec ça, vous auriez pu lier Coderre aux deux fillettes et vous auriez fini par comprendre ce que signifiaient les chiffres, renchérit l'Anglais, qui fourra ensuite un œuf entier dans sa bouche.

1. Nous avons peut-être une piste. Mince.

— Mais il ne m'a pas trouvé. Il est plutôt mort, déplora sombrement Arcand. Et ma famille a été enlevée.

— Soit, quelqu'un savait que Synotte avait tenté de contacter la police et l'a fait taire. Mais comment se fait-il qu'il ignorait que la famille de l'inspecteur avait été enlevée dans la nuit ? s'enquit Emma.

Interdits, ils se consultèrent tous.

— Je… je ne sais pas, finit par admettre Joseph. Je n'avais pas pensé à cet aspect de la chose.

— Peut-être l'enlèvement est-il l'œuvre de quelqu'un d'autre ? suggéra Mary. La note plantée dans la porte par les ravisseurs ordonnait de laisser les morts tranquilles. Peut-être qu'elle faisait référence au charnier d'enfants et non pas à Coderre et aux deux filles, comme vous l'avez cru ?

— Ou alors, plus simplement, Synotte n'était qu'un exécutant qui n'était pas au courant des décisions prises par ceux qui dominent le groupe, observa Emma.

— Peu importe qui est derrière l'enlèvement, l'article de ce matin lui passera le message, remarqua McCreary.

Joseph tira le registre de son enveloppe et l'ouvrit.

— Félix Painchaud, notaire de son état, ça vous dit quelque chose ? demanda-t-il. C'est le type que Synotte a cueilli chez lui avant de se rendre à la raffinerie.

— Hum… oui, ça me dit quelque chose, répondit Arcand, perplexe.

Il prit son calepin pour valider son vague souvenir.

— Il fait partie des francs-maçons absents de la loge Royal Albert nº 25, confirma-t-il rapidement. Comme Coderre et Synotte. Quoique celui-ci la fréquentait encore un peu, selon le maître de la loge.

— Pourquoi ne suis-je pas surpris ? fit le journaliste. Et ceux-là ? Les mêmes noms reviennent à chaque page.

Il fit pivoter le registre pour qu'Arcand puisse le consulter et indiqua les autres noms qui y figuraient. L'inspecteur plaça son carnet à côté et se mit à comparer les noms. Il ne lui fallut que quelques secondes pour tirer la conclusion à laquelle tous s'attendaient.

— Ils sont tous membres de la loge, déclara-t-il, la gorge serrée. Et tous absents la plupart du temps.

Pour la première fois depuis qu'Arcand avait surgi nuitamment chez les Laflamme, une lumière anima son regard. Son dos parut se redresser, comme si l'espoir qui renaissait lui avait enlevé un poids énorme des épaules.

— Nous n'avons aucune preuve concrète qu'ils sont les ravisseurs de votre famille, lui rappela Joseph, mais vous pouvez certainement considérer ceux qui restent comme suspects des meurtres de Coderre et de Synotte, et les faire arrêter, puis les soumettre à un interrogatoire serré.

— Si l'un d'eux sait où se trouve votre famille, il finira bien par le dire, renchérit Emma.

— Non, coupa Arcand avec autorité. Nous ne leur ferons rien du tout.

28

À cette réponse, tout le monde demeura interloqué.

— Quoi ? Comment ça, ne rien leur faire ? explosa Emma, outrée. Ces gens savent probablement où se trouve votre famille. Vous n'allez quand même pas les laisser tranquilles ? Voyons donc ! Ils risquent de les massacrer pendant que vous attendez je ne sais quoi !

L'inspecteur de police pencha la tête et massa avec lassitude sa nuque douloureuse. Puis il releva les yeux vers Emma, qui fulminait toujours.

— Mademoiselle Laflamme, je vous assure que j'ai une conscience aiguë du risque que je m'apprête à prendre, et dont vous me décrivez avec tant de délicatesse les conséquences potentielles, grinça Arcand. Mais je n'ai pas le choix. Les arrêter maintenant serait inconscient. Pensez-y : nous ne sommes même pas certains qu'ils soient bien ceux qui ont enlevé ma famille, et même si nous l'étions, nous n'avons aucune garantie que les noms qui figurent au registre constituent la totalité du groupe. S'il y en a d'autres, ne serait-ce qu'un seul, et qu'ils demeurent libres, ils le feront payer à Pauline et aux enfants.

Il fit une pause, ferma les yeux et se pinça la base du nez.

— Et si je causais la mort des miens en essayant de les sauver, mademoiselle Laflamme ? Comment pourrais-je vivre ensuite ?

Il exhala longuement et, du menton, désigna la copie du *Canadien* sur la table.

— Pour ces gens, l'enquête est close depuis ce matin, rappela-t-il. Les arrêter serait aussi admettre que cet article était un mensonge. Aussi bien signer volontairement l'arrêt de mort de Pauline et des jumeaux, s'ils sont derrière leur enlèvement. C'est un risque que je ne peux pas courir.

— Mais une enquête est certainement déjà en cours au sujet du meurtre de Synotte, fit valoir Emma.

— C'est vrai, convint l'inspecteur. Mais s'ils ont vraiment un complice dans la police, il y aura toujours moyen de s'arranger pour qu'elle reste loin de Coderre et des deux fillettes.

— Alors quoi ? fit Mary, déboussolée. On ne fait rien ?

— Tout ce que nous pouvons faire pour le moment, c'est de surveiller ceux dont le nom se trouve dans ce registre en espérant qu'ils nous mèneront à l'endroit où ils gardent ma famille.

— Surveillons Painchaud, suggéra McCreary en pêchant un troisième œuf dans le cruchon.

— Il est au travail, renchérit Joseph. Son domestique me l'a dit.

Emma se leva précipitamment et se rendit au comptoir. Elle sortit d'un tiroir un épais livre à couverture cartonnée, un bloc-notes et un crayon avec lesquels elle revint aussi vite. Elle ouvrit le *Lovell's Montreal Directory for 1892-1893*, se mit à le feuilleter et eut tôt fait de trouver ce qu'elle y cherchait.

— Voilà. Félix Painchaud, notaire, annonça-t-elle. Son étude est située sur Saint-Denis.

Elle nota l'adresse et arracha la feuille du bloc-notes pour la donner à son frère. Le visage tiré par l'épuisement et noirci par une barbe de deux jours, ce dernier l'accepta avec un hochement de tête et s'arracha à sa chaise avec difficulté.

— Allons-y, dit-il courageusement.

McCreary prit appui à deux mains sur la table et se leva à son tour avec des airs d'un homme deux fois plus vieux, sans arriver à maîtriser tout à fait un grognement de fatigue.

— Messieurs ? fit Arcand.

— Oui ? répondit Joseph.

— Je vous suis reconnaissant de tout ce que vous faites pour moi et je ne pourrai jamais assez vous remercier. Personne n'a d'amis plus fidèles. Mais dans l'état où vous êtes, vous ne servirez à rien. Vous tenez à peine debout. Vous devez dormir.

— Peut-être bien, mais Painchaud n'attendra pas que nous ayons terminé notre petit dodo réparateur, protesta Joseph malgré sa lassitude. Il pourrait disparaître n'importe quand. S'il décidait de sortir dîner et de ne pas revenir, nous ne le saurions même pas. Chaque minute passée sans agir est une minute perdue.

— McCreary et vous n'êtes pas les seuls à pouvoir faire le guet.

— Vous savez très bien que vous ne pouvez pas courir le risque de le faire vous-même.

— Ce n'est pas à moi-même que je songeais.

Arcand posa sur Emma et Mary un regard grave.

— *You're not serious*[1] *!* s'insurgea McCreary, le morceau de pain qu'il allait porter à sa bouche se figeant à mi-chemin.

1. Vous n'êtes pas sérieux !

Joseph n'eut même pas le temps de protester que les deux femmes répondaient à l'appel.

— L'inspecteur a raison, décréta Emma. Mary et moi allons guetter. Nous sommes parfaitement capables de surveiller une maison. N'est-ce pas, Mary ?

— Absolument, confirma l'Irlandaise. Nous avons toutes les deux couru des dangers bien pires. La rue ne va quand même pas me faire peur !

À cette allusion sans fard à sa profession passée, Joseph ne put retenir un rictus.

— Mais vous n'y pensez pas ! s'insurgea-t-il.

— Non seulement j'y pense, mais je le ferai, rétorqua sa sœur en se redressant fièrement.

Elle essaya de lui reprendre le bout de papier, mais il fut plus rapide et le ramena vers lui. Sa fatigue se mua en colère et il abattit violemment sa main sur la table. Tout le monde sursauta.

— Non ! s'écria-t-il. Je suis vraiment désolé de ce qui arrive à votre famille, Arcand, mais vous n'avez pas le droit de mettre en péril la vie de la femme que j'aime et celle de ma sœur pour la sauver !

Il marqua une pause et respira profondément par les narines, les mâchoires serrées.

— Mary et Emma en ont toutes les deux assez enduré pour une vie entière, ajouta-t-il d'une voix tremblante. Foutez-leur la paix.

Un silence embarrassé tomba dans la cuisine et l'inspecteur baissa les yeux.

— Vous avez raison, Laflamme, admit-il dans un souffle.

— McCreary et moi allons dormir une heure, décréta Joseph. Nous serons sur Saint-Denis avant le repas.

***

La porte de la chambre s'entrouvrit en grinçant. Joseph sentit la peur tendre son corps. L'esprit embrouillé par le sommeil, il essaya de comprendre comment son tortionnaire pouvait se trouver là, dans sa chambre, avenue De Lorimier, en 1892.

Un rayon de lumière pénétra dans la pièce. Par réflexe, Joseph cligna des yeux. Ne pouvant plus cacher le fait qu'il était éveillé, il les ouvrit. Il n'était plus un petit garçon sans défense. Il avait vu de terribles horreurs. Il avait affronté des dangers que les gens ordinaires ne pouvaient même pas imaginer. Il avait vu la mort de près et l'avait regardée en face. Envers et contre tous, il avait survécu à l'orphelinat. Il était devenu un homme.

Tremblant de tous ses membres, il rassembla son courage et s'assit dans son lit. Dans l'embrasure de la porte, une silhouette se détachait en contre-jour sur la lumière qui brillait derrière elle. Une silhouette en soutane.

Le frère surveillant fit un pas vers l'avant, puis un autre, ses talons produisant le même bruit sec et lugubre que jadis, dans le dortoir. Et comme jadis, le ventre de Joseph se crispa. Sa vessie et ses intestins menacèrent de se vider, mais il parvint à se retenir.

— Joseph, fit la voix doucereuse du surveillant, tendre comme celle d'un amant convoitant sa maîtresse.

— Non... murmura Joseph.

— Je suis content de te retrouver.

— Non... geignit-il plus fort.

— Tu es mon favori.

— Non, cracha-t-il.

Il se leva et, pieds nus sur le plancher froid, s'avança lentement pour lui faire face.

— Va-t'en, ordonna-t-il d'une voix caverneuse.

Le religieux fit encore un pas vers l'avant. Son visage devint visible. Il n'avait pas changé. Sa petite bouche aux lèvres rouges, exagérément sensuelles ; ses yeux, encadrés de longs cils, qui semblaient capables de voir à travers ses vêtements ; les mains presque féminines qui avaient si souvent parcouru son corps raidi par la peur et le dégoût ; la bosse dans sa soutane qui trahissait son désir. Tout y était.

— Je ne peux pas, Joseph, dit le prêtre. Tu sais bien que je serai toujours avec toi. Je fais partie de toi.

— Ta gueule ! s'écria Joseph, se surprenant lui-même.

— Tu aimais me sentir en toi. Tu gémissais. C'était adorable.

— J'avais mal ! s'écria-t-il de la voix haut perchée qui avait été celle de ses dix ans.

La rage l'empêcha presque de respirer tant elle l'oppressait. Les cauchemars, la boisson, le mépris de lui-même, le sentiment d'être insuffisant, tout cela devait cesser. Plus jamais un prêtre ne lui ferait peur. Sa mâchoire se crispa tant que ses molaires se fendirent presque tandis que les nerfs saillaient sur son cou. Ses poings se fermèrent si fort contre ses cuisses que ses bras en tremblèrent.

Il ne sentit même pas le coup partir. Une seconde plus tard, le religieux gisait sur le derrière dans le couloir, l'air effaré, la bouche ouverte, les yeux écarquillés, le bas du visage ensanglanté, la soutane remontée sur des cuisses maigres et blanches comme du lait.

— Maudit vieux cochon !

Joseph claqua la porte, dont le bruit sec se répercuta dans la nuit. Puis il se mit à rire à gorge déployée. Il n'avait plus peur.

***

Moins de deux heures plus tard, le groupe était à nouveau réuni dans la cuisine. Joseph ne se sentait guère plus reposé, mais il éprouvait une étrange impression de légèreté, comme si un poids avait été retiré de ses épaules pendant son court sommeil. De vagues images remontaient des profondeurs de sa conscience, issues d'un rêve dont les souvenirs s'entêtaient à lui glisser entre les doigts comme de l'eau. Près de lui, McCreary semblait presque plus las que s'il n'avait pas dormi du tout. Mais cela n'avait aucune importance à la lumière de ce que le constable Tremblay était en train de raconter. Il était arrivé quelques minutes plus tôt, tout énervé, en annonçant une découverte significative qu'il avait faite en fouillant dans les avis de disparition récents. Joseph et McCreary avaient donc reporté leur départ vers l'étude de Painchaud.

— La déposition a été prise voilà environ un mois à la station n° 5, expliqua-t-il en désignant les trois feuilles que l'inspecteur Arcand lisait attentivement depuis qu'il les lui avait remises. Elle a circulé dans toutes les stations, mais personne ne semble y avoir prêté attention chez nous. En en prenant connaissance, je me suis dit que ça pouvait être en lien avec nos deux petites mortes.

En entendant cela, tous songèrent au complice dont ils soupçonnaient l'existence à la station n° 2. Le jeune homme poursuivit son récit avec enthousiasme.

— Les parents déclarent que leur fille, Clémentine Lajoie, presque treize ans, est retenue contre leur gré. La demoiselle est très grande pour son âge et avait, semble-t-il, des mœurs un peu trop légères et précoces à leur goût. Ils l'ont placée au couvent en espérant que ça lui calmerait, euh… les, euh… passions, même s'ils se doutaient bien qu'elle n'avait pas le tempérament d'une bonne sœur. Ils voulaient seulement lui mettre du plomb dans la tête. Et depuis, on leur interdit de la voir. Ils ont tenté plusieurs fois et ont été éconduits.

Tandis que son collègue finissait son récit, Arcand remit la déposition sur la table. Tremblay la ramassa et repéra l'information qu'il cherchait au bas de la dernière page.

— Pour avoir la conscience tranquille – et sans doute pour faire taire la bonne femme qui insistait –, le constable Brisson, de la station n° 5, est passé au couvent de l'ordre de la Sainte-Face et a demandé à voir la petite. Il lui a fallu parlementer avec un certain Dr Lapaix, responsable de l'endroit, selon ce que je lis ici, mais on a fini par lui permettre de s'entretenir avec elle au parloir. De l'autre côté du grillage, la fillette lui a juré qu'elle était là de son propre chef et qu'elle y était très heureuse. Elle a abondamment parlé de Dieu et de prière. Bref, il n'y avait aucune raison d'intervenir. On ne va quand même pas accuser une communauté religieuse d'enlèvement.

— Derrière le grillage ? nota Emma. Votre constable est-il même certain d'avoir parlé à la bonne fille ?

— Euh… C'est ce qu'elle a dit, je suppose. C'était voilà deux semaines. Les parents ont été avisés des résultats. Ils se sont plaints à quelques reprises par la suite, mais comme rien ne permettait de croire que la vie de la fillette était menacée, personne n'a plus voulu s'en occuper, et elle est là depuis.

Il mit les papiers sur la table et haussa les épaules en signe d'impuissance.

— C'est tout ce que j'ai trouvé de récent impliquant une disparition de jeune fille, conclut-il. Le reste ne concernait que des fillettes arrêtées pour vol à l'étalage, une jeune ouvrière de quatorze ans dénoncée par son contremaître pour avoir chapardé des chaussures et des filles de joie qui ont dégrisé en cellule après avoir fait de menus scandales.

Joseph fut le premier à remarquer que la petite rousse n'était pas dans son état normal. Raide comme une barre de fer, elle fixait Tremblay avec ses yeux verts encore plus grands que de coutume. Elle avait l'air sonnée.

— Mary ? fit-il en lui posant la main sur le bras. Qu'est-ce que tu as ?

Elle ne parut pas remarquer son geste de réconfort.

— Le… couvent de la Sainte-Face ? demanda-t-elle au jeune constable. C'est bien ce que vous avez dit ?

Il vérifia sur ses feuilles.

— C'est ce qui est écrit, oui.

Elle hocha la tête et posa sur Arcand un regard grave.

— Inspecteur, cette enfant est en danger.

29

Dans son étude de la rue Saint-Denis, Félix Painchaud relisait le télégramme qu'un coursier lui avait apporté au petit matin, alors qu'il venait à peine de déposer sa mallette sur son bureau.

> Compte tenu des ajustements effectués récemment à notre fonctionnement, votre présence est requise à une réunion du conseil qui portera sur une nouvelle répartition des bénéfices, ce soir à six heures, au lieu de dévotion qui nous est cher. Le tout sera suivi d'une rencontre sociale.

Le message n'était pas signé, mais la chose était superflue. Painchaud savait pertinemment qui en était l'expéditeur. Le patron n'avait pas besoin de s'identifier et les allusions étaient on ne peut plus claires. Il frissonna d'horreur au souvenir de la façon dont on avait « ajusté » Grégoire Synotte. L'idée que c'était lui qui l'avait mené à l'abattoir, même s'il n'avait pas connu dans le détail le sort qu'on lui réservait, et surtout les images gravées pour toujours dans sa mémoire lui avaient fait perdre le sommeil. Il ne s'agissait pas d'une invitation.

Après la démonstration à la raffinerie, jamais il n'oserait désobéir. On le tuerait. Peut-être sa femme et ses enfants aussi. Et ses petits-enfants. Il était prisonnier de sa cupidité. Il avait vendu son âme au diable. Même les réjouissances sous-entendues, une fois les affaires réglées, ne lui disaient rien.

Painchaud jeta le télégramme sur son grand bureau couvert de dossiers méticuleusement ordonnés. Les autres avaient assurément reçu le même message. Il soupira et se frotta le visage. Son regard se porta sur la carafe de brandy qu'il gardait sur le coin de son bureau pour en offrir à ses clients. Il tira sa montre du gousset de son gilet et la consulta. Il était presque deux heures de l'après-midi. Il avait le droit de boire. Il en avait surtout violemment besoin.

Il se versa un verre et fit cul sec. Il considérait en prendre un second quand le heurtoir de sa porte retentit. Son prochain client arrivait. Un riche marchand comme il les aimait, qui souhaitait modifier son testament pour laisser discrètement une petite somme à sa jeune maîtresse dont, disait-il, le cul valait bien quelques centaines de piastres. En temps normal, Painchaud se serait réjoui de son arrivée. Mais pas aujourd'hui. Aujourd'hui, il pensait à ce pauvre Synotte, si jeune et à l'âme trop pure. Et il pensait à son âme à lui, qui ne l'était plus du tout.

***

Dans la cuisine des Laflamme, tout le monde était suspendu aux lèvres de Mary.

— Comment ça, en danger ? s'enquit Arcand. Que voulez-vous dire ? Que savez-vous sur ce couvent ?

— Il est dirigé par le Dr Jacques Lapaix, répondit l'Irlandaise en regardant droit devant elle.

Tous attendirent dans un silence respectueux, sentant que quelque chose de grave se produisait. Après une ultime hésitation, Mary leur confia que, dans le milieu qu'elle avait fréquenté jadis, ce Dr Lapaix avait une réputation plus que sulfureuse. Les filles qu'il se payait – et dont elle ne faisait pas partie, prit-elle la peine de préciser – racontaient qu'il avait des goûts tordus et leur demandait des choses répugnantes, quitte à payer très cher le privilège. Il aimait particulièrement les relations contre nature et la plupart des filles ne voulaient pas aller avec lui. Miss Fanny lui avait même interdit l'accès à son bordel le jour où il avait laissé une de ses filles déchirée et en sang. Mais des bordels, il y en avait d'autres, et l'homme avait continué à sévir.

— Croyez-vous qu'il pourrait aller jusqu'à tuer ? demanda Arcand en songeant aux deux jeunes mortes.

— Je… je ne sais pas. Mais c'est un sale pervers, ça, c'est sûr. Certainement assez pour mettre un mors à une femme avant de la monter… à contresens.

Arcand la dévisagea un moment avec une expression perspicace.

— Il y a autre chose, mademoiselle Mary ?

L'Irlandaise acquiesça de la tête et considéra sa tasse de thé qui refroidissait. Elle leva les yeux vers Joseph.

— Tu n'aurais pas quelque chose de plus fort ?

— Nous en avons tous besoin, je crois, affirma le journaliste.

Une minute plus tard, toute la tablée avait un verre de gin.

— Lapaix n'est pas seulement un vieux cochon dépravé, continua-t-elle après avoir pris une gorgée dont l'ampleur faisait honneur à son sang irlandais. Il se dit médecin, mais il est plutôt boucher. J'ai connu bien des filles qui sont revenues de son cabinet plus mal en point qu'elles n'y étaient entrées.

— Et elles s'y rendaient parce que… ? fit doucement Emma.

— Parce que Jacques Lapaix est aussi un faiseur d'anges, admit-elle d'une voix blanche avant de ravaler sa salive et un sanglot. Plusieurs ne sont pas revenues du tout. Elles y allaient quand elles n'avaient pas les moyens de payer et il les délivrait en échange de… faveurs.

Elle posa sur Joseph un regard mouillé.

— Moi, j'ai survécu. Mais il m'a endommagée pour toujours.

Un silence embarrassé suivit cette révélation. Joseph se contenta de fixer Mary droit dans les yeux et de serrer son bras avec tendresse pour réitérer que le passé n'avait pas d'importance, qu'il la prenait comme elle était, qu'il n'était pas neuf, lui non plus. Elle sembla saisir son message et lui retourna un sourire triste.

— Alors, reprit-elle en jouant nerveusement avec ses doigts, en entendant le constable Tremblay prononcer son nom, je me suis dit que les deux filles sont peut-être mortes d'un avortement raté après avoir été… utilisées par Lapaix.

— Mais quel rapport entre Lapaix, Coderre et Synotte ? demanda Joseph.

— La débauche ? suggéra spontanément Emma en laissant son regard traîner sur les instruments de perversion et les livres pornographiques.

La suggestion fut accueillie avec perplexité.

— Et qu'est-ce qu'un médecin fait dans un couvent ? renchérit McCreary. Ça ne vous semble pas bizarre ?

Emma fouilla dans l'annuaire et y trouva l'objet de la discussion.

— Le couvent de l'ordre de la Sainte-Face est situé sur Amherst, coin Sainte-Catherine, les informa-t-elle.

Elle feuilleta à nouveau et posa l'index sur la ligne qu'elle cherchait.

— Jacques Lapaix, médecin. Même adresse que le couvent.

— Le moins qu'on puisse dire, c'est que l'homme a des responsabilités variées, ironisa Joseph.

— Ne sautons pas aux conclusions, trancha Arcand. Ce Lapaix a beau être un tordu, comme l'affirme Mlle O'Gara, cela ne fait pas automatiquement de lui un assassin, ni même un suspect. Jusqu'à preuve du contraire, il n'a rien à voir avec les deux mortes et rien ne le lie à Coderre et Synotte. Par contre, il doit désormais être surveillé, juste au cas, et nos effectifs sont limités.

Il avisa Joseph et McCreary.

— Messieurs, au risque d'abuser de votre bonne volonté, puis-je vous demander de guetter ce Painchaud, comme convenu ? Vous le connaissez de vue, il ne risque pas de vous glisser entre les doigts. Nous devons savoir qui il fréquente, où il va, qui vient le voir et à quelle heure. Notez tout. Et s'il quitte son bureau, suivez-le. Si le groupe de Coderre et Synotte détient ma famille, il est notre lien le plus évident vers elle. Et pour l'amour de Dieu, soyez discrets. Ils doivent absolument continuer à croire que l'enquête a cessé et que le danger est passé. S'il fallait qu'il vous remarque…

— Comptez sur nous.

Leur fatigue un peu oubliée, les deux hommes s'étaient déjà levés et passaient leur veston, prêts à agir. Arcand regarda le constable.

— Quant à vous, Tremblay, vous allez jeter un coup d'œil sur ce couvent, histoire de voir ce qui s'y passe.

Le jeune policier se mordit les lèvres et se retint de dire qu'il était en devoir, qu'il aurait dû être à la station nº 2 et que personne ne savait qu'il se trouvait là. Il décida que, s'il avait des problèmes à cause de l'aide qu'il apportait à l'inspecteur Arcand, il s'en occuperait après. Pour l'instant, l'homme devait retrouver sa famille et, pour y arriver, il ne pouvait compter que sur une équipe disparate formée d'un journaliste plus ou moins alcoolique, d'un retraité de Scotland Yard équipé d'une jambe de bois, d'une modiste, d'une ex-prostituée et d'un constable. Le laisser tomber maintenant équivalait à condamner les siens à mort.

— Oui, inspecteur, dit-il avec détermination en bombant le torse. Je m'en occupe.

Mary bondit de sa chaise.

— J'y vais avec vous.

— Quoi ? s'exclama Joseph.

— J'accompagne le constable Tremblay.

— Il n'en est pas question ! Je croyais que nous avions réglé ça tantôt.

L'Irlandaise vint se planter devant lui, les poings sur les hanches, le feu de sa chevelure dansant dans ses yeux.

— Tu vois quelqu'un d'autre ici qui puisse reconnaître ce sale type, Joseph Laflamme ? lui demanda-t-elle.

— Euh… non, mais…

— Et est-ce que tu as le droit de m'interdire quoi que ce soit ? Suis-je ton épouse ? Ou même seulement ta fiancée ?

— Euh… non, pas encore, mais…

Un sourire enjôleur éclaira aussitôt le visage de la jeune femme.

— Alors c'est réglé. Et puis il n'y a aucun risque. Le constable me protégera. N'est-ce pas, constable Tremblay ?

— Euh… oui, bien sûr, fit le jeune homme, écarlate et mortifié.

Mary ramassa un châle pour le draper sur ses épaules, tira la langue à Joseph, prit le bras de Tremblay et sortit sans rien ajouter.

— *Women*[1]… marmonna McCreary.

— Qu'est-ce qu'elles ont, les femmes ? demanda Emma avec l'air de vouloir en découdre, elle aussi.

— *Nothing, dear. Shall we, Laflamme*[2] *?*

Joseph s'assura qu'il avait son calepin puis il sortit à son tour, McCreary sur les talons, laissant Arcand en compagnie d'Emma.

1. Les femmes…
2. Rien, très chère. On y va, Laflamme ?

30

Dans la rue Sainte-Catherine, l'activité battait son plein et la grande artère était noire de monde. En cette fin d'après-midi, l'air de septembre commençait déjà à se rafraîchir. Les dames à joli chapeau avaient troqué l'ombrelle contre un châle ou un manteau léger pour courir les boutiques, bras dessus, bras dessous. Les hommes en costume trois-pièces ou en redingote, chapeau mou ou gibus sur la tête, marchaient d'un pas pressé, mallette à la main et cigare aux lèvres. Des ouvriers des deux sexes et de tous les âges sortaient des usines environnantes ou s'y dirigeaient, se mêlant indistinctement aux bourgeois.

Le constable Tremblay était passé chez lui à la hâte pour quitter une fois de plus son uniforme, et il se fondait parfaitement dans la foule. Pour ne pas attirer l'attention, il avait aussi délaissé la voiture de police pour prendre un simple fiacre, comme n'importe quel Montréalais. Mary et lui venaient d'en descendre quand le tout nouveau tramway électrique, appelé le *Rocket*, inauguré deux jours auparavant, et dont tout Montréal parlait avec enthousiasme, arriva. L'étrange véhicule s'arrêta en grinçant sur ses rails. Le conducteur annonça l'intersection et des passagers excités en descendirent et d'autres y montèrent avec la fébrilité un peu apeurée que cause la nouveauté. Puis il repartit sous le regard ébahi des piétons.

— Oh, vous avez vu comme il va vite ? demanda Mary, éblouie comme une petite fille. Et tout seul ! Même pas un cheval pour le tirer !

— On n'arrête pas le progrès, renchérit le constable, pareillement émerveillé en secouant lentement la tête.

Ils poursuivirent leur chemin jusqu'à l'intersection.

— C'est là, dit l'Irlandaise en désignant une maison du menton.

Bien visible en diagonale, sur Amherst, près du coin, la bâtisse était spacieuse mais d'apparence modeste, quasiment négligée.

— On dirait une vieille maison de ferme, observa le jeune constable, presque déçu.

La façade en lattes de bois naturel avait été rendue grisâtre par des années d'intempéries et donnait effectivement au bâtiment un air de grange délavée par les éléments. Elle était percée par six fenêtres à carreaux à l'étage, cinq au rez-de-chaussée, et deux, cachées derrière des margelles, au niveau du sol. Un toit en tôle à deux versants parsemé de lucarnes la coiffait avec simplicité. Une clôture haute d'une dizaine de pieds prolongeait le bâtiment sur la gauche, indiquant la présence d'une cour intérieure. En définitive, l'endroit était tout ce qu'il y a de plus banal, sinon que, sorti tout droit du début du siècle, il détonnait avec un quartier qui se modernisait à vue d'œil.

Tremblay observa les environs et, sur le côté sud de la rue, il repéra le commerce d'un marchand de tabac, dont la porte était surmontée d'une enseigne et flanquée de deux statues d'Indiens emplumés. Il saisit délicatement le coude de Mary et l'entraîna.

— D'ici, nous pourrons observer le couvent sans qu'on nous remarque, expliqua-t-il. En tout cas, ça n'a pas l'air d'un couvent. Vous êtes certaine que c'est là ?

— Je vous l'assure, constable, rétorqua Mary en se rembrunissant. J'en garde un souvenir impérissable. Sauf que, voilà deux ans, ce n'était pas encore un couvent. Le bon docteur se contentait de récurer les filles imprudentes ou malchanceuses en échange de quelques piastres ou d'une petite gâterie.

À la fois perplexe et embarrassé, Tremblay retira sa casquette molle et gratta ses cheveux blonds pour se donner une contenance.

— Bon, attendons, dit-il.

— Attendre quoi ? Nous devons déterminer si le vieux vicieux a quelque chose à voir avec la mort des deux filles et avec les ravisseurs de la famille de l'inspecteur, c'est bien ça ? s'enquit sèchement l'Irlandaise.

— Oui.

— Et ça peut prendre combien de temps, d'après vous, constable ? Des minutes, des heures, des jours, des semaines ? Ou peut-être même jamais ? Avons-nous le luxe d'attendre alors qu'une femme et deux enfants peuvent être assassinés à tout moment ? Nous savons que ces gens tuent. Il y a deux fillettes à la morgue pour en témoigner, sans compter un banquier et un commis de la douane auxquels il manque des morceaux. Nous sommes sans doute ici pour rien. Je vous suggère de couper court à cette perte de temps pour pouvoir retourner aider les autres.

Tremblay la dévisagea, un œil à moitié fermé.

— Pourquoi ai-je le pressentiment que vous allez proposer une idée à coucher dehors que vous caressez secrètement depuis le début ?

Elle lui adressa un sourire espiègle qui ne parvint pas à illuminer ses yeux verts.

— Vous sentez-vous audacieux ?

— Non. Jamais. Que Dieu m'en préserve. Mais ça ne changera rien, n'est-ce pas ?

Mary secoua la tête et, le policier sur ses talons, traversa Sainte-Catherine pour s'engager sur Amherst.

— À quoi pensez-vous ? geignit le constable, résigné.

— À aller consulter le médecin. Il me connaît et ne sait pas que j'ai quitté le métier. Ma présence ne l'alertera pas. Vous m'accompagnerez. Si on vous demande qui vous êtes, répondez que vous êtes mon maquereau.

— Moi ?

— Oui, vous. Essayez de moins avoir l'air d'un garçonnet naïf. Vous m'attendrez pendant que je serai dans le cabinet du bon docteur. Si vous avez une chance, faites le tour de la maison.

— Mais… Vous n'allez pas…

— Je n'ai rien à récurer, rassurez-vous, mais je peux quand même avoir une mauvaise toux. Faire le trottoir rend malade, constable. Et j'ai de l'argent pour payer.

Pour prouver son point, elle feignit une toux creuse dans sa main.

— Mais un couvent, c'est plein de religieuses, protesta Tremblay. Comment voulez-vous que je me promène comme si je faisais du lèche-vitrine ?

— Vous êtes vraiment policier ? demanda Mary.

— Oui…

— Alors vous devez être très mauvais. Écoutez.

Insulté, Tremblay tendit l'oreille et entendit les voix qui provenaient de derrière la clôture.

— Vous entendez ? Elles viennent de sortir. La maison doit être vide. Allez, venez.

Elle le prit par la manche et le tira avec autorité. Ensemble, tel un couple, ils se dirigèrent vers la maison de Lapaix, la deuxième à partir du coin, côté ouest. Sur le mur, à droite de la porte, se trouvaient deux plaques de cuivre un peu ternies. L'une disait « Jacques Lapaix, Médecin Physician », et l'autre « Ordre de la Sainte-Face ».

— Un médecin et une communauté religieuse, dit Tremblay. Drôle de mélange.

Mary avisa la porte un moment, inspira profondément pour se donner du courage et frappa trois coups secs. Puis elle recula d'un pas et attendit.

— M. Laflamme va me tuer, soupira le constable.

— Alors ne lui dites rien.

Il fallut plus d'une minute avant que la porte s'ouvre. Une femme au visage émacié apparut dans l'embrasure. Elle n'avait pas vingt-cinq ans, mais l'air austère qu'elle arborait tranchait avec son âge. Elle portait une robe grise en serge grossière, un voile pourpre qui lui descendait sur les épaules et un bonnet de lin blanc dessous. Un scapulaire suspendu à une chaînette pendait à son cou. Dessus, la Sainte Face de Jésus était joliment peinte. Une grosse corde lui tenait lieu de ceinture.

— Oui ? fit-elle d'une voix douce et sereine.

— Je voudrais voir le Dr Lapaix, s'il vous plaît, ma sœur, annonça Mary avec soumission avant de feindre une quinte de toux.

Tremblay observa discrètement la religieuse – car c'était bien ce qu'elle semblait être – tandis que celle-ci se concentrait sur Mary. Il aperçut le chapelet à gros grains de bois qui pendait à sa ceinture et se fit violence pour conserver une expression impassible.

— Le docteur vous a-t-il soignée par le passé, ma fille ? s'enquit la sœur.

— Oui, admit l'Irlandaise en baissant la tête pour imiter la honte. Souvent, ma sœur.

La jeune religieuse dévisagea le constable en civil sans sembler surprise que la patiente soit accompagnée d'un homme.

— Très bien. Entrez, dit-elle avec un sourire mince et fatigué.

Elle s'écarta et leur tint la porte ouverte. Ils pénétrèrent dans la maison et aboutirent dans un hall transformé en salle d'attente, une demi-douzaine de chaises à fond de paille disposées le long des murs, qui étaient ornés d'une image de la Sainte Face et d'un grand crucifix en bois. La pièce se prolongeait en un long corridor ponctué de portes closes qui menait vers le fond de la maison.

— Assoyez-vous, leur intima-t-elle en désignant les sièges. Je reviens tout de suite.

Ils firent comme on leur demandait tandis que la jeune sœur ouvrait la seule porte du vestibule et disparaissait de l'autre côté.

— Vous avez vu son chapelet ? chuchota Tremblay dès qu'il le put.

— Oui, pourquoi ?

— Chez Coderre, l'inspecteur et M. Laflamme en ont trouvé un pareil.

— Constable, soupira Mary, toutes les religieuses portent un chapelet à la ceinture. Il faudrait beaucoup plus solide que ça pour lier Lapaix aux meurtres. Dès que je serai dans le cabinet, fouillez. Je m'arrangerai pour y rester vingt minutes. Si jamais les sœurs rentrent avant, revenez m'attendre ici, mine de rien.

La porte se rouvrit et un homme apparut dans l'embrasure. Tremblay ressentit aussitôt pour lui une profonde antipathie. Il était petit de taille, mais avait le port de tête arrogant des gens qui se sentent importants. Ses grands yeux noirs avaient quelque chose d'hypnotique. Le visage rasé et presque sans rides, les lèvres épaisses, les cheveux noirs et bouclés montrant une calvitie naissante, il semblait avoir la cinquantaine avancée. En le voyant, Mary se leva.

— Bonjour, docteur, dit-elle d'un ton docile.

— Tiens ! Mademoiselle O'Gara, répondit le médecin d'une voix trop grave pour son gabarit, les bras ouverts en une attitude accueillante. Quelle agréable surprise !

Il lui fit signe d'entrer. Tremblay perçut la façon dont l'Irlandaise se raidissait pour se donner du courage avant de franchir le seuil, et il conçut pour elle un immense respect. La religieuse ressortit.

— Je vais retrouver les autres dans la cour, informa-t-elle le médecin en refermant la porte.

Elle adressa un signe de la tête à Tremblay puis s'éloigna. Quelques secondes après, une porte se refermait à l'autre bout de la maison. Le constable consulta sa montre. Quinze minutes. Il tendit l'oreille, aux aguets. N'entendant rien, il se leva et, à pas de loup, s'engagea vers le fond de la maison.

***

Rue Saint-Denis, Joseph et McCreary montaient la garde depuis plus d'une heure non loin de l'étude du notaire Painchaud. Le seul indice qu'ils ne perdaient pas leur temps avait été la sortie, une vingtaine de minutes auparavant, d'un homme à l'allure prospère qui avait serré la main d'un personnage demeuré invisible de l'autre côté de la porte avant de descendre les marches et de s'engouffrer dans la voiture qui l'avait attendu. Depuis, il ne s'était rien produit.

— Il est peut-être sorti par-derrière ? suggéra l'Anglais.

— Sur Saint-Denis, les cours arrière ne donnent pas sur une ruelle et elles sont toutes fermées, le contredit le journaliste. S'il veut aller quelque part, il doit nécessairement le faire par l'avant.

Il fallut encore une trentaine de minutes avant que la porte de l'étude ne s'ouvre. Un homme en sortit, sa mallette en cuir sous le bras, verrouilla les deux serrures et descendit l'escalier. Vêtu d'un costume trois-pièces de très bonne coupe et de chaussures vernies de qualité, il avait un gros ventre, les cheveux presque blancs bien peignés et la moustache frisée de l'homme fortuné.

— C'est lui ! fit Joseph, soudainement tendu.

Une fois sur le trottoir, le notaire vérifia l'heure et soupira. Puis il se mit en marche.

— Il n'a pas l'air très heureux, maître Painchaud, nota Laflamme.

Joseph et McCreary firent semblant de discuter et le notaire passa à côté d'eux sans leur prêter la moindre attention. Pour la première fois, ils virent de près celui qui avait mené Synotte à la mort. Ils le laissèrent prendre un peu d'avance et lui emboîtèrent le pas en direction de Sainte-Catherine.

***

Marchant sur le bout des pieds, à l'affût de la moindre présence, Tremblay avait parcouru le corridor aux murs blanchis à la chaux et ouvert toutes les portes qu'il avait croisées. Il avait trouvé dans chaque minuscule chambre un lit étroit, une commode, une table, une chaise et un prie-Dieu. De banales cellules de religieuses, ni plus ni moins. Au bout du corridor, il avait découvert une chapelle ordinaire, meublée de bancs, d'un petit autel couvert d'une nappe pourpre et dorée, de quelques cierges et d'une statue de la Vierge Marie. Il était monté à l'étage en grimaçant à chaque craquement de l'escalier, sans plus de résultat. Tout y semblait parfaitement normal.

Il redescendit et poursuivit jusqu'à une cuisine qui tenait lieu de réfectoire aux sœurs, si l'on se fiait à la longue table rectangulaire et aux bancs qui en occupaient le centre. Il consulta sa montre. Plus de cinq minutes s'étaient déjà écoulées. Il s'approcha de la fenêtre et écarta un peu le rideau. Dans la cour clôturée de tous les côtés, à l'ombre de statues de saint Joseph et de la Vierge installées dans des niches en hauteur, se trouvaient une dizaine de filles. Pour autant qu'il pût en juger, elles avaient toutes entre douze et quinze ans. Intrigué, il les observa. L'air hagard et le pas traînant, elles semblaient errer au hasard. Certaines discutaient ou riaient mollement, d'autres couraient un peu pour retomber aussitôt dans leur étrange passivité. La religieuse qui les avait accueillis y était aussi.

Elles sont droguées, songea-t-il, animé d'un nouveau sentiment d'urgence en se souvenant des marques de piqûres notées par le Dr Hébert sur les cadavres des deux filles. Il revint sur ses pas, craignant à chaque instant que la récréation se termine et qu'on le surprenne en pleine fouille. Il vit une porte dans le coin de la cuisine. Il consulta sa montre, ouvrit, passa la tête dans l'embrasure et aperçut un escalier qui descendait dans une cave éclairée par la lumière du jour. Soulagé, il s'y engagea. Une fois en bas, il chercha ses repères. Le soleil qui entrait par les fenêtres au sommet des murs permettait de bien voir. La cave était propre. Les murs de pierre avaient été plâtrés et blanchis à la chaux. Des caisses en bois étaient méticuleusement empilées dans les coins. Des étagères étaient remplies de conserves et de boîtes en fer-blanc. *Un simple garde-manger doublé d'un entrepôt*, se dit le policier.

À quatre pieds de l'escalier, un rideau de velours noir très épais coupait la pièce en deux. Intrigué, Tremblay fit quelques pas et l'entrouvrit. De l'autre côté, la noirceur la plus complète régnait. Il écarta un peu plus le rideau pour laisser pénétrer la lumière qui venait de la fenêtre. Il fronça les sourcils en constatant que tous les murs étaient drapés de noir. Suspicieux, il entra d'un pas prudent et, des yeux, fit le tour de l'étrange endroit. Au centre de la pièce trônait une structure en bois en forme de X dont chaque extrémité était équipée d'une épaisse sangle en cuir. Il lui fallut un effort d'imagination pour comprendre que l'objet était conçu pour attacher quelqu'un. Il jeta un coup d'œil le long des murs. Çà et là, des matelas étaient posés à même le sol.

Le cœur battant, comprenant qu'il venait de tomber sur quelque chose de sérieux, et pressé de le rapporter à Arcand, il s'approcha d'une table non loin de lui et grimaça de dégoût en apercevant les fouets, les godemichés en bois et en métal de toutes les dimensions, les menottes, les bâillons et les pinces variées dont il n'arrivait même pas à imaginer l'usage.

— Bonyenne… fit-il, à mi-chemin entre la stupéfaction et l'horreur.

Presque à son corps défendant, il les détailla un à un, fasciné autant qu'écœuré, incapable d'en détacher le regard. Même s'il était seul, il sentit son visage rougir jusqu'à la racine des cheveux et ses joues se mettre à brûler. Puis il vit le mors de cheval et n'eut plus aucun doute.

Sonné, il délaissa la table et fit le tour de la pièce en longeant les murs. Instinctivement, il écarta une des tentures. Derrière, il découvrit un tableau richement encadré et écarquilla les yeux à la vue de la scène qui y était dépeinte. Il prit un moment pour comprendre qu'il s'agissait de plusieurs hommes et femmes qui copulaient sans distinction de sexes ou d'orifices. Il dut s'efforcer d'en arracher son regard tant la scène lui semblait incompréhensible et fascinante tout à la fois.

Dégoûté mais conscient de l'importance de ce qu'il venait de découvrir, le constable Tremblay replaça soigneusement les tentures, puis s'assura qu'il n'avait rien déplacé sur la table. Il fit demi-tour et écarta le rideau pour sortir de ce lieu de perdition. Au même moment, des pas pressés résonnèrent au plafond, juste au-dessus de lui.

La porte grinça et des pieds apparurent au sommet de l'escalier.

31

Tremblay retraita derrière le rideau, en referma soigneusement les deux moitiés et se camoufla de son mieux dans les plis du lourd tissu. Il tira son revolver, prêt à se défendre s'il le fallait. Il s'expliquerait ensuite. Le canon pointé vers le plafond, il écouta les pas descendre l'escalier de l'autre côté. Ils étaient légers et secs. Des pas de femme. Il espéra de toutes ses forces que celle qui approchait se contenterait de ramasser quelques cruchons de conserves pour repartir aussitôt vers la cuisine.

Tandis qu'il attendait, statufié, les liens entre les faits prenaient peu à peu forme dans sa tête. Une chose était désormais claire : ce Lapaix avait quelque chose à voir avec les meurtres des deux fillettes, de Coderre et de Synotte. Les pauvres petites avaient sans doute porté le même habit religieux que celles qui erraient en ce moment dans la cour et avaient été droguées comme elles. Peut-être avaient-elles subi dans cette pièce les outrages décrits par le Dr Hébert. Les tableaux sur les murs étaient à la hauteur des images trouvées chez les deux défunts. Et des parents éplorés étaient fermement convaincus qu'on retenait leur fille contre son gré.

Les pas se rapprochèrent et s'arrêtèrent de l'autre côté. Tremblay se tendit encore davantage. Soupçonnait-on sa présence ? Et en haut, Mlle Mary était-elle sortie du cabinet ? Une main apparut entre les rideaux et les écarta. Aussi subtilement que possible, le constable empoigna le tissu pour s'en recouvrir de son mieux. La religieuse avança, un bougeoir à la main. Elle admira un moment les lieux avec un soupir de contentement, puis se dirigea droit vers la table. Stupéfait, Tremblay l'observa dans la pénombre. Elle déposa son bougeoir et, dans la lumière dansante de la chandelle, effleura un à un les jouets pervers qui s'y trouvaient, comme si elle les inventoriait. De loin, il eut l'impression que le souffle de la femme s'accélérait, et il l'entendit distinctement déglutir. L'espace d'un instant, il eut la certitude qu'elle allait retrousser sa robe pour s'offrir une petite séance d'intimité avec un godemiché.

Un cri étouffé monta. La religieuse se raidit, traversa la pièce à grandes enjambées furibondes, s'arrêta devant le mur du fond, écarta la tenture d'un geste brusque et donna un violent coup de pied sur une porte basse dont le constable n'avait pas soupçonné l'existence.

— Taisez-vous ! lâcha-t-elle. Vous m'entendez ? Pas un mot !

Les cris cessèrent aussi sec. D'un geste rageur, la sœur remit le rideau à sa place, tourna les talons et sortit de l'antre de débauche. Ses pas résonnèrent dans l'escalier puis la porte qui donnait sur la cuisine fut refermée. Le jeune constable attendit un peu pour être certain que la sœur ne redescendrait pas, remit son arme dans sa ceinture, se rendit ouvrir à nouveau le volet pour voir clair, écarta le rideau et se précipita vers le fond de la pièce. Il s'accroupit et fit glisser les gros loquets de fer qui verrouillaient la porte basse de l'extérieur. Il ouvrit, glissa la tête dans le cagibi et fut accueilli par une épaisse puanteur d'excréments et de saleté qui le fit presque reculer.

— Il y a quelqu'un ? chuchota-t-il nerveusement.

Il n'obtint aucune réponse, mais sachant ce qu'il avait entendu, il insista. Cette fois, un couinement apeuré lui parvint.

— Je suis le constable Alfred Tremblay du Département de police, dit-il en essayant de conserver un ton calme pour ne pas effrayer la personne qui se trouvait là, prisonnière dans ce réduit noir et pestilentiel. Venez, je vais vous sortir d'ici.

Cette fois, il entendit des froissements de vêtements au fond, puis vit apparaître dans l'ouverture le visage sale d'un petit garçon. Scandalisé, se demandant furieusement comment on pouvait garder un enfant prisonnier tel un animal, le policier tendit les bras pour le sortir de là. Il allait lui demander qui il était quand un deuxième visage apparut. Un visage absolument identique au premier, sous la crasse. Des jumeaux.

Réalisant sur qui il était tombé, Tremblay s'empressa de tirer le second garçon de son trou puis plaça son index sur ses lèvres et pointa le doigt vers le plafond pour leur faire comprendre qu'il y avait des gens au-dessus. À demi aveuglés par la faible lumière après un long séjour dans le noir, les deux enfants hochèrent néanmoins la tête avec gravité. Le jeune homme admira leur courage. Ils étaient bien les fils de Marcel Arcand. Malgré la saleté de leurs cheveux, il leur caressa la tête et leur adressa un clin d'œil pour les rassurer. Un bruissement de tissu ramena son attention sur la porte du réduit, juste à temps pour voir une femme en émerger, dans le même état que les garçons.

— Madame Arcand ? murmura-t-il en lui tendant la main.

Clignant des yeux, l'air hagard, elle l'accepta en hochant la tête puis se précipita vers ses enfants. Tremblay referma la porte, remit les verrous et replaça le rideau afin que personne ne remarque son passage. Les ravisseurs s'apercevraient bien assez tôt qu'ils ne détenaient plus personne. Mais auparavant, il devait trouver une façon de faire sortir tous ces gens sans se faire prendre.

— Ne bougez pas, chuchota-t-il.

Il se releva et considéra ses options. Il était hors de question de simplement monter l'escalier et de traverser toute la maison pour sortir par la porte avant. La cour arrière était clôturée et, en cet instant, pleine de monde. Restaient les fenêtres. Il s'orienta à la hâte. Les seules accessibles se trouvaient de l'autre côté du rideau, près de l'escalier, et elles donnaient sur la rue Amherst. Il se rappelait les avoir vues, dans leurs margelles, en arrivant. Il entraîna la famille Arcand, tira le rideau noir et, tout en surveillant nerveusement l'escalier, réussit à ouvrir la fenêtre sans faire de bruit. Elle était juste assez grande pour permettre le passage de tout le monde.

— Vous allez aboutir sur Amherst, expliqua-t-il à Mme Arcand. Il y a un marchand de tabac, au coin, de l'autre côté de Sainte-Catherine. Vous allez m'attendre là. Je viendrai vous rejoindre. Ne partez pas sans moi. Compris ?

— Compris, fit l'épouse de l'inspecteur en lui adressant un regard ferme qui suscita son admiration.

Il entrelaça ses doigts pour faire la courte échelle. La dame ne pesait presque rien et fut bientôt dehors. Tremblay se pencha et força un sourire en saisissant un des garçons sous les aisselles.

— Allez, mon grand, on va retrouver maman, chuchota-t-il.

— Et papa aussi ? demanda l'enfant d'une petite voix apeurée.

— Oui, papa aussi. Je te le promets.

Il le souleva et le poussa dehors, puis en fit autant pour le second.

— Restez dans l'entrée de la boutique, rappela-t-il à Mme Arcand. J'arrive tout de suite.

Il referma la fenêtre, replaça le volet, s'assura que rien ne trahissait son passage et, satisfait, s'engagea dans l'escalier sur la pointe des pieds, se crispant au moindre grincement. Une fois au sommet, il colla l'oreille contre la porte. N'entendant rien, il l'entrebâilla avec prudence et jeta un coup d'œil. La cuisine était déserte. Il ouvrit, sortit, referma doucement et s'engagea dans le corridor en refrénant son envie de foncer à toutes jambes. Une fois dans la salle d'attente, il eut tout juste le temps de se précipiter sur la chaise qu'il avait quittée que la porte du cabinet s'ouvrait. Mary en sortit, suivie du médecin qui demeura dans l'embrasure, arborant une expression compatissante qui fit bouillir le sang du constable.

— Le sirop vous fera du bien, l'assura Lapaix, dans le cadre de porte, en désignant la bouteille verte que tenait l'Irlandaise.

— Merci, docteur.

Tremblay se leva précipitamment, lui prit le bras et l'entraîna vers la sortie.

***

Joseph et McCreary avaient payé le cocher à la hâte et étaient descendus rue Sainte-Catherine. De là, ils observèrent la voiture qui conduisait Painchaud, et qu'ils avaient suivie depuis Saint-Denis, s'arrêter devant une maison aux lattes de bois délavées et à l'air un peu délabré sur Amherst. Le notaire en sortit, régla la course et se dirigea vers la porte.

Il allait frapper quand elle s'ouvrit brusquement. Painchaud recula d'un pas, surpris, pour éviter de la recevoir en plein visage. Un homme et une femme sortirent en toute hâte et faillirent lui rentrer dedans.

— Tremblay ? fit McCreary, étonné.

— Mary ? ajouta Joseph, avec un mélange de surprise et de colère.

Ils se regardèrent, abasourdis.

— C'est la maison de ce Dr Lapaix, précisa le journaliste, stupéfait.

Ils virent le notaire entrer sans frapper. Puis ils aperçurent une femme et deux enfants sales et visiblement apeurés traverser la rue Sainte-Catherine tout près d'eux et se diriger vers l'entrée d'un magasin de tabac.

***

Tremblay eut tout juste le temps de retenir Mary avant qu'elle percute l'homme bedonnant qui se trouvait de l'autre côté de la porte et qui avait l'air aussi surpris qu'eux. Le policier le toisa, se demandant où il avait bien pu le voir, puis repensa à la famille Arcand.

— Je vous demande pardon, dit-il en le contournant poliment, l'Irlandaise sur ses traces.

— Non, non, c'est moi qui… balbutia l'autre, sans avoir le temps de compléter sa phrase.

À grandes enjambées, le constable en civil entraîna Mary vers Sainte-Catherine sans plus d'égards pour l'inconnu, tenant son bras comme si elle risquait de s'envoler.

— Il n'a rien tenté de… d'indécent ? s'enquit-il tout en marchant vite.

— Le vieux cochon était visiblement déçu que j'aie de quoi payer ses gouttes, si c'est ce qui vous inquiète. Il aurait préféré un paiement en nature.

Ils poursuivirent leur chemin.

— Mais qu'est-ce qui se passe ? s'enquit Mary avec impatience en trottinant difficilement à ses côtés. Où courons-nous comme ça ?

— Votre Dr Lapaix est impliqué, dit Tremblay sans ralentir.

Ils traversèrent Sainte-Catherine en direction du marchand de tabac.

— Dans la cave, il y a une salle avec tout un attirail pour pervers, poursuivit-il, énervé. Du genre de ce qui a été trouvé chez Coderre et Synotte. La religieuse qui nous a ouvert était au courant. Elle est passée voir si tout était en ordre. C'est là que je les ai trouvés.

— Qui ça ?

Il désigna la porte du commerce encadrée par les deux Indiens en bois. À quelques pieds d'eux se trouvaient une femme et ses deux jeunes garçons aux yeux apeurés blottis contre elle, qu'elle enveloppait de ses bras. Ils étaient sales, mais semblaient en bonne santé. Elle-même faisait un effort évident pour se montrer forte. Malgré cela, des larmes perlaient dans ses yeux et elle tremblait un peu. Les jumeaux, eux, geignaient qu'ils avaient faim et soif. Il fallut un moment à Mary pour comprendre à qui elle avait affaire.

— Seigneur… fit-elle.

Près de la famille Arcand, tels des gardes du corps, l'air grave et déboussolé, se tenaient Joseph Laflamme et George McCreary.

32

Les minutes qui suivirent furent consacrées à se mettre réciproquement à jour, à l'abri des regards dans l'entrée du magasin de tabac. McCreary pénétra en vitesse dans la boutique pour acheter des bonbons à l'anis aux jumeaux, ce qui dessina enfin un sourire sur leur visage sale et apeuré, et un autre, reconnaissant, sur celui de leur mère.

Mary confirma que le médecin qui l'avait reçue était bien Jacques Lapaix dont elle avait gardé un triste souvenir, et que rien n'avait changé dans la manière dont le sinistre bonhomme aimait être rémunéré. Elle avait tenté d'aborder la question de l'ordre de la Sainte-Face, lui laissant entendre qu'elle cherchait un endroit où réformer sa vie, mais après s'être enquis de l'âge de sa patiente il avait éludé l'approche sans démontrer plus d'intérêt. Elle était ressortie du cabinet avec une bouteille de sirop de gomme d'épinette rouge achetée à prix d'or dont elle n'avait nul besoin et un profond dégoût d'avoir été touchée à nouveau par cet homme.

Tandis que Joseph posait une main sur l'épaule de la rousse pour la réconforter, ravalant sa colère qu'elle ait couru un tel risque, Tremblay entreprit un récit rapide mais méthodique de tout ce qu'il avait découvert dans la cave, des objets et des images que la décence lui interdisait de nommer, en passant par les fillettes en habits de nonne dans la cour et la religieuse lascive, jusqu'à la découverte fortuite de Pauline Arcand et des jumeaux dans leur réduit. Enfin, Joseph et McCreary expliquèrent qu'ils avaient tout simplement suivi Painchaud jusqu'à cette maison sans savoir où il se dirigeait.

Les faits confirmaient ce qu'avait laissé entendre le registre de Synotte. Le notaire avait non seulement mené le jeune commis à la mort, mais il appartenait lui aussi bel et bien au groupe qui était lié à l'assassinat des deux fillettes. Il en allait assurément de même des autres hommes dont le nom figurait au registre.

— Grands dieux… siffla Tremblay, horrifié. J'ai l'impression d'être tombé sur la nouvelle Sodome.

— *Pretty close description, I'd say*[1], renchérit McCreary avec son flegme habituel.

Toutes les ficelles s'attachaient d'elles-mêmes : ces hommes abusaient collectivement de jeunes filles à peine sorties de l'enfance et il y avait fort à parier que celles qui portaient l'habit de l'ordre de la Sainte-Face, qu'on semblait garder droguées en permanence, constituaient leur réserve. Lapaix, un pervers notoire, faisait sans doute le commerce de la chair avec l'aide de la religieuse. Et, de toute évidence, ces gens n'entendaient pas à rire. Ils avaient assassiné Charles-Alexandre Coderre et Grégoire Synotte de façon exemplaire. Ils avaient aussi enlevé la famille de l'inspecteur pour le forcer à cesser l'enquête. Quant à Joseph, seul le

1. La description me semble assez juste.

hasard l'avait sauvé de la mort, coûtant cependant la vie à Antoine Durand.

— Sacrement... C'est énorme, tout ça, fit le journaliste en pensant déjà à l'article qu'il en tirerait et qu'il pourrait publier maintenant que la famille d'Arcand était libre. J'ai hâte de savoir qui sont les autres types. Je serais ravi d'y trouver un politicien ou deux. Ou un curé... Oui, un curé, ce serait encore mieux.

Tremblay étira le cou et aperçut une voiture qui approchait. Il agita la main pour attirer l'attention du cocher.

— Je vais ramener Mme Arcand et les petits auprès de l'inspecteur, annonça-t-il. Je reviens aussi vite que possible avec des constables pour bien encercler la maison et arrêter cette racaille.

— Très bien. McCreary et moi resterons ici, au cas où il se produirait quelque chose, renchérit Joseph.

La voiture s'arrêta. L'Anglais paya d'avance au cocher une rondelette somme qui lui fit grandir les yeux. Les jumeaux montèrent, suivis de leur mère et de Mary.

— Police, dit Tremblay au cocher en écartant un peu sa veste pour lui faire voir la crosse de son revolver dans sa ceinture. Nous allons sur De Lorimier, entre Mignonne et Sainte-Catherine. Vous ne vous arrêtez sous aucun prétexte et vous ne déviez pas du parcours le plus court. Est-ce clair ?

— O-Oui, balbutia le vieil homme, intimidé, les yeux encore plus ronds.

Le constable monta à son tour, referma la portière et la voiture s'ébranla.

— *So that's it, then ?* déplora McCreary, songeur, en observant la maison de Lapaix. *We've found our kidnappers, our perverts and our killers all at once. We're really done*[1] ?

— On dirait bien.

L'Anglais fit distraitement rouler sa moustache entre ses doigts.

— *It's almost disappointing*[2], ricana-t-il.

— C'est surtout absolument répugnant.

— Mais vous en tirerez un très bon article, non ? Au moins aussi spectaculaire que ceux sur l'Éventreur et sur le Klan. Votre réputation en sera accrue. *Le Canadien* et vous serez les seuls à profiter de tout ça. Il est quand même ironique de constater que le mal et la misère rapportent.

— J'enquête et je publie ce que je découvre, répliqua Joseph, sur la défensive. Je ne m'excuserai pas de faire mon travail. Ce n'est pas moi qui ai fait le monde. J'essaie seulement d'y survivre.

— Ne vous justifiez pas, Laflamme. Sans vous, la police chercherait encore.

Ils firent une pause sans quitter la maison des yeux.

— Vous allez pouvoir fouiller tranquillement l'histoire de votre vieux prêtre amateur de livres anciens, reprit le vétéran de Scotland Yard. Je suis curieux de savoir ce qu'il vous veut, celui-là.

— Moi aussi, ça me démange, lui confirma le journaliste. L'évêché a assurément quelque chose à cacher et je vous jure que je trouverai ce que c'est. Un secret de curé n'est jamais tout à fait propre.

— Vous n'aimez pas beaucoup les prêtres, remarqua l'Anglais sans le regarder, sur un ton de conversation.

1. Alors c'est tout ? Nous avons trouvé nos ravisseurs, nos pervers et nos assassins en même temps ? C'est vraiment fini ?

2. C'est presque décevant.

— Non.

— Pourquoi ?

Le journaliste se renfrogna.

— Je ne les aime pas, c'est tout.

Bien trop discret pour insister, McCreary se contenta d'acquiescer avec une moue songeuse.

— *We all have our demons*[1], conclut-il avec un soupir en songeant à tous ceux qu'il avait lui-même affrontés en traquant l'Éventreur à Londres puis à Montréal. Nous devons les apprivoiser et vivre avec eux de notre mieux. Ça s'appelle la vie. Il faut saisir le bonheur quand il croise notre route, car il pourrait ne jamais repasser. Miss Mary a bon cœur et elle vous aime, Laflamme. Et vous l'aimez aussi. Cessez de tourner autour du pot. Demain, vous pourriez aussi bien vous faire écraser par ce tramway qui avance tout seul et mourir. Vivez pendant que vous le pouvez, mon ami.

Du menton, il désigna le *Rocket* qui approchait sur ses rails, mais Joseph ne l'écoutait plus. Toute son attention était concentrée sur la maison de Lapaix.

— Regardez, dit-il, tendu.

Une voiture venait de s'arrêter devant et un homme en était descendu. Il avait payé le cocher, qui était reparti, mais il était resté dans la rue. Même à distance, toute son attitude trahissait l'appréhension. Il sembla se résoudre à avancer vers la maison qui tenait lieu de couvent et frappa. Peu après, la porte fut ouverte par une religieuse qui le laissa entrer avant de refermer.

— Un de nos amis de la *Canada Sugar Refining Co.* ? demanda McCreary.

— C'est fort probable.

1. Nous avons tous nos démons.

— Ils se réunissent souvent…

— Peut-être qu'ils sont nerveux.

Une minute s'écoula et une autre voiture arriva. Puis une autre et une autre encore. Chaque fois, le même manège se reproduisit et tous les passagers disparurent à l'intérieur avec des degrés variables d'hésitation.

— En tout cas, ils facilitent la vie du constable Tremblay et de ses collègues, observa l'Anglais. Les policiers seront ravis de pouvoir cueillir tout le monde au même endroit.

— Quelque chose me dit que l'inspecteur Arcand prendra personnellement le dossier en main avec une hargne remarquable, même pour lui.

Le journaliste consulta sa montre.

— Il est passé six heures. Peut-être qu'ils viennent dire les vêpres en compagnie des religieuses ?

— *Yes, indeed*[1], railla McCreary.

Ils continuèrent à guetter, impatients de voir arriver les renforts. Une trentaine de minutes plus tard, l'Anglais se raidit subitement et fronça les sourcils.

— Regardez, dit-il en désignant un homme de l'autre côté de la rue.

Le boiteux passa devant eux, ignorant qu'il était observé, et tourna sur Amherst. Ils eurent amplement le temps de détailler son visage fermé, à la barbe de plusieurs jours, son regard dur et ses vêtements usés.

— Vous le connaissez ?

— Non, et je n'y tiens pas vraiment.

Sans hésiter, l'inconnu se dirigea vers le couvent de l'ordre de la Sainte-Face. Contrairement aux autres, au lieu de frapper, il tira une clé de sa poche et déverrouilla la porte pour entrer.

1. Oui, bien sûr.

— Il fait comme chez lui, remarqua Joseph.

— Celui qui a jeté le corps de Coderre au milieu du Haymarket Square boitait de la jambe gauche, et on a entendu un boiteux s'éloigner après le meurtre de Durand, rappela McCreary. Et souvenez-vous de la trace sur le sol, près de Synotte.

Le journaliste acquiesça sombrement de la tête.

— Chaque fois qu'il pointe le bout du nez, celui-là, il y a des morts. Tremblay ferait mieux de se presser.

33

Dans la cuisine du couvent, le malaise était palpable. Chacun des cinq hommes qui s'y trouvaient aurait donné cher pour être ailleurs. N'importe où. Mais aucun d'eux n'osait le dire. Un silence épais et gêné régnait, interrompu seulement par les raclements de gorge, les soupirs nerveux, les doigts qui tambourinaient sur la table et les frottements de chaussures sur le plancher ciré. Évitant le regard des uns et des autres pour masquer leur embarras et leur peur, ils sirotaient l'excellent brandy que la supérieure leur avait servi à leur arrivée. Depuis, ils attendaient de savoir pourquoi le patron les avait convoqués, par télégramme, de surcroît.

La tension montait dans ce qu'il restait de leur groupe et l'un d'eux se décida enfin à parler.

— Quelqu'un sait pourquoi nous sommes ici ? demanda-t-il anxieusement en s'épongeant le front avec un mouchoir.

— Patience. Nous l'apprendrons bientôt, dit calmement Painchaud.

— Après le spectacle de la raffinerie, si j'avais le choix…

L'homme frissonna et prit une grande gorgée.

— Tu ne l'as pas, justement, coupa le notaire. Nous avons joint le groupe en toute connaissance de cause et nous profitons grassement des avantages que nous en retirons. Nous y sommes pour y rester. Je suis certain que tu comprends cela.

— Oui, oui, bien sûr, admit l'homme en faisant un effort manifeste pour se calmer. Tu as raison, Félix.

Le silence retomba aussitôt, encore plus lourd qu'avant. Painchaud préférait qu'il en soit ainsi. Les murs avaient des oreilles et le patron était de moins en moins patient. Ne rien dire était une sage politique pour éviter de se retrouver sa tête sur les cuisses, son membre viril dans les fondements ou victime de quelque autre raffinement sadique mis au point par le boiteux.

Malgré l'anxiété qu'il éprouvait lui-même mais qu'il se gardait de laisser paraître, il ne put s'empêcher de se demander quelles voluptés pouvaient bien l'attendre dans la cave. Il devait être patient. Le patron voudrait d'abord faire le point sur les événements sanglants de la nuit précédente et renforcer le message qu'il leur avait adressé. C'était sa façon de faire. Il menaçait toujours avec le sourire. Puis on réglerait quelques questions d'affaires. Ensuite, seulement, viendrait la récompense. D'ici là, il essaierait de faire abstraction de l'agréable tiraillement qu'il ressentait dans l'entre-jambe. Sa virilité s'était assoupie depuis longtemps et seuls les corps tendres et à peine pubères la réveillaient encore. Il avait besoin d'entendre leurs gémissements et leurs pleurs, de les posséder. Malgré sa peur et ses scrupules, malgré l'état lamentable de sa conscience, il ne pouvait pas davantage se passer de ces délices que se priver du luxe matériel. Sans l'un et l'autre, sa vie n'aurait plus de sens. Pour les conserver, il était prêt à toutes les bassesses et à tous les risques.

La supérieure apparut dans la cuisine.

— Messieurs, annonça-t-elle d'une voix enjôleuse, il y a un léger changement au programme.

— Le patron n'est pas là ? demanda l'homme qui tenait encore son mouchoir.

— Il a eu un empêchement de dernière minute, expliqua la religieuse. Vous comprenez que son horaire est très rempli et sujet à quelques imprévus. Il vous demande de bien vouloir commencer par les distractions qui ont été préparées pour vous et vous souhaite d'en profiter. La rencontre d'affaires prévue pour le début de la soirée se tiendra plutôt à la fin.

Elle entrouvrit la porte de la cave.

— Si vous voulez descendre, dit-elle avec un regard lascif en les invitant de la main. Vous êtes attendus.

Un à un, les cinq hommes se levèrent et se dirigèrent vers la porte ouverte, le souffle un peu plus court, leur inquiétude en partie effacée par la promesse des plaisirs qui les attendaient en bas, derrière le rideau de velours. Quand ils furent tous dans l'escalier, elle referma doucement la porte.

— Amusez-vous bien, messieurs.

Quelques secondes après, un homme entra dans la cuisine en boitant, une solide poutre en bois sous le bras.

— Ils sont en bas, lui confirma-t-elle.

— Tous les cinq ?

— Oui.

Il s'avança vers la porte et déposa la pièce de bois sur les solides équerres en fer installées à cette fin de chaque côté. Puis il se tourna vers la religieuse.

— Fais-moi une gâterie, lui ordonna-t-il.

Docilement, elle s'agenouilla devant lui, défit sa braguette et entama le service qui était requis d'elle. Elle sentit les doigts du boiteux empoigner son voile et l'épaisse chevelure qui se cachait dessous pour mieux contrôler le rythme de ses caresses. Elle fut surprise par le plaisir abondant qui se répandit dans sa bouche. Quand elle lâcha le membre désormais soulagé, elle eut à peine le temps d'entrevoir la lame qui lui ouvrit la gorge.

Le boiteux reboutonna sa braguette tandis que, devant lui, la supérieure parcourue de spasmes se vidait de son sang. Puis il prit une lampe à huile sur le comptoir de la cuisine, l'alluma, régla la flamme à sa plus haute intensité et la fracassa contre le mur.

***

En cette fin de septembre, le soir commençait à tomber dès sept heures. Ce fut grâce à la pénombre naissante que Joseph aperçut les flammes qui montaient par une fenêtre de la maison.

— Sacrement ! s'écria-t-il. Regardez ! Le boiteux a mis le feu ! Il va brûler tout le monde et faire disparaître tous les témoins ! Et les petites avec !

Les premiers cris d'alerte montaient à peine parmi les piétons que McCreary et lui se précipitaient vers le couvent. L'Anglais clopinant loin derrière sur sa prothèse, le journaliste arriva le premier. Sans réfléchir, il fonça vers la porte d'entrée, décidé à prévenir ceux qui se trouvaient à l'intérieur avant qu'il ne soit trop tard. Il méprisait ces agresseurs de tout son être, mais s'il y pouvait quoi que ce soit, il s'assurerait qu'ils répondraient de leurs actes devant les hommes d'abord plutôt que de mourir bêtement dans un incendie. Leur comparution devant leur créateur pouvait attendre. Et il y avait les fillettes que Tremblay avait vues. Presque des enfants. Il ne pouvait pas les laisser rôtir sans rien faire. Peut-être étaient-elles déjà inconscientes. Il devait entrer et les tirer de là.

Il allait saisir la poignée lorsque la porte s'ouvrit brusquement, libérant un nuage de fumée âcre qui l'enveloppa. Il arriva face à face avec le boiteux que McCreary et lui avaient vu entrer voilà peu de temps.

Pris au dépourvu, l'infirme écarquilla les yeux. Il se ressaisit aussi vite et fonça sur Joseph. Avant de pouvoir réagir, le journaliste sentit le genou de l'autre s'enfoncer dans son abdomen, lui faisant remonter les organes dans la gorge et chassant l'air de ses poumons. Une douleur fulgurante rayonna depuis son ventre et le paralysa. Dans le même mouvement, le boiteux le poussa vers l'arrière et il atterrit sur le dos. Sa tête heurta violemment le sol et il demeura allongé, sonné. La bouche ouverte, la tête qui tournait, il parvint à rouler sur le côté, mais un pied le frappa violemment au visage.

Quelque part entre la conscience et l'inconscience, Joseph sentit qu'on l'empoignait sous les aisselles et qu'on le tirait. Sa tête se renversa mollement sans qu'il puisse la retenir. Ses pieds rebondirent à quelques reprises sur des obstacles qu'il ne put identifier. Il fut jeté comme un sac de lessive et se retrouva la face contre un plancher dur.

— Je ne te raterai pas deux fois, toi, grogna une voix près de lui.

Un nouveau choc s'abattit dans ses côtes et la douleur irradia jusque dans son bras. Des pas inégaux s'éloignèrent et une porte claqua. Il essaya de respirer, mais la fumée envahit ses narines et sa bouche. Il fut pris d'une quinte de toux qui décupla la douleur dans ses côtes et dans son ventre.

Autour de lui, la chaleur augmentait rapidement. Réalisant vaguement qu'il allait mourir, il essaya de se lever mais retomba lourdement, privé de forces. Il tenta d'appeler, mais seul un râle sortit de sa poitrine douloureuse. Ses yeux ne voyaient que des volutes grises qui tournoyaient et il dut les fermer tant ils brûlaient.

Il devait sortir de là. Il devait respirer. Il essaya de ramper. Ses ongles se plantèrent dans le bois du plancher et il tenta d'avancer mais parvint à peine à bouger. Il était épuisé. Sa toux empira et il n'arriva plus à inspirer. Il se laissa choir, la salive s'écoulant dans la commissure de ses lèvres, incapable de remplir ses poumons à court d'air. Il vomit faiblement.

Quelque part, un coup de tonnerre éclata. Il ne réagit pas. Il était loin. Si loin. C'était sans doute les portes de l'enfer qui s'ouvraient pour son arrivée. Avec la vie qu'il avait menée, le diable devait l'attendre en se frottant les mains. Au moins, il y retrouverait les maudits curés qui l'avaient privé de son enfance. Ils rôtiraient ensemble pour l'éternité et il leur rendrait chacune des souffrances qu'ils lui avaient infligées.

Il pensa à Mary. Sa petite Mary, si pleine de vie et si forte, qui faisait de lui un meilleur homme. L'image de la rousse au sourire étincelant et aux grands yeux verts lui rendit un peu d'énergie. Dans un effort surhumain, il poussa sur le plancher brûlant et parvint à se relever à moitié. Il demeura comme suspendu un moment, incapable de faire davantage et refusant de cesser d'essayer.

Puis il ne pensa plus à rien.

34

— Désolé, Laflamme, je ne peux pas le publier, déclara Charles-Edmond Rouleau.

Son éternel cigare dans le coin de la bouche, l'éditeur déposa sur son bureau l'article que Joseph venait de lui proposer et le repoussa vers lui. Puis il se servit un verre de whisky mais ne lui en offrit pas.

— Comment ça, pas le publier ? s'insurgea le journaliste, abasourdi. Pourquoi ? Vous ne le trouvez pas bon ?

— Au contraire, il est très bon, répondit le rédacteur en frottant son crâne chauve. C'est peut-être ton meilleur. Mais je ne le publierai pas. Je ne peux pas.

— Mais... Mais... c'est l'affaire la plus juteuse sur laquelle je suis jamais tombé !

Vexé, Joseph se mit à énumérer ce que contenaient les trois feuillets.

— Un réseau d'hommes qui abusent de fillettes droguées et qui les jettent dans le fleuve quand elles en meurent ? Un notaire, un banquier et un agent de la douane parmi les pervers ? Un tueur boiteux qui émascule et décapite ceux qui se rebellent ? La famille d'un inspecteur de police enlevée puis retrouvée par un courageux jeune constable ? Un charlatan

qui cache un bordel dans les murs d'un faux couvent ? Ils ont même un complice dans la police ! C'est du vrai gâteau ! Et vous me dites que vous ne le publierez pas ? Vous ? Allons donc ! s'esclaffa Joseph. Vous vendriez votre propre mère pour beaucoup moins que ça !

— J'ai dit non, Laflamme, dit le rédacteur en chef, visiblement mal à l'aise. N'insiste pas. Je ne peux pas.

— Vous vous êtes acheté une moralité récemment ou quoi ?

— Ce n'est pas ça.

— Alors tant pis pour vous. Je le proposerai à quelqu'un d'autre.

— Personne ne le prendra. Oublie ça. Tu dois partir, maintenant.

— Mais sacrement, qu'est-ce qui se passe ? explosa Joseph, exaspéré. Je ne vous reconnais plus ! Expliquez-moi !

Embarrassé, Rouleau soupira. Il secoua la tête et, d'un geste résigné, attrapa la copie du Canadien *parue le matin même, qui traînait sur son bureau. Il encercla un entrefilet au crayon gras et jeta le papier devant Joseph.*

— Parce que tu es mort, Laflamme, lâcha-t-il d'un ton lugubre. Un mort, ça n'écrit pas.

Joseph prit le journal et lut l'article.

LE CANADIEN EN DEUIL

Le vendredi 23 septembre dernier, en soirée, M. Joseph Laflamme, journaliste du Canadien, a trouvé la mort dans l'incendie du couvent de l'ordre de la

Sainte-Face, situé sur la rue Amherst, près de Sainte-Catherine. On pense qu'il tentait de sauver des flammes le Dr Jacques Lapaix, philanthrope montréalais bien connu, et un groupe de religieuses qui y étaient demeurées prisonnières.

On se souviendra que Joseph Laflamme était l'intrépide journaliste qui a enquêté, au risque de sa vie, sur l'Éventreur qui sévissait dans les rues de Montréal l'année dernière, ainsi que sur les assassinats de Noirs voilà quelques mois. Il avait d'ailleurs été blessé par balle à cette dernière occasion, ce qui ne l'a pas empêché de poursuivre ses activités professionnelles avec la même détermination. Au moment de sa mort, il fouillait sur deux mystérieux assassinats de jeunes filles.

Le défunt laisse dans le deuil son épouse, dame Mary O'Gara, ancienne fille perdue maintenant réformée, sa sœur cadette, Mme George McCreary, catholique convertie à la religion anglicane, ainsi que tous les bons frères de l'orphelinat Saint-Patrick qui ont tendrement pris soin de lui durant son enfance. <u>*Le Canadien*</u> *offre à tous ses plus sincères condoléances.*

Une grande messe, généreusement offerte par l'évêché de Montréal, sera chantée en la cathédrale Marie-Reine-du-Monde, rue de la Cathédrale, ce dimanche 25 septembre par l'abbé Cyprien Trépanier, secrétaire de Mgr Fabre, qui entretenait avec le défunt une relation de sincère amitié. Parents et amis sont chaleureusement invités à y assister.

Charles-Edmond Rouleau
Rédacteur en chef

— Le Canadien *ne publie pas d'articles posthumes, déclara Rouleau d'une voix blanche de regret. Maintenant, va-t'en, Laflamme. Je ne sais pas trop où tu dois être, mais ce n'est pas ici.*

— Non... Je ne... je ne suis pas mort, balbutia Joseph, ébranlé. Ce ne sont que des mensonges.

La respiration rendue saccadée par une panique croissante, il recula de quelques pas incertains en secouant la tête à mesure que l'idée faisait son chemin.

— Non... Je... je ne suis pas mort. Voyons... Je ne suis pas mort ! Je suis vivant ! Je suis vivant !

***

Samedi 24 septembre 1892

— Je suis vivant !

Joseph ouvrit les yeux tout en se redressant brusquement. Il eut à peine le temps de se rendre compte qu'il se trouvait dans sa chambre, assis dans son lit, que le souffle lui manqua. Un accès de toux le plia en deux, lui arrachant presque les poumons et lui causant d'affreux élancements dans les côtes. Lorsque sa quinte se calma enfin, il retomba sur le dos, haletant, le visage luisant de sueur et la chemise de nuit collée à la peau. Les yeux fermés, il sentit qu'on lui appliquait une serviette humide sur le front. Il les rouvrit pour trouver le visage ravagé d'inquiétude de Mary, ses beaux grands yeux bouffis et rougis par toutes les larmes qu'elle avait versées. Elle lui adressa néanmoins le plus beau sourire du monde.

— J'ai cru te perdre... dit-elle d'une toute petite voix qui tremblait.

— Tu... tu ne te débarrasseras pas... de moi aussi... facilement, bredouilla-t-il d'une voix rauque, la gorge en feu, en revenant peu à peu à lui.

La porte de la chambre s'ouvrit. Emma, McCreary, Arcand, Tremblay et le Dr Hébert entrèrent et prirent place tout autour du lit.

— Vous n'êtes vraiment pas tuable, Laflamme, déclara l'Anglais avec un sourire étincelant. Ou alors vous avez neuf vies, comme un chat. Noir, évidemment, le chat. De ceux qui portent malchance. Et de gouttière.

Joseph les avisa tous sans trop comprendre, toussota et ravala sa salive.

— Que s'est-il passé ? Je me souviens d'avoir surveillé la maison de Lapaix, mais ensuite...

— Le boiteux y a mis le feu, vous vous rappelez ? demanda McCreary.

— Le feu, oui, murmura le journaliste, l'esprit embrouillé, les sourcils froncés par la concentration, en essayant de saisir les images floues qui lui traversaient la mémoire.

— Vous avez essayé d'entrer. Le boiteux vous a tabassé et vous a jeté inconscient à l'intérieur avant de s'enfuir.

Je ne te raterai pas deux fois, toi, fit une voix dans la tête de Joseph. Il se revit en train d'essayer de se relever seulement pour retomber lourdement, le visage contre le sol. Il se rappela la fumée âcre qui lui brûlait les yeux et lui remplissait les poumons.

— Oui… Qui m'a sorti de là ?

— George, déclara Emma avec une fierté non dissimulée. Avant que les secours n'arrivent. Il est entré et t'a tiré dehors. Il t'a sauvé la vie.

— Et votre jambe de bois n'a pas brûlé ? railla Joseph, son rire se transformant aussitôt en une nouvelle quinte de toux.

— Remerciez-la, ma jambe de bois, au lieu de rire d'elle. Le boiteux vous croyait seul parce qu'elle m'a fait prendre du retard. Sans elle, vous ne seriez plus qu'un rôti trop cuit.

— De l'authentique cuisine anglaise, quoi, rétorqua Joseph.

— Mrrrrmph, fit McCreary en se renfrognant tandis que tout le monde souriait.

Mary porta un verre d'eau aux lèvres de Joseph. Il but quelques gorgées en grimaçant et lui adressa un regard interrogateur.

— Non, pas de gin, trancha-t-elle avant même qu'il formule la demande.

— Ordre du médecin, renchérit le Dr Hébert en s'approchant du lit. Il vous faut de l'eau. Vous avez inhalé beaucoup de fumée. Vous avez des brûlures au visage et à la main, mais rien qui ne guérira pas. Quant à vos cheveux et votre moustache, ils repousseront.

— *In other words, I'm afraid you're even uglier now than you were before, my boy*[1], ricana McCreary, fier de lui.

Joseph examina ses mains. La droite était enveloppée dans un bandage depuis les jointures jusqu'au poignet. Il fit jouer ses doigts qui en dépassaient pour les tester

1. En d'autres mots, je crains que vous ne soyez encore plus laid qu'avant, mon garçon.

et les trouva mobiles, même si chaque mouvement lui causait des élancements. Il porta la gauche sur sa tête et se figea. Il eut beau chercher, il ne trouva que des touffes de cheveux courts et rêches. Une odeur de roussi en monta qui lui fit plisser le nez.

— J'empeste le cochon brûlé, maugréa-t-il.

— Je te raserai le crâne, lui dit gentiment Mary en lui caressant le visage. Ça te donnera un air de mauvais garçon.

Joseph sourit et ses joues lui firent mal.

— Vous avez l'équivalent d'un gros coup de soleil dans le visage, expliqua le médecin. Une minute de plus et vous y restiez. La police vous a ramené ici et m'a fait appeler. Je vous ai injecté un sédatif. Vous avez dormi toute la nuit.

Joseph cligna des yeux tandis qu'il fouillait sa mémoire, où les souvenirs reprenaient forme petit à petit. Puis il dévisagea Arcand.

— Votre famille… ?

— À la maison, gardée par quatre constables à l'air méchant, précisa l'inspecteur. Je ne peux vous dire le soulagement…

Un silence ému tomba dans la chambre, plus évocateur que tout ce qui aurait pu être dit.

— Les filles… ? s'enquit le journaliste, appréhendant le pire.

— Elles sont saines et sauves, dit Arcand. McCreary les a sorties par la fenêtre de la cave.

— Vraiment ? fit Joseph, sincèrement impressionné. Mais dites donc, vous êtes un véritable héros. Il faudra vous trouver une médaille. Je crois savoir que les Britanniques aiment beaucoup ce genre d'honneurs. Sa Majesté la reine doit bien avoir quelque chose de scintillant à vous accrocher au paletot.

— Je me suis rappelé que le constable Tremblay avait parlé d'une fenêtre par laquelle il avait fait passer Mme Arcand et ses enfants, expliqua l'Anglais sans relever l'ironie.

— Clémentine Lajoie se trouvait parmi les filles. Elle a maintenant retrouvé ses parents, ajouta Tremblay, qui portait à nouveau son uniforme. Dieu merci, elle n'avait pas encore été… utilisée. Elle l'aurait été durant la séance que l'incendie a interrompue.

— Et les autres salopards ?

McCreary se massa la nuque, visiblement embarrassé.

— *Well...* fit-il, la tête basse, en traçant des cercles avec le bout de son pied droit, *erm, as it happens, I'm afraid they were rather too big for that small window*[1].

— En tout, les corps de cinq hommes et d'une femme ont été trouvés, précisa l'inspecteur. Nous tentons encore de les identifier. Évidemment, j'aurais préféré les voir croupir en prison, mais je ne pleurerai pas leur mort. En ce qui me concerne, ça fait six ordures de moins à Montréal.

— Le boiteux ? demanda Joseph.

Cette fois, McCreary ne fit aucun effort pour masquer un sourire cruel qui fit retrousser sa moustache.

— Je suis arrivé comme il sortait de la maison, expliqua-t-il. *How shall I put it ? He had a head-on collision with a bullet*[2].

— Laissez-moi deviner : calibre 45.

— *Always, my boy*, rétorqua l'ancien de Scotland Yard. *Always*[3]. Il ne mutilera plus personne.

1. Eh bien, euh… il se trouve qu'ils étaient trop gros pour cette petite fenêtre.

2. Comment dire ? Il a eu une collision frontale avec une balle.

3. Toujours, mon garçon. Toujours.

— Il s'agissait d'un ancien constable nommé Alexis Leroux, expliqua l'inspecteur. Il a été chassé du Département de police il y a une dizaine d'années parce qu'il était un peu trop intime avec les truands et les *bookies*. Depuis, il vivait de boulots minables dont, de toute évidence, l'assassinat commandé.

— Et Lapaix, dans tout ça ?

Arcand s'anima à la mention du médecin.

— Alors là, ça devient vraiment intéressant ! Comme tous les rats de son espèce, il a trouvé un moyen de sauver sa peau. Les constables l'ont cueilli alors qu'il tentait d'escalader la clôture de la cour arrière, enveloppé dans une couverture fumante. Ils me l'ont gardé bien au frais. J'ai passé une partie de la nuit à l'interroger.

À l'air contrarié de l'inspecteur, Joseph devina qu'il avait appris quelque chose d'important qui ne lui plaisait pas.

— Le dépravé a chanté comme une mésange avant même qu'un constable ne lui balance la première claque, dit Arcand. Comme vous l'avez compris, il tenait un bordel qu'il meublait avec des fillettes en leur faisant croire qu'elles se joignaient à une communauté religieuse. Coderre, Synotte, Painchaud et les autres types figuraient parmi les habitués. Normalement, c'était Lapaix qui leur amenait des filles dans un hôtel établi à l'avance et qui les reprenait quand ils en avaient fini. Parfois, il en ramenait une de moins…

— Comme les deux filles dans le fleuve ?

Arcand acquiesça de la tête.

— Quand un des messieurs s'emportait un peu trop et que survenait un « accident », le boiteux se débarrassait du cadavre en le jetant dans le fleuve, confirma-t-il. Mais il y a plus.

Joseph se redressa dans son lit et, cette fois, y parvint sans s'étouffer. Mary disposa deux oreillers dans son dos.

— Quoi ?

— Le charnier de la rue Le Royer. Selon Lapaix, lorsqu'un enfant était malencontreusement conçu durant une des séances de débauche, la grossesse était menée à terme. Il accouchait lui-même la petite – il était médecin, après tout, et savait comment faire – et le boiteux disposait du corps de l'enfant dans un puisard désaffecté, non loin de là. Si quelqu'un sentait l'odeur de la décomposition, il croyait simplement qu'il s'agissait d'émanations d'égouts.

— Rappelez-vous que les deux filles avaient déjà accouché, intervint le Dr Hébert.

— C'est strictement par chance que l'effondrement de la canalisation a révélé les corps, compléta l'inspecteur. L'eau qui fuyait les a dégagés.

Joseph ferma les yeux et secoua la tête, sonné et incrédule.

— Sacrement… Ces pervers se payaient des fillettes, les engrossaient puis jetaient les bébés. C'est répugnant.

Une idée lui vint soudain.

— Maria Monk ! Ça doit être ce que le vieux prêtre crotté voulait tant me faire comprendre ! s'écria-t-il. Il savait que quelqu'un jetait des bébés dans le puisard, un peu comme dans le livre !

— Mais pourquoi ne pas vous le dire, tout simplement, au lieu de faire des paraboles ? demanda Arcand.

— N'oubliez pas qu'il manque quelques cartes dans son paquet. Il ne faut pas chercher à comprendre.

Arcand haussa les épaules dans un geste de résignation qui laissait entendre que plus rien ne le surprenait quand il était question de la nature humaine. Au pied du lit, McCreary eut une mimique identique. Puis le visage de l'inspecteur se froissa comme s'il venait d'avaler plusieurs cuillerées d'huile de foie de morue.

— Lapaix a aussi confirmé que nos lurons avaient un complice dans la police. Juste à y penser, j'en ai la nausée.

— Il vous a dit qui ?

— Il ne connaît pas son identité.

— Et le meneur du réseau ?

— Il affirme l'avoir aperçu une seule fois, de loin. Un barbu de petite taille au crâne chauve. Il le jure sur la tête de sa défunte mère.

— Encore faudrait-il déterminer l'opinion que ce noble spécimen d'humanité a de sa chère maman, ironisa Emma.

Le constable Tremblay se fit craquer les jointures et un sourire sinistre lui traversa le visage.

— Lapaix et moi avons eu une conversation à huis clos dont il se souviendra longtemps, monsieur Laflamme. Je vous garantis personnellement qu'il ne sait rien de plus.

Joseph le dévisagea sans rien dire et prit une expression grave. Un vague souvenir lui revint en mémoire et il se concentra furieusement pour ne pas le laisser s'échapper. *Au fait, qui s'en charge ?* avait demandé Arcand à Tremblay en apprenant l'assassinat d'Antoine Durand. *Pour l'instant, le sous-chef Lapointe n'a encore désigné personne*, avait répondu le constable. *Il était de mauvaise humeur, ce matin.* Quand il comprit, Joseph écarquilla les yeux comme s'il venait d'avoir une vision de la Sainte Vierge.

— Constable Tremblay, quand vous êtes arrivé ici avec la nouvelle de l'assassinat de Durand, vous avez mentionné que le sous-chef Lapointe n'avait pas encore assigné d'enquêteur, non ?

— Euh… oui, il me semble.

— C'était bien le matin où Synotte est venu à la station pour parler à l'inspecteur Arcand ?

— Oui, pourquoi ?

— Alors Lapointe était présent quand Synotte s'est présenté à la station ? insista Joseph.

Il fallut quelques instants pour que tout le monde saisisse où il voulait en venir. Tremblay blêmit distinctement en réalisant toutes les implications de la question.

— Oui, dit-il d'une voix blanche.

— Il aurait donc pu être au courant et prévenir ceux qui l'ont assassiné.

Arcand serra les dents si fort que ses mâchoires saillirent sous ses épais favoris.

— Une pomme pourrie ne peut pas redevenir saine, gronda-t-il.

35

Une heure plus tard, la voiture conduite par le constable Tremblay s'arrêta dans un concert de hennissements, de claquements de sabots et de crissement de roues devant la résidence du sous-chef Léo Lapointe. Il était tôt et la ville tournait encore au ralenti. Il avait donc été possible de parcourir les rues à tombeau ouvert après être passé à la station n° 2 pour noter l'adresse. Le véhicule était à peine immobilisé, les chevaux piaffant bruyamment, heureux d'avoir pu courir à leur guise, que l'inspecteur Arcand en émergeait, tendu et de mauvaise humeur. Joseph et McCreary lui emboîtèrent le pas, puis le constable tira la manette de frein et descendit les rejoindre.

— Officiellement, vous n'êtes pas ici, précisa Arcand. Il n'y a que Tremblay et moi. Compris ?

— Alors pourquoi nous avoir emmenés ? s'enquit l'Anglais.

— Parce que je vous fais plus confiance qu'à la plupart de mes hommes, admit franchement l'inspecteur. Parce que vous avez été de l'enquête depuis le début et que vous avez le droit d'en voir la fin. Et puis, vous avez mérité d'être là, tous les deux. Sans vous, toutes les filles auraient péri dans l'incendie.

Pour camoufler les touffes de cheveux roussis, Joseph portait un chapeau mou qui cachait mal son visage rougi. Sa main pansée jurait avec le costume propre et fraîchement pressé par les bons soins de Mary et il n'était toujours pas rasé, mais en gros il était relativement présentable. Cela n'empêcha pas une vieille dame de lui décocher un regard méfiant en passant près de lui sur le trottoir.

Ils observèrent la maison en brique à deux étages de la rue Saint-André, similaire à toutes celles des alentours. Elle semblait déserte. Les stores étaient fermés à toutes les fenêtres et les tentures étaient tirées.

— Vous êtes certain que c'est ici, constable ? demanda Arcand.

— C'est l'adresse inscrite aux dossiers, confirma Tremblay.

— Pourquoi ai-je l'impression que nous allons le trouver raide mort depuis plusieurs jours ? se lamenta Joseph. Je ne trouve jamais les gens vivants, moi…

— *Dear God… French Canadians and stiffs…* soupira McCreary en levant les yeux au ciel. *They can't hurt you, you know. Why ? Because they're dead*[1].

— Oui, mais ils sont laids, ils puent et tous ceux que j'ai croisés avaient plein de fuites et coulaient de partout, grommela Joseph.

Ils quittèrent leur poste près de la voiture et s'élancèrent vers le balcon. Une fois gravies les trois marches, Arcand saisit le heurtoir et frappa de grands coups secs. Après une minute et quelques coups supplémentaires

1. Grand Dieu… Les Canadiens français et les macchabées… Ils ne peuvent pas vous faire de mal, vous savez. Pourquoi ? Parce qu'ils sont morts.

sans plus de résultat, Arcand testa la poignée. À la surprise générale, elle tourna sans difficulté.

— Je vous dis, moi, qu'il est mort…

— *Oh, do shut up, Laflamme, will you*[1] *?* ragea l'ancien du Yard, exaspéré.

Arcand, Tremblay et McCreary dégainèrent leur revolver.

— Comment se fait-il que je sois toujours le seul à ne pas avoir d'arme ? ronchonna Joseph.

— *Haven't you heard that the pen is mightier than the gun*[2] *?* railla l'Anglais.

— Je croyais que c'était l'épée ?

— Elle aussi. Alors imaginez le revolver.

— Bon, vous avez fini, tous les deux ? s'impatienta Arcand.

L'inspecteur entrouvrit prudemment la porte. Heureusement, les charnières étaient bien huilées et ne grincèrent pas. Le canon de son arme pointé vers le haut, il entra. Les autres le suivirent. Dernier du groupe, Joseph referma derrière lui. La maison n'était éclairée que par les rayons de lumière scintillant de poussière en suspension qui s'infiltraient entre les lattes des stores. Aux aguets, ils s'immobilisèrent un moment dans le hall d'entrée. Le journaliste en profita pour renifler avec méfiance et fut soulagé de ne rien humer qui ressemblait à de la viande avariée.

Sur la pointe des pieds, ils avancèrent dans le couloir. La première porte à droite donnait sur un bureau meublé de bibliothèques où ils ne trouvèrent personne. Ils avancèrent encore. Sur leur gauche, une large ouverture sans porte menait au salon. Dans la

1. Oh, taisez-vous donc.
2. Ne savez-vous pas que la plume est plus puissante que le fusil ?

pénombre, ils purent distinguer le contour de meubles massifs qui semblaient luxueusement ouvragés, des tapis sur le sol de bois, un lustre de cristal au plafond et des tableaux aux cadres dorés accrochés sur les murs.

— Je vous attendais, fit une voix lasse.

Ils sursautèrent tous, et trois revolvers se braquèrent simultanément sur le fauteuil situé au fond de la pièce. En plissant les yeux, Joseph y décela une silhouette qui s'en détachait. L'homme croisa la jambe droite par-dessus la gauche.

— Léo Lapointe, vous êtes en état d'arrestation pour corruption et complicité de meurtre, avertit aussitôt Arcand d'une voix ferme dans laquelle perçaient la colère et le mépris. Constable Tremblay, procédez.

— Avec le plus grand des plaisirs, inspecteur, dit le jeune homme avec un sourire mauvais.

Il rangea son revolver dans son étui et avança vers leur supérieur en faisant mine de détacher sa matraque de son ceinturon, mais un déclic l'arrêta net.

— Inutile de vous saisir de moi, constable Tremblay, déclara Lapointe. Je n'ai aucune intention de vous suivre, ni même de quitter ce salon. Soyez gentil et allumez la lampe qui se trouve sur le buffet, à votre droite. Les allumettes sont juste à côté.

Tremblay consulta Arcand du regard et, d'un haussement d'épaules, ce dernier l'y autorisa. Il se rendit à l'endroit indiqué et procéda. La lumière révéla le sous-chef, l'air hagard, affalé dans un fauteuil à haut dossier. Une barbe de deux jours lui couvrant les joues, il portait son habituel complet trois-pièces, mais son col rigide était défait et il avait enlevé sa cravate. Ses cheveux clairsemés dépeignés, ses yeux cernés et ses traits tirés lui donnaient l'air d'avoir plus que la mi-quarantaine. Il tenait dans sa main gauche un verre de whisky plein à ras bord posé sur sa cuisse tandis que la droite enfonçait fermement le canon d'un revolver dans le gras de son menton.

Joseph observa la scène qui se déroulait devant lui. Les trois policiers avaient l'expérience de ces choses et, à l'unisson, ils s'étaient déployés, Arcand au centre, McCreary sur la gauche et Tremblay, son revolver à nouveau brandi, à droite. Ainsi, si l'idée l'en prenait, Lapointe serait incapable de les abattre tous les trois avant d'être lui-même descendu. Mais le sous-chef était de la police, lui aussi, et il s'était assis assez loin pour que personne ne puisse foncer et le désarmer avant qu'il ne se fasse sauter la tête. La situation était dans une impasse et il ne restait qu'à discuter.

— Posez cette arme, monsieur Lapointe, suggéra Arcand en évitant sciemment d'utiliser le titre de l'individu.

— Pour quoi faire ? rétorqua l'autre d'une voix fatiguée. Pour finir en prison avec des criminels que j'ai moi-même fait arrêter et qui seront trop heureux de me le faire payer ? Pour passer le reste de mon existence dans la honte ? Ne voulez-vous pas plutôt obtenir mes aveux afin de boucler l'affaire ?

L'inspecteur chercha quelque chose à répondre, mais ne trouva rien. Lapointe interpréta son silence comme un acquiescement.

— Vous vous souvenez que j'ai tenté de m'approprier les traites bancaires que vous avez trouvées en février dernier, reprit-il. Malheureusement, comme vous ne l'ignorez certainement pas, elles avaient perdu toute leur valeur. Ce que vous ne savez pas, Arcand, du haut de votre piédestal d'incorruptible, c'est la raison pour laquelle j'en avais tant besoin.

— Je sais que vous avez d'importantes dettes de jeu, le corrigea Arcand en faisant un pas vers son interlocuteur. C'est uniquement pour cette raison que vous m'avez rendu mon poste au lieu de me congédier.

Aussitôt, Lapointe enfonça encore plus le revolver sous son menton et la pression que son index appliquait sur la détente augmenta.

— Approchez et vous ne connaîtrez jamais le fin mot de l'histoire ! cracha-t-il d'une voix haut perchée. Je parle ou j'emporte tout ça en enfer. Pour moi, c'est du pareil au même. À vous de décider.

L'inspecteur s'immobilisa. La pression sur la détente fut relâchée.

— Voilà qui est mieux, reprit le sous-chef, un peu calmé. Quand on est policier, le problème avec les dettes de jeu est qu'elles nous rendent vulnérables au chantage. J'en suis victime depuis quelques années déjà. Depuis, en fait, qu'existe le groupe qui a brûlé chez Lapaix hier soir.

Il fit une pause et avala bruyamment deux grandes gorgées de whisky, comme le fait un désespéré pour se donner du courage. Du liquide ambré coula sur son menton et il ne prit pas la peine de l'essuyer.

— Comment savez-vous que le couvent a passé au feu ? s'enquit Tremblay.

— Le couvent ? C'est comme ça que vous appelez ce lieu de perdition ? ricana amèrement l'officier déchu. Je le sais parce que j'y étais, tout simplement. Je me tenais à l'écart, sur Amherst, et je surveillais le travail de votre ex-collègue, Alexis Leroux. C'est moi qui l'ai recruté pour exécuter les basses œuvres de ces messieurs. Ces derniers temps, il avait bâclé ses tâches et mon employeur en était assez mécontent, alors je le gardais à l'œil. J'ai vu la maison brûler et M. McCreary abattre Leroux avant de sortir des flammes votre petit journaliste. Et j'ai su, alors, que tout était fini et que ce n'était qu'une question de temps avant que vous remontiez la piste jusqu'à moi.

Il but à nouveau et soupira longuement, le regard dans le vide, comme s'il contemplait quelque chose que lui seul pouvait voir – quelque chose d'infiniment triste. L'homme était vaincu et, malgré tout ce qu'il apprenait, Joseph ne pouvait s'empêcher de ressentir un pincement au cœur devant pareille déchéance.

— J'étais chargé d'utiliser mon statut dans le Département de police pour assurer la tranquillité de cette bande de pervers, continua Lapointe. En échange, ils gardaient mes dettes à un niveau tolérable, mais sans jamais les effacer complètement, histoire de maintenir leur contrôle sur ma personne. Vous savez certainement que ces drôles avaient un penchant pour les fillettes. Croyez bien que ce n'est pas mon cas. J'ai plusieurs faiblesses, mais pas celle-là. Je suis joueur, pas dévoyé. Chaque seconde passée en compagnie de ces dépravés m'a profondément écœuré. Malheureusement, quand on se doit le derrière et qu'on nous menace chaque jour de ruiner notre réputation et de nous envoyer en prison, la morale devient très élastique.

Le sous-chef émit un rire sardonique et une moue de dégoût lui retroussa la lèvre supérieure. Il secoua la tête en riant sombrement, le canon toujours plaqué sous le menton.

— Ce que vous n'avez peut-être pas encore compris, Arcand, reprit-il, c'est que les fillettes n'étaient que la récompense de ces messieurs.

— La… récompense ? répéta l'inspecteur, la voix étranglée. Que voulez-vous dire ?

— Deux choses seulement mènent le monde : l'argent et le sexe. Vous savez sans doute déjà que chacun des membres du groupe a été recruté dans la loge Royal Albert, dont ils faisaient partie, en fonction de son poste et de ses relations.

D'un hochement de la tête, l'inspecteur confirma l'hypothèse. Son supérieur poursuivit son récit.

— Un notaire, un banquier, un avocat, un commis de la douane, ça voit passer beaucoup d'hommes d'affaires qui ont parfois un besoin pressant de certains services ou d'autorisations qu'ils ne recevraient pas en temps normal et pour lesquels ils sont prêts à payer cher.

— Quels services ? Quelles autorisations ? Fournis par qui ? demanda Arcand.

Le sous-chef regarda momentanément son subalterne. Il sembla hésiter, comme s'il considérait ses options.

— Corruption, trafic d'influence, obtention frauduleuse de permis, abandon d'enquêtes, inspections douanières complaisantes, tout y passait, finit-il par expliquer. Ils avaient dans leur poche des fonctionnaires municipaux, des officiers de justice, des douaniers, des employés du port et même des élus. Tout ce qu'il faut pour contourner les règles en échange de la somme appropriée. Ces joyeux drilles en tiraient tous profit. Les sommes qu'ils ratissaient étaient réparties en parts égales. Les perversions sont venues plus tard, quand il est devenu évident qu'ils partageaient, à des degrés divers, certains goûts plus ou moins déviants. Le patron a l'œil pour jauger les faiblesses des gens. Il leur a donné ce qu'ils désiraient et, en l'acceptant, ils lui ont vendu leur âme. Coderre et Synotte ont appris à leurs propres dépens ce qu'il en coûtait de tricher.

Il but une gorgée et admira son verre de l'œil nostalgique du condamné qui regarde pour la dernière fois une chose aimée.

— Tout fonctionnait bien jusqu'à ce que cet idiot de Coderre décide de conserver une part avant la mise en commun, déplora-t-il en secouant la tête. Et comme il était le plus dépravé du groupe, il a réussi à tuer deux fillettes en quelques semaines. Avait-il vraiment besoin de les étouffer en les enculant ?

Il soupira et ses épaules s'affaissèrent distinctement, comme s'il venait d'en retirer un poids énorme. Il renversa la tête et vida ce qui restait de whisky, posa son verre sur la table à sa gauche, puis regarda Arcand avec des yeux mouillés.

— Voilà, Arcand. Vous savez tout, dit-il, abattu.

— Qui est le dirigeant ? rétorqua l'inspecteur. Celui qui contrôlait le réseau et qui faisait assassiner les dissidents ? Donnez-moi son nom et je ferai tout en mon pouvoir pour qu'on vous traite avec clémence.

— Avez-vous un tel pouvoir, Arcand ? railla Lapointe. Et qu'est-ce que la clémence pour un sous-chef de police corrompu, dites-moi ? Non, je ne vous le dirai pas. De toute façon, vous ne me croiriez pas. Et comme tous vos témoins sont morts, vous n'auriez aucune preuve. L'affaire se termine ici, avec moi.

— Non ! s'écria Arcand en se précipitant vers lui.

Le coup partit, assourdissant. La calotte crânienne du sous-chef Lapointe explosa en une gerbe de sang, d'os, de cheveux et de cervelle qui macula les tentures, le papier peint et les meubles tout autour. La balle en surgit pour aller s'enfoncer dans le plafond, dont le plâtre éclata pour retomber en miettes sur le mort. Ce qu'il restait de la tête du policier déchu roula sur son épaule droite tandis que sa main inerte laissait tomber le revolver.

36

Mardi 27 septembre 1892

Assis à la table de la cuisine, Joseph relisait non sans fierté l'article à la rédaction duquel il avait consacré tout son dimanche et qui occupait maintenant presque trois des sept colonnes de la première page de l'édition matinale du *Canadien*. La veille, après avoir pris connaissance de son contenu, Rouleau lui avait fait une sainte colère en réalisant que son journaliste l'avait trompé et lui avait sciemment fait publier des faussetés. Au rythme des cris et des gesticulations, il avait été question d'honnêteté, d'intégrité, de la crédibilité et de la réputation du journal, de celle de son rédacteur en chef, et – horreur entre toutes les horreurs – de ce qui se passerait quand les compétiteurs viendraient à l'apprendre. Il serait la risée de tous et son journal aussi.

L'attrait des ventes envisageables avait fini par prendre le dessus sur les beaux principes et la lueur cupide que Joseph pouvait reconnaître entre toutes avait furtivement traversé les yeux du rédacteur. Ils avaient retravaillé l'article ensemble, whisky en main, Rouleau insistant lourdement pour y insérer une forme d'excuses que Joseph ne cessait d'atténuer, et se donnant le plus noble rôle, ce que le journaliste avait laissé passer. Ils avaient fini par s'entendre et Joseph devait admettre que le résultat était à la hauteur de ses attentes.

RÉSEAU DE CORRUPTION ET DE PROSTITUTION
MIS AU JOUR
UN HAUT GRADÉ DU DÉPARTEMENT
DE POLICE IMPLIQUÉ

Vendredi dernier, Le Canadien annonçait que, par un heureux concours de circonstances, plusieurs enquêtes policières importantes avaient connu un dénouement simultané. D'une part, nous révélions que l'assassin du banquier Charles-Alexandre Coderre, dont le corps a été trouvé le lundi 19 septembre dernier au Haymarket Square, et des deux jeunes filles repêchées le lendemain dans le fleuve, à la hauteur de la rue de la Commune, s'était livré à la police. D'autre part, nous précisions que le charnier rempli d'ossements d'enfants de la rue Le Royer était le sinistre résultat du déplacement malencontreux des restes causé par l'expulsion d'eau des canalisations endommagées. Enfin, notre article signalait que l'inspecteur Marcel Arcand avait dû prendre un congé pour voir à une situation familiale pressante.

Nous sommes maintenant en mesure d'avouer à nos lecteurs qu'il s'agissait de pieux mensonges pour lesquels Le Canadien et l'auteur de ces lignes tiennent à présenter leurs plates excuses. Ils étaient entièrement justifiés. Croyez bien que nous n'avons pas induit nos lecteurs en erreur pour nous jouer d'eux, mais plutôt parce qu'il y avait urgence.

Nous pouvons aujourd'hui révéler que, au moment de publier, l'épouse et les enfants de l'inspecteur Arcand venaient d'être enlevés par des criminels qui étaient aussi les auteurs des assassinats mentionnés plus haut et qui menaçaient d'exécuter leurs otages si les enquêtes ne cessaient pas immédiatement. Dans les circonstances, le rédacteur en chef du Canadien, Joseph-Edmond Rouleau, a jugé qu'il devait aider à préserver les vies innocentes en laissant croire aux ravisseurs que leurs conditions avaient été respectées. C'est ce que cherchait à accomplir le faux article de vendredi. En mentant, le journal n'a fait que son devoir moral.

Dans des conditions difficiles, le courageux inspecteur a poursuivi discrètement l'enquête, qui a connu un dénouement spectaculaire le samedi 24 septembre. Il est désormais établi que le charnier d'enfants, les meurtres des deux jeunes filles, du banquier Coderre et celui, jusqu'ici inconnu du public, de Grégoire Synotte, jeune commis de la douane trouvé décapité vendredi dans l'entrepôt de la Canada Sugar Refining Co., sont autant de facettes d'une histoire aussi sordide qu'incroyable.

Avec l'aide du constable Alfred Tremblay, l'inspecteur Arcand est parvenu à démasquer un réseau de corruption qui sévissait depuis plusieurs années à Montréal. Y participaient : Charles-Alexandre Coderre, Grégoire Synotte, le notaire Félix Painchaud et au moins quatre autres individus dont l'identité n'a toujours pas été déterminée.

Joseph siffla d'admiration en constatant que Rouleau avait fait dessiner des portraits de Coderre et de Félix Painchaud. Il avait aussi inclus une gravure de l'édifice de la douane, tout en pierre de taille, avec son imposante façade à fronton triangulaire.

Il s'agissait pour ces gens de percevoir des pots-de-vin en échange d'un accès facilité à des fonctionnaires municipaux, des officiers de justice, des douaniers, des employés du port et même, semble-t-il, des élus. La police cherche encore à mesurer l'ampleur et les ramifications de ce réseau.

Ces fraudeurs n'entendaient d'ailleurs pas à rire. L'enquête a en effet démontré que le banquier Coderre a été assassiné par ses complices pour avoir pris plus que sa part des recettes illicites, tandis que le douanier Synotte a subi le même sort, en présence de tous ses camarades, pour avoir cherché à contacter la police afin de dénoncer ses associés.

Comme si la corruption ne suffisait pas, il y a pire : l'enquête a révélé l'existence d'un réseau de prostitution employant de jeunes filles à peine pubères gardées prisonnières dans une maison privée située à l'intersection d'Amherst et Sainte-Catherine, propriété du Dr Jacques Lapaix. C'est dans un réduit infect de cette demeure qu'étaient gardés prisonniers Pauline Arcand et ses deux fils, retrouvés et libérés *in extremis* par le constable Tremblay.

Lapaix, médecin à la réputation sulfureuse connu dans le milieu de la prostitution pour ses activités d'avorteur, avait fondé une communauté appelée « ordre de la Sainte-Face », où les pauvres petites en habit religieux vivaient cloîtrées, et qui servait de façade à ses activités criminelles. Le proxénète livrait régulièrement de toutes jeunes filles aux désirs immoraux des membres du réseau de corruption mentionné plus haut, réunis dans divers hôtels de Montréal. Pour ajouter l'horreur à l'obscénité, quand il advenait qu'un enfant était conçu pendant une de ces séances de débauche, il était mené à terme par la jeune mère, mis au monde sous les bons soins du Dr Lapaix lui-même, aussitôt tué et jeté dans un puisard désaffecté, rue Le Royer. Seule la rupture fortuite d'une canalisation à cet endroit aura permis de découvrir le charnier qui contenait, rappelons-le, entre six et dix petits corps, selon l'évaluation du Dr Baptiste Hébert.

Malgré lui, Joseph eut une grimace de dégoût en lisant ses propres mots. Il n'arriverait jamais à chasser complètement les images que cette affaire avait gravées dans sa mémoire. À tâtons, sans quitter le journal des yeux, il chercha sa tasse de thé sur la table, la trouva et la porta à ses lèvres. Puis il la remit en place pour reprendre sa lecture.

C'est au cours d'une de leurs immondes bacchanales, tenue dans la cave garnie d'instruments de perversion du pseudo-couvent, que les malfaiteurs ont trouvé la mort, le vendredi 23 septembre dernier, alors que l'édifice a été rasé par un incendie criminel. Au total, cinq hommes et une femme (qui jouait le rôle de mère supérieure de la fausse communauté religieuse) y ont perdu la vie. Au moment d'écrire ces lignes, seul Félix Painchaud avait été identifié. Un bon samaritain a aidé les fillettes à échapper au brasier en brisant une fenêtre de la cave pour leur permettre de sortir.

Cette fois, Rouleau avait fait réaliser à la hâte un dessin des décombres encore fumants de la maison et avait pris la peine d'y faire ajouter quelques constables et des badauds observant la scène.

Alexis Leroux, ancien constable du Département de police congédié pour corruption, était aussi impliqué. Exécuteur des basses œuvres du groupe, il assassinait sur demande, disposait des cadavres encombrants et allumait des incendies lorsque nécessaire. Il a trouvé la mort alors qu'il sortait du couvent qu'il venait de mettre en feu. Seul Jacques Lapaix a survécu à l'hécatombe. Il a été appréhendé sur les lieux et un interrogatoire serré a permis de faire la lumière sur plusieurs facettes de l'affaire. L'aspect le plus désolant de toute cette histoire, pourtant déjà scabreuse à souhait, et qui ébranlera la confiance du public, est sans doute l'implication de Léo G. Lapointe, sous-chef du Département de police de Montréal. Faisant l'objet de chantage en raison d'importantes dettes de jeu, le haut gradé était contraint d'agir comme taupe au sein de la police et de couvrir les activités des criminels du groupe. Lorsqu'il a été appréhendé, Lapointe a préféré se donner la mort plutôt que de faire face à la justice qu'il prétendait défendre.

Interrogé par Le Canadien, l'inspecteur Marcel Arcand, d'un naturel discret, s'est contenté de déclarer qu'il était heureux que toutes ces affaires soient officiellement classées et, surtout, que sa famille soit saine et sauve.

Joseph Laflamme

Joseph soupira d'aise en songeant à l'impact qu'aurait cette exclusivité et posa le journal sur la table avec une moue d'approbation. En ce moment même, Rouleau jubilait sans doute dans son bureau, cigare au bec et verre de whisky en main malgré l'heure hâtive.

— Voilà, déclara-t-il en haussant les épaules. L'affaire est définitivement classée. Un peu plus et je me sentirais triste.

Emma et Mary étaient parties tôt pour la boutique et il était seul avec McCreary, savourant un thé chaud. L'Anglais repoussait depuis une bonne heure le moment de son départ pour l'entrepôt de Wool by the Yard. Il y avait passé toute la journée de la veille à additionner des colonnes de chiffres, s'était-il plaint. Il était revenu exaspéré par la monotonie de ses tâches, après l'excitation de l'enquête, et bien décidé à vendre l'entreprise pendant que sa valeur était à la hausse.

— On se sent toujours plus ou moins vide quand on conclut une enquête, confia l'ancien de Scotland Yard. Vous êtes content de l'article ?

— Oui, répondit le journaliste. Ça résume assez bien les choses, je crois.

Il frotta distraitement son crâne nu avec sa main saine. Comme promis, Mary lui avait rasé les cheveux et la moustache le dimanche précédent, riant à gorge déployée tout le long de l'opération. Il n'était pas encore habitué à ne sentir qu'une courte repousse rugueuse. Il avait découvert avec surprise un crâne bosselé et parsemé de cicatrices qui lui avaient remémoré les coups reçus à l'orphelinat, et qui lui donnaient une tête de tueur. Sa main droite était toujours pansée, mais le Dr Hébert était passé la veille et l'avait assuré qu'elle guérissait bien. Déjà, elle ne lui faisait presque plus mal.

— *May I*[1] *?* s'enquit McCreary en désignant du menton le journal qu'il était lui-même allé acheter sur le trottoir avant de venir déjeuner.

— Techniquement, il vous appartient.

Joseph fit glisser le journal de l'autre bord de la table. McCreary le prit et se mit à lire.

— *Good samaritan ?* ricana-t-il en lisant le passage qui le mentionnait. *How very biblical*[2].

— Ça ne fait pas de vous un saint.

— J'espère bien ! Tous ces saints catholiques me semblent très ennuyeux.

— Et rigoureusement abstinents…

— Mrrrmph, grommela McCreary.

— Vous voulez réchauffer votre thé ?

— Oui, merci.

Joseph se leva pour prendre la théière qu'Emma avait placée sur le réchaud du poêle avant de partir. Il revint à la table, remplit à nouveau les deux tasses et se rassit.

— Tout semble si simple après coup, n'est-ce pas ? remarqua McCreary, toujours caché derrière le journal ouvert.

Quelques minutes s'écoulèrent en silence, et soudain l'Anglais se raidit.

— Laflamme ?

— Oui ?

— *Did you see this*[3] *?*

— Quoi ?

— Ça.

Avec une expression perplexe, il lui tendit le journal ouvert à la page six et indiqua du doigt un

1. Puis-je ?
2. Bon samaritain ? Très biblique.
3. Avez-vous vu ceci ?

petit entrefilet non signé dans la section des faits divers.

PRÊTRE DÉFROQUÉ TROUVÉ MORT DANS GRIFFINTOWN

Le samedi 24 septembre dernier, rue Kennedy, on a trouvé pendu dans la chambre qu'il louait dans une pension James Thomas O'Hare, prêtre catholique depuis longtemps défroqué, âgé d'environ quatre-vingts ans. Selon sa logeuse, Mme Molly Curran, le malheureux était un homme discret qui vivait simplement avec ses livres et qui avait comme seule excentricité de ne jamais avoir quitté la soutane à laquelle il avait pourtant renoncé. Dans le quartier, le désespéré était connu sous le sobriquet affectueux de Burgundy Jimmy en raison de la tache de vin qui lui couvrait la joue et le cou et de son amour intempestif du petit rouge. On ignore pour l'instant les détails des obsèques.

— Burgundy Jimmy… murmura Joseph, les yeux dans le vague, en laissant tomber le journal. Un catholique irlandais. Sacrement, je crois que vous venez de retrouver mon curé crasseux ! Vous avez quelque chose à faire, là, maintenant ?

— Seulement des colonnes de chiffres à additionner, rétorqua McCreary avec un large sourire.

Les deux hommes se levèrent d'un bond et Joseph ramassa sa mallette, où se trouvaient ses deux exemplaires des *Awful Disclosures* de Maria Monk et la liste de noms laissée par le mystérieux prêtre, sur laquelle, pris dans la tourmente, il n'avait jamais eu le temps de se pencher.

Une minute plus tard, ils sortaient de la maison en trombe.

37

Joseph et McCreary avaient hélé le premier cocher apparu sur De Lorimier et avaient filé vers la rue Kennedy aussi vite que le pouvait le vieux cheval qui tirait le véhicule. Joseph portait son chapeau, qu'il ne cessait d'ajuster, et il dut résister à une furieuse envie de le jeter par la fenêtre. Il finit par tenir sa mallette à deux mains sur ses cuisses pour s'en empêcher. Encore quelques jours et ses cheveux auraient suffisamment repoussé pour qu'il puisse se dispenser de l'agaçant accessoire.

— Nous ramassons Arcand en chemin ? s'enquit l'Anglais.

— Pour quoi faire ? s'étonna le journaliste. Que je sache, feu mon curé malpropre ne fait l'objet d'aucune enquête policière. Il a seulement voulu attirer mon attention sur un livre publié en 1836 parce qu'il présentait des similitudes avec le charnier de la rue Le Royer. Et maintenant, le voilà suicidé.

Songeur, l'Anglais regarda le paysage défiler par la fenêtre de la portière en faisant rouler une pointe de sa moustache.

— La coïncidence est intéressante. Qu'espérez-vous trouver chez votre défroqué ? demanda-t-il.

— Honnêtement, je n'en ai aucune idée, admit Joseph. Probablement rien. Mais je ne peux pas m'enlever de la tête que Burgundy Jimmy a pris des moyens remarquablement byzantins juste pour m'indiquer qu'il était au courant qu'on jetait des petits cadavres dans un puisard. C'est quand même une information simple. Pourquoi ne pas me l'avoir dit entre quatre yeux, tout bêtement ? Ou me l'avoir écrit, même anonymement ? Pourquoi tant de mystère ? C'est ça qui me turlupine.

Joseph fit une pause et soupira, perdu dans ses réflexions.

— Et puis, reprit-il, souvenez-vous combien le secrétaire de l'évêque, le sympathique Cyprien Trépanier, semblait indisposé par le fait que je tire Maria Monk des boules à mites. Ça aussi, ça m'agace. Il en savait plus qu'il ne voulait le laisser paraître, et si l'évêché a quelque chose à cacher, moi, je veux savoir ce que c'est.

— *You and priests*[1]... le taquina McCreary.

Depuis De Lorimier par Notre-Dame vers l'ouest jusqu'à Kennedy, le trajet leur prit une trentaine de minutes. Ils descendirent à l'intersection, traversèrent Notre-Dame et s'engagèrent sur Kennedy en direction du canal. La rue était bordée des deux côtés par des maisons étroites à deux et trois étages, plus ou moins délabrées, dans lesquelles s'entassaient des familles ouvrières.

— Vous savez où il habitait, votre copain ? demanda McCreary. Sinon, ça fait beaucoup de portes auxquelles frapper.

— Ça ne devrait pas être trop compliqué à découvrir. Il semblait bien connu.

1. Vous et les prêtres…

Une femme approchait en sens inverse. Elle avait peut-être trente ans, mais son air las lui en donnait quinze de plus. Trois enfants à peine plus vieux que dix ans l'accompagnaient, tous vêtus de bleus de travail. Joseph devina qu'il s'agissait d'une mère et de ses enfants qui revenaient de leur quart de travail de nuit. Sans doute une veuve ou une femme abandonnée par son mari qui, ayant trop d'enfants malgré tous ceux perdus en bas âge, était obligée de mettre sa progéniture au travail pour que la famille ne crève pas de faim, songea Joseph. Une de ces ouvrières prématurément usées par un emploi mal payé, soumises aux caprices et à la violence d'un contremaître. Le genre de travail qui permettait à peine d'avoir un toit au-dessus de la tête, sans égout ni aqueduc, et de se nourrir un peu.

— Excusez-moi, madame, dit-il avec politesse en touchant le rebord de son chapeau, je cherche la pension de Mme Molly Curran.

Des mèches s'échappaient çà et là du chignon de cheveux châtains de l'ouvrière. Oubliant sa fatigue, elle braquait sur le journaliste des yeux noisette au regard vif et inquisiteur.

— C'est pour la chambre de Jimmy ? s'étonna-t-elle d'une voix ferme. Les nouvelles vont vite, dites donc.

— Euh… non, pas du tout. Je…

— C'est pas la peine de vous excuser, coupa-t-elle. Il faut bien dormir quelque part. Miss Molly ne demande pas trop cher et ses chambres sont propres. Mais je vous avertis : elle ne tolère pas la boisson et la débauche. Le dernier qui s'est essayé s'est retrouvé le cul sur le trottoir. Et vous devez payer à temps.

— Alors, la pension se trouve… ?

D'un geste nerveux, elle désigna la rue qu'elle avait remontée.

— Passez Ottawa. C'est la deuxième à droite après le coin. Celle avec des volets verts. Vous ne pouvez pas la manquer.

— Je vous remercie, madame. Bonne journée.

— Ben oui, railla-t-elle. Comme si ça existait, des bonnes journées !

Sans lui accorder plus d'attention, elle se hâta de rejoindre ses enfants qui avaient poursuivi leur chemin sans s'arrêter. Mal à l'aise, Joseph et McCreary la regardèrent s'éloigner. Suivant les directions fournies, ils traversèrent Ottawa et s'arrêtèrent devant la deuxième maison à droite – un triplex étroit dont le revêtement de bois avait vu ses meilleurs jours voilà longtemps et dont chaque volet avait été peint d'un vert criard.

— *Good God, with that kind of green, that woman has got to be Irish*, ricana McCreary. *I'll bet she has red hair too*[1].

D'un pas résolu, Joseph monta les deux marches qui menaient au minuscule balcon et frappa trois coups. N'obtenant aucune réponse, il répéta l'opération un peu plus fort.

— *All right ! All right ! I'm coming !* monta une voix aussi puissante que stridente qui roulait spectaculairement ses R. *No need to take the friggin' door down*[2] *!*

La porte s'ouvrit pour dévoiler une dame presque aussi large que longue, à moitié cachée derrière une

1. Bon Dieu, avec ce genre de vert, cette femme est certainement irlandaise. Je parie qu'elle a aussi les cheveux roux.

2. C'est bon ! C'est bon ! J'arrive ! Pas besoin d'enfoncer la fichue porte !

immense poitrine et blottie sous un gros chignon de cheveux qui, comme l'avait prédit l'ancien de Scotland Yard, avaient dû jadis être très roux. Les joues roses et le nez retroussé couverts de taches de rousseur, les petits yeux vert émeraude auxquels rien ne semblait pouvoir échapper, elle dégageait une énergie palpable. Une pipe en épi de maïs coincée entre les dents, dont elle tenait la tête fumante d'une main potelée, l'autre main posée sur une de ses hanches rondes, elle toisa ses visiteurs d'un air calculateur. Joseph lui fit son plus beau sourire.

— Ai-je l'honneur de m'adresser à madame Molly Curran ? s'enquit-il avec courtoisie, en soulevant légèrement son chapeau.

— Je ne sais pas si c'est un honneur, mais c'est bien moi, tonna la femme dans un français à peine marqué par un accent anglais. Vous venez pour la chambre ?

— Euh… oui et non, madame.

Son regard alterna de Joseph à McCreary.

— Vous n'êtes pas des… parce que je ne prends pas ce genre de chambreurs, moi, précisa-t-elle.

Outré, l'Anglais devint écarlate et allait se lancer dans une tirade qui promettait d'être spectaculaire quand Joseph s'interposa.

— Pas du tout, chère madame ! Permettez-moi de me présenter : Joseph Laflamme, journaliste au *Canadien*.

Il tendit la main et, après un moment de stupéfaction, Molly Curran en fit autant, les yeux ronds, papillonnant des paupières comme une jouvencelle.

— Laflamme ? Celui qui a couru après Jack et les tueurs de Noirs ? Le vrai ?

— Celui-là même, oui, répondit Joseph en bombant le torse.

— Ah ben ! s'exclama la logeuse en joignant les mains avec émotion sur son buste. J'ai lu tous vos articles, figurez-vous ! J'ai l'air de rien, comme ça, mais je lis le journal tous les matins.

Son sourire se fendit jusqu'aux oreilles.

— V'là qu'une vedette veut habiter chez moi !

— Pas tout à fait, chère madame…

— Ah ? fit-elle, visiblement déçue. Vous ne voulez pas ?

— En fait, voyez-vous, j'ai besoin de votre aide dans le cadre d'une enquête en cours, s'empressa-t-il d'ajouter avec un sourire enjôleur. C'est bien ici qu'habitait James Thomas O'Hare, ce malheureux que l'on surnommait Burgundy Jimmy ?

— Oui, mais j'ai déjà tout raconté au gars de votre journal qui est venu me voir l'autre jour.

— Je n'en doute pas, madame, mais j'aimerais vous poser quelques questions et visiter la chambre du pauvre homme, si vous n'y voyez aucune objection.

— Bien sûr. Entrez.

Elle recula dans le hall pour leur céder le passage. Joseph entra, suivi de McCreary, qu'elle toisa avec méfiance.

— Permettez-moi de vous présenter M. George McCreary, qui m'assiste dans cette enquête, dit le journaliste.

— *You're English*, lâcha l'Irlandaise.

— *Indeed, I am, madam.*

— *Oh well. Nobody's perfect*, blagua-t-elle de bon cœur. *Come in anyway*[1].

1. — Vous êtes anglais.
— En effet, madame.
— Bah, personne n'est parfait. Entrez quand même.

La moustache de l'Anglais frémit d'irritation sous la raillerie, mais il se garda de répliquer. Quand ils furent à l'intérieur, la grosse femme referma la porte et se planta devant eux.

— Bon alors, vous voulez savoir quoi ? s'enquit-elle, excitée par la perspective de collaborer avec le journaliste Joseph Laflamme.

Celui-ci déposa sa mallette par terre, puis tira son calepin et son crayon de sa poche de veston, davantage pour continuer d'impressionner la logeuse que parce qu'il espérait apprendre quelque chose d'utile.

— C'est vous qui avez trouvé le corps ? demanda-t-il avec toute la douceur dont il était capable.

— Oh oui ! Ça faisait une journée que je ne l'avais pas vu ni entendu. Jimmy, il bougeait tout le temps, vous comprenez ? Il n'était jamais tranquille dans sa tête et ça lui donnait des fourmis dans les jambes. Je l'entendais aller et venir dans sa chambre en marmonnant, ou alors il sortait marcher et revenait des heures plus tard. Les seuls moments où il était tranquille, c'était quand il lisait. Toujours le même livre.

À cette mention, Joseph et McCreary échangèrent un regard entendu.

— Comme c'était silence et que je ne l'avais pas entendu sortir, je me suis demandé s'il était malade, alors je suis montée et j'ai frappé à sa porte, poursuivit la logeuse. Il n'a pas répondu et j'ai testé la poignée. Elle n'était pas verrouillée. Jimmy, il barrait sa porte quand il sortait. Il vérifiait plusieurs fois avant de partir. Il avait terriblement peur que des gens viennent fouiller sa chambre pendant son absence.

Elle inspira, le souffle tremblant, la suite du récit lui demandant manifestement beaucoup de courage.

— Alors je suis entrée et… et… et… je l'ai trouvé. Oh ! Seigneur Jésus ! Il pendait au bout de sa corde, le pauvre, la face toute rouge, la langue noire qui sortait de la bouche, les yeux qui donnaient l'impression de vouloir jaillir de sa tête. Le voir pendre comme ça au plafond… Je ne pourrai jamais l'oublier. J'en rêve chaque nuit. Je n'en dors presque plus.

Une vague de sanglots fit frémir toute la chair de la dame. Elle fouilla dans son corsage, en tira un joli mouchoir bordé de dentelle dans lequel elle se moucha bruyamment puis elle se signa.

— Il était comment, M. O'Hare ? la questionna le journaliste.

— Malheureux. Sombre, répondit-elle en reniflant, les yeux mouillés. Discret. Il ne se mêlait jamais aux autres. Il puait, aussi. Doux Jésus, c'est pas possible, comme il était sale ! Il n'avait pas vu une baignoire de près depuis au moins trente ans et il ne se lavait que quand je lui faisais une colère, avec une débarbouillette et un morceau de savon que je lui fournissais. Mais il payait chaque semaine sans que j'aie à lui courir après. Je ne peux pas en dire autant de certains autres. Alors j'endurais ses bizarreries.

Elle prit un air conspirateur avant de poursuivre.

— Bon, faut pas se raconter d'histoires, hein ? Il manquait une roue à son carrosse, à Jimmy, si vous voyez ce que je veux dire.

Joseph reçut la confidence avec une complicité exagérée qui sembla ravir la grosse Irlandaise.

— Dites-moi, lui demanda-t-il, savez-vous pourquoi il portait toujours la soutane, même s'il avait défroqué ?

— Malheur à celui qui aurait essayé de la lui enlever ! Il y tenait comme à la prunelle de ses yeux ! Il disait qu'elle était son bien le plus précieux. La seule fois où je l'ai vu sans, c'est quand je l'ai trouvé… mort. Pauvre Jimmy… Il avait pris la peine de l'enlever et de la plier avant de se pendre. Il était là, en caleçon, au bout de cette corde, avec ses petites jambes maigres, blanches comme du lait… Oh ! Mon Dieu…

Elle se remit à sangloter de plus belle en se signant à répétition. Ils durent patienter une bonne minute, le temps que la nouvelle averse se dissipe.

— Pouvons-nous voir sa chambre ?

Molly Curran acquiesça de la tête en s'épongeant le coin des yeux. Elle les conduisit jusqu'à un escalier qu'elle monta avec une agilité et une énergie étonnantes pour une femme de sa corpulence. Ils la suivirent dans le corridor jusqu'à la dernière porte à gauche.

— C'est ici, déclara la logeuse. Allez-y. Moi, je ne remets plus les pieds là-dedans. J'essaie de trouver quelqu'un pour nettoyer, mais tout le monde a peur des suicidés.

— La chambre est dans le même état que le jour où on a trouvé le corps ?

— Rien n'a été touché. Deux constables sont juste venus le détacher et un corbillard l'a emporté. Je ne lui connais aucune famille et, à l'heure qu'il est, il doit être six pieds sous terre dans une fosse commune, ce pauvre Jimmy. Comme un déchet dont personne ne voulait.

Elle fit quelques pas et s'arrêta.

— Je serai en bas, s'il y a quoi que ce soit. Prenez votre temps, monsieur Laflamme.

Joseph la remercia et la laissa s'éloigner

— *By Jove, lad, I think it's love at first sight*[1], le taquina McCreary en lui adressant un clin d'œil moqueur.

1. Diantre, mon garçon, je crois que c'est le coup de foudre.

— Peut-être pour elle, grommela le journaliste.

Joseph ouvrit la porte et fut aussitôt assailli par une puanteur qui lui fit presque rendre son déjeuner. L'unique fenêtre de la chambrette était ouverte, mais l'absence de courant d'air avait conservé à l'intérieur l'odeur de la mort.

— *Good God*[1]... fit l'Anglais derrière lui.

Joseph plongea la main dans la poche de son pantalon et en sortit un mouchoir qu'il plaqua sur son nez et sa bouche. McCreary en fit autant. L'un derrière l'autre, ils entrèrent, l'odeur leur arrachant quand même des haut-le-cœur. Au centre de la pièce, un bout de corde était encore attaché à la poutre qui traversait le plafond. En dessous, une chaise gisait renversée sur le côté. Comme le plancher, elle était maculée des excréments écoulés du cadavre.

L'espace d'un instant, Joseph se remémora l'allure du vieux prêtre qui avait surgi dans la cour de la maison. Il revit son visage ridé, son dos rond, sa charpente frêle, ses cheveux blancs clairsemés et dépeignés, sa barbe de plusieurs jours, ses lunettes bancales et son regard fiévreux, au bord de la déraison, sa soutane trop longue, trop grande et souillée, son col romain jauni, la tache de vin qui lui couvrait le côté gauche du cou et une partie de la joue.

Hormis la chaise, un lit étroit dans un coin, une petite table dans l'autre – sur laquelle Joseph reconnut les vieilles lunettes rondes cerclées de fer du prêtre – et un vieux miroir au tain endommagé, au mur, constituaient tout l'ameublement de la chambrette. Les deux visiteurs en eurent vite fait le tour sans rien noter de particulier et se dirigèrent vers le placard. Sur la

1. Bon Dieu...

tablette, ils trouvèrent quatre livres empilés. Sachant déjà de quoi il s'agissait, Joseph rangea son calepin dans son veston, en prit un et le feuilleta.

— *Awful Disclosures of Maria Monk ?* s'enquit McCreary.

Joseph confirma de la tête et vérifia tous les livres un à un, avec le même résultat.

— Le seul livre qu'il lisait, selon la logeuse. Il en faisait une véritable obsession, constata-t-il.

— Ça ne devrait pas vous surprendre.

Lisez-le, monsieur Laflamme, lui avait intimé le vieil homme. *Vous verrez. Ce n'est pas d'hier qu'on tue des enfants à Montréal. Il faut que ça se sache ! Il faut qu'ils paient ! Maria disait vrai ! Dites-le, monsieur Laflamme !* Il avait beau avoir décortiqué l'ouvrage dans ses moindres détails et en avoir fouillé les origines, il ne comprenait toujours pas les intentions de Burgundy Jimmy.

Il remit les livres sur la tablette et considéra le peu que contenait le placard. Au fond, il avisa la paire de souliers aux semelles usées. Il s'accroupit, les prit, en fouilla l'intérieur et les retourna pour les secouer. Puis, avec répugnance, il examina un caleçon sale et deux chaussettes noires trouées qui gisaient par terre. Un peu déçu, il se releva.

— Laflamme ? demanda soudain McCreary, les sourcils froncés.

Le regard de l'Anglais était braqué sur l'unique cintre vide suspendu à la barre du placard.

— Oui ?

— Si votre curé portait tout le temps la même soutane, qu'il ne la lavait pas et qu'il a pris la peine de la plier avant de se pendre, c'est qu'elle revêtait une grande importance à ses yeux. Alors où est-elle ?

La voix de la logeuse résonna dans la tête de Joseph.

— Il disait qu'elle était son bien le plus précieux, répéta-t-il.

Les deux hommes échangèrent un regard rempli d'urgence et quittèrent précipitamment la chambre.

38

Ils trouvèrent Molly Curran dans sa cuisine, en train de couper des légumes sur une planche à hacher. Elle chantonnait gaiement, remise de ses émotions, en maniant le couteau, sa pipe éteinte mais solidement vissée dans le coin de la bouche. En les entendant approcher, elle interrompit son travail.

— Alors, vous allez pouvoir faire un autre de vos bons articles ? s'enquit-elle.

— Je ne sais pas encore, chère madame, répondit Joseph, mielleux, en déposant sur la table la mallette qu'il avait reprise dans l'entrée en passant. J'aimerais éclaircir un point avec vous.

— Bien sûr, fit l'Irlandaise. De quoi s'agit-il ?

Elle posa son couteau, s'essuya les mains dans son tablier et lui accorda toute son attention.

— C'est au sujet de la soutane de Jimmy. Vous m'avez dit qu'il avait pris la peine de l'enlever avant de… eh bien, de faire le geste que nous savons. Et même de la plier. C'est bien ça ?

— Oui.

— Comme elle n'est nulle part dans la chambre, je me demandais si vous pouviez me dire ce qu'il en est advenu.

— Mais elle est aux ordures, tiens, précisa la logeuse en haussant les épaules, comme si la chose allait de soi. Que vouliez-vous que je fasse de cette guenille ? Elle tenait à peine en un morceau.

— Et… où sont les ordures ?

La femme se dirigea vers la porte de la cuisine, qui donnait sur le modeste carré clôturé qui tenait lieu de cour. Au milieu trônait un tas d'immondices qui devait bien atteindre quatre pieds de haut.

— Là, annonça-t-elle.

Joseph et McCreary avisèrent la chose avec un dégoût palpable.

— *Must we really*[1] *?* fit l'Anglais, consterné.

— Vous ne vous imaginez quand même pas que les égouts viennent jusqu'ici ? ricana l'Irlandaise.

Les deux hommes se consultèrent du regard.

— Il y a une pelle appuyée contre la maison, les informa-t-elle. Si vous voulez, je peux demander à un de mes pensionnaires de pelleter pour vous. Si vous offrez quelques cents…

— Non, ça ira, je vous remercie, soupira Joseph en faisant appel à tout son courage.

Tandis que Molly Curran retournait à ses légumes, ils descendirent et, découragés, se plantèrent devant le monticule de détritus. À première vue, il s'y trouvait des restes de table, des ordures ménagères, des objets cassés et, à en juger par l'odeur, le contenu de multiples pots de chambre.

— Il y a des montagnes de merde dans les cours arrière, et après on s'étonne que les enfants meurent jeunes et que les épidémies se multiplient, se désola le journaliste.

1. Le faut-il vraiment ?

Il retourna vers la galerie, retira sa veste et la suspendit au poteau de l'escalier, roula les manches de sa chemise puis se rendit prendre la pelle désignée par la logeuse et revint.

— Sacrement… Ce qu'il ne faut pas faire pour un bon article, soupira-t-il en secouant la tête avec exaspération. George, vous gardez l'œil bien ouvert ?

L'Anglais acquiesça de la tête et, d'un geste rageur, Joseph enfonça la pelle dans les immondices. Les larmes lui montèrent aux yeux en même temps que les effluves écœurants lui envahissaient le nez. Déterminé à en finir au plus vite, il s'activa, déplaçant les pelletées dans l'espoir de repérer le vêtement, faisant attention de ne pas trop souiller ses chaussures et le bas de son pantalon.

— *There it is*[1] ! s'écria soudain l'Anglais après de longues minutes.

Trop heureux de s'arrêter, Joseph aperçut le morceau de tissu plus ou moins noir que McCreary avait désigné et qui dépassait de la masse brunâtre et nauséabonde. Avec la pelle, il tira dessus et confirma qu'il s'agissait bien de la soutane. Il la transporta vers un coin propre de la cour et la laissa tomber par terre. Les deux hommes observèrent le vêtement crotté, s'agenouillèrent et, surmontant leur répulsion, se mirent à l'examiner du bout des doigts. Il ne fallut pas longtemps pour que McCreary se mette à palper avec plus d'insistance l'ourlet de la manche droite.

— Vous avez quelque chose ? s'informa aussitôt le journaliste.

— On dirait qu'il y a un objet dans le tissu, répondit l'Anglais.

1. Elle est là !

Il essuya sa main souillée dans l'herbe avant de fouiller dans la poche de son pantalon pour y repêcher un canif. Il déplia la lame et, la concentration lui faisant oublier son dégoût, se mit à découdre le revers usé de la manche. Il s'arrêta à mi-chemin et fourra les doigts dans l'ouverture. Au même moment, la voix de la logeuse les fit sursauter.

— Bon ! Vous l'avez trouvée, tonna l'Irlandaise, qu'ils n'avaient pas entendue sortir, depuis la galerie.

Tel un prestidigitateur, McCreary glissa la main dans son pantalon sans que la femme s'en aperçoive puis se remit difficilement debout. D'un signe discret du chef, il fit comprendre à Joseph qu'ils pouvaient partir.

— Oui, chère madame, minauda Joseph. Mais je crains qu'elle ne nous serve à rien.

Elle les fit rentrer dans la cuisine et leur remplit un bassin d'eau savonneuse dont ils usèrent en abondance.

— Vous avez été très serviable, madame Curran, et je vous en remercie. Maintenant, nous devons y aller.

— Si vous écrivez quelque chose, n'oubliez pas de me mentionner, hein ? le pria-t-elle tandis qu'elle les raccompagnait vers la sortie. C'est Curran avec deux R !

— Promis !

— *Yep... It's love*[1], le taquina McCreary.

Dès qu'ils furent sortis de la maison de chambres, ils s'engagèrent dans la rue Kennedy en direction de Notre-Dame.

1. Oui, c'est l'amour.

— Alors ? Qu'avez-vous trouvé ? s'enquit impatiemment Joseph, aussitôt qu'ils furent assez loin.

McCreary fouilla dans sa poche et en tira une petite clé.

— Une clé de coffre bancaire, annonça-t-il en la lui passant.

— Une autre ? rétorqua le journaliste, incrédule, en songeant à celles qui avaient parsemé leur enquête sur le Ku Klux Klan, en février. Ça devient répétitif.

— Il n'y a pas d'endroit plus sécuritaire, et les banques ne posent pas de questions.

Tout en marchant, Joseph examina l'objet de plus près.

— La Banque du Peuple. Heureusement, elle est identifiée. Pas besoin de faire un pèlerinage de toutes les succursales, cette fois-ci. Mais si le vieux fou tenait tant à exposer l'affaire, pourquoi faire toutes ces complications ? Et surtout, pourquoi se pendre sans, au moins, s'assurer de laisser la clé à quelqu'un ? C'est uniquement par chance si elle n'a pas disparu pour toujours dans les ordures de la grosse Irlandaise. Je n'y comprends rien.

— L'explication se trouve peut-être dans le coffre, suggéra l'Anglais. La Banque du Peuple est sur Saint-Jacques. On y va ?

***

La voiture les descendit rue Saint-Jacques, devant trois bâtiments contigus de trois étages, si étroits qu'ils semblaient avoir été pressés les uns contre les autres. Chacune des façades en granit gris était garnie d'élégantes fenêtres en ogive.

— Je ne sais pas si la partie « peuple » de la raison sociale est riche, ironisa McCreary, mais la partie « banque », elle, se porte très bien.

Ils entrèrent et, sans s'identifier comme journaliste, Joseph exhiba la clé à un préposé flegmatique qui lui tendit un formulaire sans sourciller. Il y apposa une signature illisible et l'employé les mena à la chambre forte. Après avoir consulté une liste de numéros, le commis détermina celui auquel la clé correspondait, repéra le coffret de métal parmi la multitude qui couvrait les quatre murs du plancher au plafond, le sortit et le déposa sur la table au centre de la pièce.

— Voilà, messieurs, dit-il avec un sourire courtois et professionnel en leur désignant une sonnette près de la porte. Quand vous aurez terminé, refermez-le à clé et sonnez. Je viendrai le remettre à sa place.

Le commis les salua, se retira dans la plus parfaite discrétion et referma la porte, les laissant seuls. Impatient, Joseph inséra la clé dans la serrure et ouvrit la boîte. Dedans, ils trouvèrent des documents que le journaliste sortit un à un pour les aligner sur la table et les examiner. Le premier était une page lignée manifestement arrachée d'un registre et qui contenait une liste de noms. Joseph ouvrit sa mallette, récupéra le deuxième exemplaire des *Awful Disclosures* que lui avait laissé le vieux prêtre, en tira la feuille qu'il y avait insérée et la déposa à plat à côté du document pour les comparer.

— Ce sont les mêmes vingt-huit noms et les six mêmes sont marqués d'un X, annonça-t-il.

À ses côtés, McCreary tenait quelques papiers jaunis. Son regard alternait entre eux et les deux listes de Joseph. Il les passait l'un après l'autre, l'air concentré.

— Ces certificats d'inhumation sont au nom des six mêmes personnes marquées sur les listes. Ils semblent authentiques. Ils portent tous le sceau de la même paroisse. Votre pendu a dû les voler.

Il tourna vers Joseph un regard grave.

— Six jeunes garçons de huit ans ou moins. Tous décédés au St. Patrick's Orphanage en 1835 et inhumés dans une fosse commune. Il n'y a qu'un pas à franchir pour croire que la chose a été faite dans la plus grande discrétion. Un tout petit pas.

Il fit une pause lourde de sens.

— Des garçons seuls et sans défense, morts dans l'indifférence et enterrés en cachette par un clergé complaisant ?

Lisez-le, monsieur Laflamme, résonna la voix fébrile du vieux prêtre dans la tête de Joseph. *Vous verrez. Ce n'est pas d'hier qu'on tue des enfants à Montréal. Il faut que ça se sache ! Il faut qu'ils paient !* Ébranlé, il ne répondit rien. Il prit le dernier document, qui consistait en deux feuilles agrafées. Celle du dessus était une liste dactylographiée du personnel de l'orphelinat Saint-Patrick, manifestement subtilisée dans un dossier. Trois noms avaient été rayés à la plume mais demeuraient lisibles. Parmi eux se trouvait celui de James Thomas O'Hare. Joseph consulta la deuxième feuille et la lut, blêmissant un peu plus à chaque ligne.

— Quoi ? fit McCreary, en le voyant pâlir.

— C'est une lettre confirmant le retour à la vie séculière de James Thomas O'Hare, signée de la main de Mgr Jean-Jacques Lartigue, évêque de Montréal, le 3 novembre 1836.

— Et alors ? Nous savions déjà que votre prêtre puant avait défroqué, même s'il affectionnait sa soutane.

— Les salauds… finit par murmurer Joseph, la voix éteinte et le regard vague. Ils ont étouffé l'affaire. Ils ont défroqué les frères et les ont laissés libres de continuer à faire des dommages. Ils ont enterré les morts en douce. Ni vu ni connu. L'évêché a évité le scandale. Et Lartigue le savait. C'est pour ça que ma visite a tellement énervé le secrétaire de Mgr Fabre.

Sentant confusément que la question revêtait pour son compagnon une tournure personnelle, McCreary ne dit rien, se contentant de le regarder ramasser les papiers pour les mettre dans sa mallette. Pour chasser son malaise, l'Anglais prit le coffre et le referma. Un bruit métallique en monta. Il arqua les sourcils et se figea un instant, puis rouvrit le couvercle et mit la main au fond de la boîte. Il en ressortit un objet de métal.

— Une autre clé, constata-t-il, intrigué.

Une étiquette lui était attachée par une ficelle. Elle portait un chiffre dont il comprit aussitôt la signification.

Clé en main, il consulta le registre qui avait servi au commis, repéra le numéro correspondant, puis se mit à longer les murs pour s'arrêter un peu plus loin. Il retira un autre coffret, revint le poser sur la table à côté du premier et l'ouvrit. Dedans se trouvait une épaisse enveloppe brune cachetée. Il la déchira et la retourna pour en vider le contenu.

— Oh, fit-il, pris de court.

Sur la table s'étaient répandues six liasses de billets retenues par un bandeau de papier portant chacun le chiffre 250. Parmi les dollars traînait une note manuscrite.

For the six tombstones.
Make them nice.
Give the rest of Lartigue's
money to charity.
May God have pity
on my soul[1].
J. T. O'Hare

L'Anglais la passa à Joseph qui, si la chose était possible, blanchit davantage.

— L'argent de Lartigue… Ils les ont payés, finit-il par dire, sonné. Ils ont acheté le silence de ces salauds au lieu de protéger les enfants…

McCreary remit l'argent et la note dans l'enveloppe, prit la mallette des mains de Joseph et y rangea le tout. Puis il referma le second coffret et le remit à sa place, ne laissant que le premier sur la table.

— Arcand saura quoi faire de cet argent, dit-il. Et il sera trop heureux d'arrêter des curés. Venez. Nous allons à la station nº 2.

Conformément aux instructions reçues, il appuya sur le bouton de la sonnette. Moins d'une minute plus tard, le commis se présenta, toujours avenant, et les reconduisit à la sortie. Ils franchirent la porte et s'arrêtèrent net. Devant eux, sur le trottoir, se tenait un homme en costume trois-pièces qui avait des airs de banquier prospère. Il fallut un moment à Joseph pour

1. Pour les six pierres tombales. Qu'elles soient belles. Donnez le reste de l'argent de Lartigue à des œuvres charitables. Que Dieu ait pitié de mon âme.

le revêtir mentalement d'une soutane et reconnaître l'abbé Cyprien Trépanier, secrétaire de Mgr Fabre. Il les toisait d'un air sérieux, mais calme.

— Messieurs, il est temps que nous discutions, déclara l'ecclésiastique en civil. Puis-je vous inviter à prendre un verre ? Il y a une charmante petite taverne, tout près d'ici.

39

Le journaliste, l'ancien de Scotland Yard et le prêtre étaient attablés dans un coin sombre de la taverne. L'endroit était semblable à tous les autres du genre, sinon qu'il n'était pas rempli d'ouvriers, mais bien de banquiers, d'avocats, d'hommes d'affaires et de commis de toutes sortes, portant tous un costume et étirant leur dîner en discutant ferme autour de chopes de bière et de verres de gin, de whisky ou de sherry. Le trio improbable se fondait parfaitement dans la foule et personne ne lui accordait la moindre attention. Le bruit des conversations couvrait la leur. Malgré la méfiance qui le tenaillait, Joseph avait commandé un gin double qu'il avait avalé d'une traite, puis un second qu'il laissait traîner. McCreary s'était contenté d'un seul, simple, dont il restait encore la moitié, tandis que le prêtre en civil prenait un thé.

— Vous buvez trop, monsieur Laflamme, remarqua Trépanier avec perfidie.

— Seulement quand je suis obligé de plonger les mains dans la merde ou de fréquenter des curés. Or, pour mon plus grand malheur, aujourd'hui, j'ai été contraint à faire les deux, rétorqua Joseph sans hésitation. Le dégoût me donne une soif de tous les diables.

Avec sarcasme, il leva son verre à la santé de son interlocuteur en inclinant courtoisement la tête et prit une gorgée.

— Oui, il est notoire que le seul culte que vous entretenez est celui de la dive bouteille, persifla le prêtre.

— Trêve de civilités, coupa Joseph. Que voulez-vous ? J'ai un article à écrire. Sans aucun doute le meilleur de toute ma vie. Si j'étais vous, j'achèterais *Le Canadien* dans les prochains jours.

— Je sais ce que vous comptez écrire, mais il n'y aura aucun article, monsieur Laflamme, déclara le secrétaire de l'évêché.

— Ah ? Vraiment ? s'esclaffa le journaliste. Ma foi, je crois que c'est vous qui buvez trop.

Trépanier braqua un regard froid et calme dans les yeux de Joseph et lui adressa un sourire prédateur avant de prendre une gorgée de thé chaud.

— Oui, vraiment, confirma Trépanier avec une assurance troublante, en reposant doucement sa tasse dans sa soucoupe.

L'homme d'Église baissa enfin les yeux pour les poser sur ses mains aux ongles bien propres. Il joignit l'extrémité de ses doigts pour former un triangle qu'il admira un moment, en réflexion.

— Vous étiez pensionnaire à l'orphelinat Saint-Patrick, déclara-t-il enfin, sans émotion.

Joseph pâlit et le prêtre, observateur, le remarqua.

— Ne soyez pas surpris. L'évêché a la mainmise sur toutes les institutions religieuses de la ville. Il suffisait de consulter les registres.

— Et alors ? cracha Joseph avec défiance. Qu'est-ce que ça peut vous faire ?

— Eh bien, je crois que cela explique non seulement votre haine féroce des prêtres, mais aussi votre intérêt démesuré pour les faussetés de Maria Monk, rétorqua Trépanier avec un air entendu.

— Justement, ce ne sont pas des faussetés, déclara le journaliste d'une voix qui semblait monter d'un caveau mortuaire. Vous le savez comme moi. Sinon, nous ne serions pas en train d'avoir cette fascinante conversation.

— Disons qu'elles sont fondées sur la réalité, mais imprécises et confuses, convint le prêtre. La pauvre fille et son complice colportaient des rumeurs qu'ils ont déformées encore davantage.

Résistant à l'envie d'exprimer sans équivoque le fond de sa pensée sur la sémantique cléricale, Joseph vida son verre d'un coup et fit signe au garçon de lui en apporter un autre. D'une main dont il n'arrivait pas à contenir entièrement le tremblement de rage, il le remit un peu trop fort sur la table.

— Depuis votre visite à l'évêché, poursuivit Trépanier, lorsque vous êtes venu brandir ce livre abject qui semble perpétuellement renaître de ses cendres, je vous fais suivre discrètement. J'ignorais jusqu'où votre enquête vous mènerait, mais je constate que ma prudence était justifiée et que votre réputation de ne pas lâcher facilement un os dans lequel vous avez mordu est pleinement méritée. Et vous, monsieur McCreary, ajouta-t-il en dévisageant l'Anglais, vous êtes à la hauteur de Scotland Yard, où vous avez, me dit-on, laissé un excellent souvenir.

L'ancien agent soutint son regard sans un mot, une moue de mépris tirant vers le bas sa moustache soigneusement cirée. Le secrétaire de l'évêché but une nouvelle gorgée de thé avant de reprendre.

— Un de mes hommes vous a vus entrer à la Banque du Peuple et m'a fait prévenir. Je suis venu aussi vite que ma voiture pouvait rouler. J'ignore exactement ce que vous y avez récupéré, mais vous savez, maintenant, que des frères de l'orphelinat Saint-Patrick avaient agressé leurs pensionnaires en 1835. Mgr Lartigue a réussi à imposer le silence à tout le monde, mais cette pauvre folle de Maria Monk avait eu vent de l'histoire et s'était mise à la raconter à tous ceux qui voulaient bien écouter. Comble de malheur, parmi eux se trouvait le révérend John Jay Slocum, trop heureux de mal faire paraître l'Église catholique qu'il détestait. Depuis New York, il a transformé l'affaire en un véritable conte de fées scabreux qui s'est vendu comme des petits pains chauds et a émoustillé les bien-pensants.

Le garçon revint avec le verre et le posa sur la table. Joseph lui donna distraitement une pièce et but une gorgée.

— Des curés ont abusé de jeunes garçons jusqu'à les tuer et les jeter dans une fosse commune, comme des déchets, sans même une pierre tombale, ragea-t-il, les dents serrées par une colère difficile à contenir. Vous qualifiez ça d'agressions ? Ce sont des meurtres purs et simples ! Six enfants innocents et sans défense sont morts après avoir été violés à répétition par des maudits pervers ensoutanés que vous avez protégés !

— Malheureusement, le port de la soutane ne rend pas parfait, convint sereinement le secrétaire. Je le déplore, croyez-moi. Mais il fallait impérativement éviter le scandale pour préserver la réputation du diocèse et, ultimement, de toute l'Église du Canada. Il était inconcevable que la foi et la confiance de tous les fidèles soient ébranlées à cause des faiblesses de quelques moutons noirs.

— Au détriment des enfants qui n'ont pas été secourus. Personne ne s'est même souvenu d'eux ! Ce salaud de Lartigue a lâché les violeurs dans la nature, où ils étaient libres de recommencer à volonté... Dieu seul sait ce qu'ils ont fait ensuite à d'autres enfants. Avez-vous même songé à ça ?

Il se fit violence pour ne pas simplement sauter par-dessus la table et infliger à ce maudit curaillon arrogant la raclée de sa vie. Sentant son compagnon sur le point d'exploser, McCreary lui prit l'avant-bras et serra assez fort pour lui faire mal.

— *Don't give him the pleasure, my boy*, l'implora-t-il d'une voix ferme et froide comme l'acier. *That's what the bastard wants*[1].

Le journaliste glissa ses mains sous la table pour serrer les poings sans que son interlocuteur puisse le voir.

— Mgr Lartigue était un homme habile, continua le prêtre, avec des airs de matou jouant avec une souris. Il a laissé l'éditeur Stone visiter le couvent des Hospitalières en sachant très bien qu'il n'y trouverait rien de compromettant, puisque Monk avait tout faux, même si la vérité était à la base de son récit. Résultat : les protestants eux-mêmes ont innocenté le clergé catholique montréalais. Quoi de mieux que d'être défendu par son ennemi ? Ensuite, O'Hare et ses complices ont été grassement payés et discrètement défroqués. Les deux autres dépravés sont morts depuis longtemps

1. Ne lui faites pas ce plaisir, mon garçon. C'est ce que veut cette ordure.

et ont dû rendre compte de leurs péchés devant le tribunal de Dieu.

Trépanier pencha la tête et joua un moment avec sa tasse dans sa soucoupe, puis haussa les épaules avec fatalisme.

— De toute évidence, O'Hare n'a jamais accepté d'être forcé de quitter la prêtrise et était consumé par le désir de revanche, reprit-il. Il s'entêtait même à porter la soutane. De temps à autre, on nous rapportait qu'il parlait un peu trop, mais comme personne n'accorde de crédit à un fou, nous ne nous en inquiétions pas vraiment. Heureusement, il a eu le bon sens de se pendre.

— L'avez-vous encouragé ? demanda McCreary, à brûle-pourpoint.

Le prêtre eut une moue nonchalante.

— Disons qu'un ami du clergé lui a susurré à l'oreille que la maison de l'ordre de la Sainte-Face venait de brûler avec, dedans, tous les tortionnaires de fillettes. Une fois l'affaire résolue, il a perdu tout espoir de faire éclater au grand jour la vérité sur ce qui s'était produit en 1835. Le pauvre a choisi d'en finir avec une vie gâchée.

Du menton, Trépanier désigna la mallette placée contre une patte de la table, près de Joseph.

— Ce que nous ignorions, c'est qu'il avait accumulé des preuves et que la découverte du charnier de la rue Le Royer déclencherait chez lui une telle frénésie. Je suis curieux. De quoi s'agit-il ?

— Vous me croyez vraiment assez bête pour vous répondre ?

Le secrétaire de l'évêché lui adressa le genre de sourire condescendant que l'on fait à un enfant naïf et qui quitta son visage aussi vite qu'il y était apparu.

— C'est équitable. Mais quoi que O'Hare ait laissé derrière comme preuves, déclara-t-il froidement, elles sont inutiles. Vous ne vous en servirez pas.

— Vous m'en direz tant, railla le journaliste.

Blême de colère, il posa ses poings sur la table et se pencha vers l'avant pour bien fixer l'autre dans les yeux.

— Écoutez-moi bien, espèce d'ordure, cracha-t-il, les dents serrées. Vous venez de me révéler votre connaissance de meurtres commis jadis et camouflés par le clergé. Devant un témoin crédible, en plus.

En appui à son compagnon, McCreary inclina élégamment la tête.

— Je publierai l'article le plus assassin de l'histoire de la presse montréalaise, menaça Joseph. J'allumerai un incendie qui fera chauffer toute l'Église catholique, jusqu'à Rome. Léon XIII lui-même maudira le diocèse de Montréal. Ce n'est pas un enculeur de petits garçons qui m'intimidera, même s'il porte la soutane et le col romain. Votre évêché s'écroulera comme le mur de Jéricho, et ce sera moi qui sonnerai la trompette. Prêtre ou non, vous serez jeté en prison, avec tous ceux qui étaient au courant de cette affaire, j'y veillerai ! Je parie que plusieurs prisonniers seront trop heureux de relever vos soutanes pour vous faire subir ce que ces pauvres garçons ont enduré. Est-ce clair ?

Pendant quelques secondes, la tension fut à couper au couteau. Puis Trépanier ricana avec dédain.

— Vous êtes naïf, monsieur Laflamme. L'évêché vous brisera comme une brindille. L'Église dispose d'un immense réseau, vous vous en doutez. Il nous suffira d'ébruiter votre fréquentation régulière de prostituées, votre alcoolisme notoire et votre familiarité avec les francs-maçons pour démolir votre réputation. Mgr Fabre vous excommuniera en faisant tout un spectacle et le fera proclamer du haut des chaires dans tout le diocèse. Vous deviendrez un paria et plus aucun journal ne voudra vous engager.

— Je me fiche comme de la première couche du petit Jésus de la réputation que vous pouvez me faire, rétorqua Joseph, dégoulinant de mépris. Si les journaux français ne veulent plus de moi, je publierai en anglais. Les protestants adorent les catholiques dévoyés. Quant à votre excommunication, si je passe l'éternité en enfer, au moins, je ne serai pas seul. Il y aura certainement un paquet de curés en train de rêver du cul de petits garçons que le diable empalera par là où ils ont péché.

Il se pencha au point où son nez touchait presque celui du secrétaire de l'évêché.

— Autre chose : dès que l'article sera paru, je remettrai toutes les preuves que je possède à l'inspecteur Marcel Arcand, gronda-t-il tout bas. Je vous garantis qu'il se fera une joie de vous traîner lui-même jusqu'à votre cellule.

— Ah ! Justement, parlons-en un peu, de celui-là ! s'exclama Trépanier, le ton faussement enthousiaste, comme s'il n'avait attendu que ça.

Sans aucune gêne, il posa les mains sur les épaules de Joseph et, d'une poussée subite, le renvoya sur sa chaise.

— Votre inspecteur Arcand est un franc-maçon notoire, déclara-t-il d'un ton tranchant. Nous le connaissons, comme ses semblables. Nous savons le mal que cette engeance peut faire en traitant toutes les religions également et en refusant l'influence de l'Église sur la société. Aussi la faisons-nous surveiller de près. Nous y avons même plusieurs agents qui fréquentent les loges et qui nous rapportent tout ce qui s'y déroule.

Il fit une pause lourde de menaces et ce fut à son tour de défier son interlocuteur du regard.

— Personne ne souhaite que le membre le plus en vue du Département de police de notre ville, fondée par des dévots, fasse partie d'une dangereuse société secrète de libres-penseurs libéraux et impies. Monseigneur n'a qu'à faire connaître son mécontentement aux autorités municipales ou au gouvernement de la province, où il a ses entrées, et Arcand sera aussitôt congédié et ostracisé. Pensez-y bien, Laflamme. L'homme a charge de femme et d'enfants. Qu'arrivera-t-il s'il est incapable de se trouver du travail ? Même pas comme débardeur au port ou comme balayeur de rue ?

Une fois encore, McCreary posa la main sur l'avant-bras de Joseph pour l'empêcher de bondir sur l'ecclésiastique. Trépanier avisa l'Anglais avec un air amusé.

— De même, poursuivit-il, il nous sera facile d'empêcher le mariage de mademoiselle votre sœur avec un anglican et de la stigmatiser si elle choisissait de se convertir. Sa boutique perdrait mystérieusement une bonne partie de ses clients.

Cette fois, ce fut McCreary qui se mit à fulminer.

— Quant à la fille perdue que vous fréquentez, monsieur Laflamme, ai-je besoin de dire qu'un mariage catholique semble pour le moins improbable ? Oh, bien sûr, vous pouvez choisir de vivre comme mari et femme, dans le stupre et la concupiscence, mais encore une fois, votre réputation en souffrirait. Avec le temps, même les journaux anglais finiront par vous trouver trop lourd et vous laisseront tomber.

Joseph resta statufié, incapable d'admettre ce qu'il venait d'entendre. Le curé en civil le menaçait ouvertement de ruiner la vie de tous ceux qu'il aimait, et la sienne aussi, s'il ne renonçait pas à publier la plus belle histoire de toute sa carrière.

— Vous avez déjà publié un excellent article sur le réseau de corruption, insista Trépanier, sachant qu'il ne manquait qu'une petite poussée pour faire tomber le journaliste du bon côté. Vous avez prouvé une fois de plus votre capacité à mener une enquête. Ne soyez pas gourmand et arrêtez-vous pendant que vous êtes gagnant. Mgr Fabre souhaite ardemment que la réputation du diocèse ne soit pas entachée par un scandale vieux de plus d'un demi-siècle et que personne n'a avantage à connaître. Il désire aussi que la mémoire de Mgr Lartigue soit laissée en paix. Réfléchissez et vous verrez que j'ai raison.

— Charogne… ragea le journaliste, le visage écarlate. Vous êtes encore pire que je le pensais. Vous n'avez pas honte ?

— Pas quand il s'agit de défendre la sainte Église.

Du regard, Joseph consulta McCreary. Le visage donnant l'impression d'avoir été taillé dans la pierre, les lèvres pincées et les yeux en feu, l'Anglais bouillait.

— *I love your sister, Laflamme*, admit-il d'une voix rendue rauque par l'indignation. *As much as I hate to admit it, the little son of a bitch is right : she couldn't stand being an outcast. I'd... lose her*[1].

Joseph baissa les yeux, vaincu mais frémissant de haine. Certes, en révélant immédiatement l'histoire,

1. J'aime votre sœur, Laflamme. Bien que je déteste l'admettre, le petit salopard a raison : elle ne supporterait pas d'être traitée en paria. Je… la perdrais.

il pouvait prendre l'Église catholique de vitesse et lui causer un dommage terrible. Personne ne pourrait étouffer le scandale. Il aurait le plaisir de voir le clergé qu'il haïssait tant se dépêtrer avec la honte qu'il était si prompt à jeter à la face d'autrui. Mais en faisant cela, il gâcherait la vie de Mary, d'Emma, d'Arcand et de McCreary en plus de la sienne. Malgré le désir qu'il éprouvait d'enfoncer les prêtres dans leur propre merde et de se venger de tout ce qu'ils avaient fait subir à des innocents comme lui, de les faire payer et expier leurs péchés, il savait qu'il devrait y renoncer.

— Très bien, dit-il d'une voix sépulcrale. Je ne publierai rien. Mais sachez que je garderai les papiers en lieu sûr et qu'au moindre manquement de votre part, au plus petit empêchement, qu'il s'agisse de ma sœur, de ma fiancée, de l'inspecteur Arcand ou de moi-même, je les sors sans hésitation.

— Alors nous avons une entente, déclara Trépanier en feignant la joie. Je savais que vous sauriez être raisonnable.

— Pas si vite, coupa Joseph.

Il tira son calepin et son crayon de sa poche, griffonna un chiffre sur une page, l'arracha et la déposa devant le prêtre, qui écarquilla les yeux.

— Vous ne vous imaginez pas que l'évêché va acheter votre silence ! s'exclama-t-il.

— Mon silence a un prix, c'est vrai, et le voici : d'ici une semaine, vous verserez ce montant à chacun des pensionnaires de l'orphelinat Saint-Patrick en 1835 encore vivant. Si vous ne le faites pas, je publierai l'histoire sans égard aux conséquences. Je crois que mes amis seront d'accord avec moi pour sacrifier leur réputation.

Il chercha l'approbation de McCreary.

— *Oh, with the greatest pleasure*[1], confirma ce dernier avec un enthousiasme qui frôlait la cruauté.

— Mais… c'est impossible, plaida Trépanier, qui avait perdu sa superbe. Vous exigez une fortune.

— Cinq mille piastres par personne pour sauver le diocèse, c'est bien peu. À vous de décider. Au pire, faites comme le petit peuple et endettez-vous pour payer.

Le secrétaire de l'évêché hésita longtemps, la sueur perlant sur son front. Il finit par lever vers Joseph un regard haineux.

— Très bien, cracha-t-il enfin. Et allez au diable !

— J'y compte bien.

— Laflamme ? fit McCreary près de lui.

— Oui ?

— *For God's sake, my boy, let yourself go, I beg you*[2].

Joseph saisit le prêtre par le devant de son costume et, faisant fi de ses bandages, lui abattit son poing au visage. Il sentit avec ravissement le nez de Trépanier craquer et s'écraser sous la force du coup. Puis il le jeta par terre comme un vulgaire déchet et le regarda couvrir à deux mains en gémissant son appendice qui saignait déjà abondamment.

— De la part des six garçons, dit-il en secouant sa main douloureuse.

Il ramassa sa mallette, fit demi-tour et sortit, McCreary sur ses pas, sous le regard médusé des clients de la taverne.

1. Oh, avec le plus grand des plaisirs.
2. Pour l'amour de Dieu, je vous en prie, mon garçon, laissez-vous aller.

ÉPILOGUE

Lundi 28 novembre 1892

Depuis l'incendie du couvent de l'ordre de la Sainte-Face et la rencontre de Joseph avec l'abbé Trépanier, deux mois auparavant, l'affaire du réseau de corruption s'était tranquillement résorbée. Petit à petit, Coderre, Synotte, Painchaud et tous les autres sombres individus étaient tombés dans l'oubli. Arcand et Tremblay avaient diligemment poursuivi l'enquête. Quelques fonctionnaires mineurs de l'hôtel de ville, des douanes et de divers niveaux de tribunaux avaient été arrêtés pour corruption et pots-de-vin, mais ils n'avaient représenté que de petits poissons. La grosse prise ne s'était jamais matérialisée et aucun autre membre du réseau n'avait été identifié. D'autres dossiers avaient fini par prendre le dessus.

L'implication du sous-chef Lapointe avait causé une onde de choc dans le Département de police de Montréal et à l'hôtel de ville. Quant à Jacques Lapaix, il avait été trouvé mort dans sa cellule quatre jours après son arrestation, tandis qu'il attendait que des accusations soient déposées contre lui. Son compagnon de cellule avait été brièvement soupçonné, mais l'autopsie pratiquée par le Dr Hébert avait révélé un os de poulet bêtement coincé en travers de la gorge du proxénète. Quand Arcand avait soulevé l'hypothèse qu'il y ait été volontairement fourré, le médecin avait haussé les épaules en affirmant que rien n'était impossible, mais qu'il n'avait constaté aucune marque dans la trachée. Le cas échéant, le meurtrier avait fait preuve d'un impeccable doigté.

La plupart des fillettes sauvées de l'incendie avaient été confiées aux Sœurs du Bon-Pasteur. Les plus chanceuses avaient retrouvé leurs parents. Quant à l'histoire de 1835, comme convenu avec l'abbé Trépanier, tous les pensionnaires encore en vie de l'orphelinat Saint-Patrick avaient bien reçu un dédommagement de cinq mille dollars. Une majorité des bénéficiaires étant déjà partis pour un monde meilleur, l'évêché avait réussi à faire des économies. Les vivants, tous dans la soixantaine, célibataires et pauvres, avaient été agréablement surpris de la bonne fortune qui leur tombait dessus. Conformément aux dernières volontés de O'Hare, Joseph avait, quant à lui, utilisé l'argent laissé à la Banque du Peuple pour faire fabriquer une pierre tombale de qualité pour chacune des six victimes du défroqué. Il avait fait don du reste à la Société Saint-Vincent-de-Paul avec instruction de consacrer chaque sou à venir en aide aux orphelins.

S'étaient ensuivies quelques semaines de relative tranquillité avant que de nouvelles rumeurs de corruption émanant de l'hôtel de ville se fassent de plus en plus insistantes. Comme elles impliquaient personnellement le maire McShane, toute la ville n'avait bientôt plus parlé que de cela. Évidemment, elles étaient vite parvenues aux oreilles de l'inspecteur Arcand. L'affaire était très délicate et, tandis qu'il tentait discrètement d'y voir clair, Joseph s'était appliqué à dresser un portrait du personnage.

Homme d'affaires plus ou moins sulfureux, ancien juge de paix, puis agent de change à la Bourse de Montréal, où il avait gardé ses entrées, James McShane frayait dans la politique depuis 1868. Conseiller municipal puis échevin du quartier Sainte-Anne, il avait été déclaré inhabile à siéger et avait dû démissionner en 1881, seulement pour reprendre son siège deux ans plus tard. Devenu ministre de l'Agriculture et des Travaux publics – le magasin de bonbons de tout politicien corrompu – dans le cabinet d'Honoré Mercier en 1887, il avait été congédié par son chef l'année suivante pour lui avoir joué dans le dos. Qu'à cela ne tienne, l'homme était demeuré député libéral provincial de Montréal-Centre jusqu'en mars 1892. Entre-temps, en février 1891, il s'était fait élire maire de Montréal par les citoyens irlandais, qui le surnommaient affectueusement People's Jimmy et qui lui vouaient une affection qui frôlait l'adoration.

Joseph avait publié quelques articles sur le sujet en s'assurant de ne pas être poursuivi par le principal intéressé, et l'affaire en était restée là.

Arcand était assis à la table avec Joseph, McCreary et Mary. Il avait son air satisfait des beaux jours en contemplant distraitement les restes du déjeuner. Emma s'empressa de déposer devant lui une tasse de café fumant.

— Merci, chère madame, dit l'inspecteur. Après une nuit blanche, j'en ai bien besoin.

— Mademoiselle, le corrigea-t-elle avec un sourire amusé avant de reprendre sa place.

— Durant la nuit, au grand dam de son occupant qui a pesté, poussé des hauts cris et menacé de représailles légales de toutes sortes, j'ai perquisitionné le bureau du maire en compagnie de quelques constables, annonça-t-il avec un demi-sourire.

— Voilà une bonne nouvelle ! s'exclama le journaliste. Vous allez traduire ce filou en justice et me fournir quelques bons articles ?

— Non.

— *Yet, you look happy…* observa McCreary avec perspicacité. *Come on, spill it, my good man*[1] *!*

— Nous n'avons rien trouvé pour l'incriminer personnellement, déplora Arcand. Par contre, nous avons assez de preuves pour accuser quelques-uns de ses proches collaborateurs, anciens intimes du Premier ministre Mercier, dont le gouvernement était plombé par la corruption. Nous détenons de la paperasse qui confirme que les joyeux drilles ont continué d'œuvrer dans le pot-de-vin et le trafic d'influence sur la scène municipale.

— C'est quand même pas mal, dit Joseph.

— En effet, convint l'inspecteur.

Le journaliste l'observa un peu, sceptique.

— Vous, vous nous cachez quelque chose, remarqua-t-il.

Le sourire d'Arcand s'élargit. Il fouilla dans la poche de son veston et en sortit un objet qu'il déposa doucement sur la table.

— Le constable Tremblay a remarqué ceci dans le fond d'un des tiroirs de notre premier magistrat. Comme il en avait déjà vu de semblables, il a jugé préférable de se l'approprier. C'est une chance. Un autre l'aurait laissé là et je ne l'aurais jamais su.

1. Et pourtant, vous semblez réjoui. Allez, crachez le morceau, cher monsieur !

Évidemment, notre bon maire jure sur la tête de sa pauvre mère défunte que, comme tout Irlandais catholique qui se respecte, il est très pieux. Au demeurant, il m'a fait remarquer, entre deux jurons, qu'un tel objet peut être acheté librement chez n'importe quel marchand d'articles religieux. Mais je me permets d'entretenir un doute.

L'air ahuri, Joseph et McCreary fixaient le chapelet. Il était en tous points identique à celui qu'ils avaient trouvé chez Coderre.

— La supérieure du couvent portait le même, déclara Mary.

— En effet. Et vous rappelez-vous la description que le bon Dr Lapaix avait faite du meneur du réseau avant de s'étouffer si sottement avec un os de poulet ? demanda l'inspecteur d'un ton amusé.

— Un barbu de petite taille au crâne chauve, cita sans hésitation Joseph, stupéfait, tandis que l'excitation le gagnait. Vous… vous voulez rire ?

— Pas du tout ! s'exclama Arcand, radieux. Et il y avait autre chose…

Il sortit un livre de sa poche intérieure. Avant même qu'il le pose à plat sur la table, tous surent de quoi il s'agissait.

— Messieurs, demanda-t-il, ça vous dirait de rendre une petite visite à monsieur le maire ?

***

Joseph ne l'avait jamais vu d'aussi près, mais la description lui allait comme un gant : le maire McShane était effectivement petit, chauve et avait une grosse barbe bien fournie. Les trois hommes étaient assis dans des fauteuils confortables et le premier magistrat les toisait en fulminant.

— Que voulez-vous encore ? demanda-t-il à Arcand, le feu dans les yeux. Vous n'avez aucune preuve valable contre moi. C'est du harcèlement. Je m'en suis déjà plaint au chef Hugues. Cela vous coûtera votre poste !

— Je n'en doute pas, répondit calmement l'inspecteur. Si vous occupez toujours le vôtre.

— Vous êtes un petit vicieux, monsieur le maire, dit Joseph, tout sourire. Comme vos amis Coderre, Synotte, Lapaix et les autres. Si ça se savait… Que penserait-on de vous ?

— Est-ce une menace, monsieur Laflamme ? demanda le maire, les dents serrées de colère.

— Non. Une promesse, rétorqua Joseph. L'inspecteur Arcand ne détient peut-être pas assez de preuves pour porter des accusations contre vous, mais le journalisme n'a pas les mêmes règles. Ce que je sais suffit pour soulever des doutes et opérer des rapprochements qui auront raison de votre réputation.

— *Trust him, your dishonor*, renchérit McCreary avec amusement. *His pen is even dirtier than his tongue*[1].

— Je vous poursuivrai.

— Avec raison. Et vous gagnerez sans doute.

— Alors faites-moi le plaisir de sortir d'ici ! tonna McShane, le visage écarlate, en se levant brusquement, renversant sa chaise au passage.

Arcand se leva à son tour.

1. Faites-lui confiance, votre déshonneur. Sa plume est encore plus sale que sa langue.

— Je venais seulement vous avertir, monsieur, que vous feriez mieux de ne pas vous porter candidat à la prochaine élection, dans trois mois. Si vous le faites, je m'assurerai que vous perdrez.

— La population irlandaise votera pour moi, peu importent les saletés que vous répandrez, répliqua le premier magistrat.

— *The Irish would vote for a cow if you offered them a few drinks*[1], railla l'Anglais.

Arcand se dirigea vers la porte. Joseph et McCreary le suivirent.

— Vous aurez toutes les loges maçonniques de Montréal contre vous, McShane, déclara-t-il avec froideur. J'y verrai personnellement. Et nous sommes nombreux.

Les trois hommes sortirent, laissant derrière eux un maire livide et déjà battu.

1. Les Irlandais voteraient pour une vache si on leur offrait quelques verres.

MIXTE
Papier issu de
sources responsables
FSC® C003309
FSC
www.fsc.org

10/18, une marque d'Univers Poche,
est un éditeur qui s'engage pour
la préservation de l'environnement
et qui utilise du papier fabriqué à partir
de bois provenant de forêts gérées
de manière responsable.

Imprimé en France par CPI

N° d'impression : 3036803
X07609/01